改革开放40周年
高校纪念文库

君子之文

——聊城大学精品文学创作集

秦治洲 康健 齐如林◎主编

光明日报出版社

图书在版编目（CIP）数据

君子之文 / 秦治洲，康健，齐如林主编 .-- 北京：
光明日报出版社，2018.12
ISBN 978-7-5194-4810-3

Ⅰ.①君… Ⅱ.①秦…②康…③齐… Ⅲ.①中国文
学—当代文学—作品综合集 Ⅳ.① I217.1

中国版本图书馆 CIP 数据核字（2018）第 281765 号

君子之文
JUNZI ZHIWEN

主　　编：秦治洲　康　健　齐如林

责任编辑：刘兴华　　　　　　　特约编辑：田　军
责任校对：赵鸣鸣　　　　　　　封面设计：中联学林
责任印制：曹　诤

出版发行：光明日报出版社
地　　址：北京市西城区永安路 106 号，100050
电　　话：010-63169890（咨询），63131930(邮购)
传　　真：010-63169890
网　　址：http://book.gmw.cn
E - mail：liuxinghua@gmw.cn
法律顾问：北京德恒律师事务所龚柳方律师，电话：010-67019571

印　　刷：三河市华东印刷有限公司
装　　订：三河市华东印刷有限公司
本书如有破损、缺页、装订错误，请与本社联系调换

开　　本：170mm×240mm
字　　数：270 千字　　　　　　印张：17
版　　次：2019 年 3 月第 1 版　　印次：2019 年 3 月第 1 次印刷
书　　号：ISBN 978-7-5194-4810-3

定　　价：65.00 元

《君子之文—聊城大学精品文学创作集》
编委会成员名单

君子千秋，德文风华（序）

　　沧海桑田，世事繁芜，人情冷暖，都阻挡不了人们追求幸福的脚步。但在追求的过程中，物质的拥有、感官的享受往往只能带给人们一时的快乐，唯有精神的满足方能给人长久的幸福。同时，身处一个充满竞争、快节奏、多变化的时代，人们往往有着不小的压力或烦恼，许多人感觉活得累，内心渴望感受一份宁静，拥有心灵的放松与丰盈。文学，便是其中一种很好的调节器与调解剂。它会让人思绪飞扬，让人舒心志远。正如李明蔚先生所言，"文学是文明天地永恒的阳光，照亮了人类进步的经纬，润泽着念念欲求的众生。"

　　聊城大学坐落于鲁西平原，崛起于古运河畔，传承百年办学传统，独立办学近半个世纪，谱写出一曲"崇教尚学、敦厚奋进"的教育文化之歌。正可谓："雄峙古城瞻气象，两河濯溉占芳时。泮宫自是钟灵地，映日新花开满枝。"这是一所学风可歌可赞的学习殿堂，一所文学文化氛围可圈可点的精神家园。

　　居于此，沐君子之风，燃青春之火，崇明德重任在肩，求至善誓登山巅。这所古老又年轻的学校里，从来不乏文学青年，他们面向心灵、激扬文字，他们关注社会、思虑今古。40多年来，学校走出了一大批优秀以至全国知名的作家、诗人、文学评论家，成果辈出。丁亥嘉月，学校文学社团——九歌文学社的航标闪烁起"全国十佳文学社"的华光；辛卯金秋，学校的风帆镌刻下"全国示范文学校园"的华章。一代代文学人对文学的拥抱与坚守，哺养了他们的成长，滋润了他们的高雅，造就了"以文会友，以文辅仁"的校园文学部落，培育了"延斯文于一线，励志节于千秋"的校友文家群。值此光明日报出版社组织出版"纪念改革开放40周年高校文库"之际，聊城大学选取30位优秀文家代表的精品佳作以飨大家。

他们的"三从四德"

文学是指以语言文字为工具形象化地反映客观现实、表现作家心灵世界的艺术。立意、情感、语言是作品的三大要素。在创作过程中,聊大校友文家们自觉在立意上"从善",情感上"从真",语言上"从美",不断创作出具有较高质量、品质的优秀作品。善者,一则指与恶相对的"好",用于文章中可指"正能量";二则指与差相对的"完好",用于文章中可指向创作水准与境界。真者,真诚、诚实、情感真切也。美者,文辞优美也。本书选入作品无不求真向善崇美,达到了比较耐读耐品的效果。诸如康健的诗歌作品"充满了天马行空的想象,造境奇特,很容易把人带入一种氛围,牵引思绪,左右心情。每一字,每一句,都铿锵有力,让人忍不住想读出声来,不自觉地就读出声来,然后大声地读出声来。"(作家念眉语);其散文《古曲十韵》织景、事、情、理成一片,风骨内蕴,旨趣绵远,高古醇茂,又风华清靡,别有精致清丽在。齐如林为文缜思细密,声色大开,畅达理旨,系列评论、随笔文章能够超越所评所关注事件本身的限制,登高望远,穿透世俗文化的裹挟,关照社会、文化的深层,并提出破解问题的方法,重"破"更重"立",达到论说的本真意义。赵丙秀胸怀一腔诚意灵性,其诗词既有盛唐诗人开朗洒脱的豪放之风,亦有五代词家的婉约之神。时而抒发个人情感,时而歌咏自然景物,时而借古鉴今,时而托物言志,清新隽美、情致昂然、气势雄浑。李明蔚先生的辞赋作品借鉴汉大赋的宏大气魄,又受魏晋抒情小赋明快流畅风格的影响,大气磅礴,笔法老道。选材上注意关注现实,关心国家大事(如《抗战胜利七十周年大阅兵赋》《廉政赋》),又对所处的学校、城市等方面的感受多有抒怀(如《聊城大学赋》《聊城摩天轮赋》);更注意营造诗情画意。此种诗情画意不仅仅是情感心绪的小盆景,更是家国情怀的大观园。同时,李明蔚注意用典的准确,行文的气韵和遣词的精到,并注意规避汉大赋铺陈浮华的弊端。赵国强先生的随笔系列《拿红楼梦说事儿》,以对《红楼梦》的理解与解析为出发点,紧紧抓住小说情节、人物在现实中的影子，巧妙地将文学经典与现实社会和历史联系在一起，让我们在经典与现实之间穿越，或会心一笑，或感同身受，或思绪飞扬，或掩卷深思，使我们在品味巨著的芬芳的同时，又咀嚼到了人生的真味。

文学是社会文化的一种重要表现形式。它除了拥有外在的、实用的、功利的价值以外，更为重要的是它还拥有内在的、看似无用的、超越功利的价值，即精神性价值。聊大校友文家们自觉摆脱超越庸俗、世俗，建构呈现出"人师之德""君子之德""文人之德""赤子之德"的"四德"之风。

他们自觉探求大学之道，崇尚学习之风，垂范人格之德，自觉心系青年、引领青年、造就青年，好为"人师"。这在秦治洲《垂钓大学》《高品质的大学生，高品质的人》等多种体裁的校园文学作品，康健诗作《找一本更厚的书作枕头》，赵丙秀散文《思想者》、诗作《鲁迅漫画四首》《早读》，齐如林《当文学的轻岚四处升漫》《文以载道》《诗歌离我们有多远》，许静《让生命怒放》《永远相信美好的事情即将发生》等随笔作品，王秀清《向"蚁族"致敬》，王黎《远离高育良式的精致利己主义者》等评论作品中都有鲜明体现。

古人曾说，君子温润如玉，不露锋芒、不事张扬，不偏执也不随波逐流，随遇而安。古人还说，君子如空中的皎月，明亮，却不耀眼。时刻照亮他人的路，却不会让人惊恐不安。我们很高兴地看到，愉快地感受到，聊大学园这批文学人为人为文多"君子之风""君子精神"，他们一同切磋前行，一起走向远方。如校长蔡先金先生身上丝毫没有官僚习气，他是一位儒雅的学者、领导，更是一位如玉如月的谦谦君子，带领师生走向安然、清明与辽阔。这从其随笔《行者守心》、诗作《心象》《荷颂》、赋作《中华赋》《里峪赋》等作品可以明显领略，此也与其箴言"光明心"一以贯之。

古之中华兴盛者，非兵刃之利，亦有文治之功。文人墨客，留千古美名；文章著作，传千秋万世。泱泱华夏五千年文明，传承至今而未断绝，大抵文人之功也。"风声、雨声、读书声，声声入耳；家事、国事、天下事，事事关心"，这是中国著名文人团体——东林党人的抱负与情怀。"士不可以不弘毅，任重而道远""居庙堂之高，则忧其民；处江湖之远，则忧其君。"

这是士与正直文官的使命与担当。"风雨如晦，鸡鸣不已"，这是中国几千年来文人的精神与品格。这些文化精神早已积淀至中华民族的深层心理结构之中，一脉承传。在秦治洲戏剧《蔡元培》、刘广涛诗歌《我推荐的书单》《诗人》《活着》、岳新敏小说《疯女》、等作品中都可以体味其对思想大法、文化大则、文明之光、社会正义、民主精神等"大道"的守望与捍卫。

老子《道德经》言："含德之厚，比于赤子。"孟子曰："大人者，不失其赤子之心者也。"所谓赤子之心，就是一颗率直、纯真、善良、热爱生命，好奇而富有想象力、生命力旺盛的心，能常常怀着赤子之心，才可以成为大人。曾子曰："吾日三省吾身：为人谋而不忠乎？与朋友交而不信乎？传不习乎？"这皆是赤子之心。本书中诸多作品都有丰盈体现，如戏剧《蔡元培》中的蔡元培、陈独秀、宋庆龄、罗家伦等众先贤，他们爱国爱民，热忱追求真理，敢于对假恶丑斗争。唯有赤子之心者，方能写出如此血肉丰满的赤子群像。另有刘牧的散文《离开母亲的日子》、康健的随笔《飞天》、齐如林的小说《修驴掌》等作品亦感人或动人至深。《飞天》中"我宁愿跪着，也要阻住这个民族流血的伤口。……让他们升起冲天烈焰，来暖和一些僵硬的心。那些星点分布于各国博物馆的几十大车卷帙，早已不是一个民族的荣耀，而是耻辱。"等读后给人无尽的喟叹，催生奋进自觉的志气。齐如林的小说《修驴掌》，故事的主人公是中国底层的老百姓，主人公老李在"大义灭亲"的旗号下错杀了儿子小李，这个令人意想不到的悲剧结局带给人错愕，更带给人沉重。短短几百字，力透纸背地刻画出以这爷俩为代表的中国老百姓对国家的忠诚大爱、赤子之情与"卑微中的崇高"之光。

他们的"三心二意"

"延斯文于一线，励志节于千秋"，是聊园文学部落的理想与志气。文学是一种感受，一种领略，一种铭心的拥有，但要实现这些，需要拥有葆有一颗"文心"。陶渊明的"采菊东篱下，悠然见南山"，李白的"举杯邀明月，对影成三人"，都是文心的诗意佳构。借用延参法师的话讲，倘若我们懂得发现美丽，感悟生活，参悟生命；倘若我们懂得放下生活的琐碎，看淡人生的功利，我们的心灵便油然萌生盎然的诗意。面对生活的牵绊、工作的烦琐、激励机制缺失、地理位置劣势等不利情况，书中作者们能够始终保有一颗文心，笔耕不辍，是着实难能可贵的。无文心，便无诗意；无诗意，自然无诗词；无文心，便无想象；无想象，自然无小说；无文心，便无审美；无审美，自然无创造。

创作者的喜怨好恶、知情意行，无不折射、投射于笔下作品之中。其创作质量与水准取决于作品的思想性、艺术性，取决于意象的境界与意向的格局。"情趣情怀，大言大道"，是聊大文学同仁的创作共识与原则。无论是直抒胸臆，还是曲笔以达；无论是逼真写实，还是虚构造事；无论是小处着笔、即小见大，还是大处落笔、宏观叙事，书中创作者都呈有一颗"公心"。他们勤于创作，乐于分享；他们为人师表，文以弘道；他们求真向善，鞭恶刺丑，传递正能量。漫漫创作路，他们时有寂寞孤独，但绝不会哗众取宠；时有瓶颈困境，但绝不会胡诌抄袭。他们对作品负责，对读者负责，对自己负责。

改革开放40年来，聊城大学把"人文校园"作为重要建设目标，孜孜以求；广大文学人自觉先行一步，有所作为，取得了丰硕成果，得到了师生、校友、社会各界的广泛好评。许多创作者都有个人文学作品集出版，一批创作者有作品发表在高水平报刊或获得高层次奖项，所有创作者用心严谨的态度保障了作品的质量与水准。相信各位读者朋友读后会有一个公允、积极的评价。对此，创作者们有基本的自信，编者们亦是。他们将把此书当作新的起点，向更高的目标进发。他们坚信天道酬勤、功不唐捐，衷心欢迎、感谢朋友们的批评赐教。

40年来，聊大文学同人自觉胸怀文学教育与文学文化的双重意志与担当，建构起富有内涵、学校特色的文学教育模式与文学文化图景，分别被中国当代文学研究会、教育部评为"全国校园文学研究成果一等奖""全国高校校园文化建设优秀成果二等奖"，成就入展中国校园文学馆，走在了全国高校文学文化建设的前列。子曰："知者不惑，仁者不忧，勇者不惧。"在文学育人、文化建设等责任面前，他们绝不逃避，决不退却，愿像那勇敢的海燕一样，在闪电中间高傲地飞翔。

他们的"三长两短"

如前所言，这些文家们有着扎实的基本功与基本的自信。一者，他们用精益求精的态度保障了作品的质量，多为耐读耐品的精品力作；二者，许多人都是多面手，在多个体裁领域都有建树，并有代表之作。三者，他们创作的作品风格多样，且"和而不同"，给读者朋友们带去不一样的风景。

话剧《蔡元培》作品布局比较完整谨严，思致明晰，节奏舒张有序，语言典雅不涩，生动摹写了一代学人的风范，展示了"独立自由，兼容并包"的大学精神与学人的勤勉学风、爱国热忱、大学文化的生动景象等。斯人斯风，令人心折。

小说方面，无论是表现内容还是作品形式，每位作者的个人风格都很突出。大到悠远的历史与浩荡的人世，小到牛棚瓦舍、村庄与家庭，每篇小说都融入了作者对生活的认识、对人生的思考。人物形象的平易与亲切感，对生命与生活热情的观照和醇厚温暖的情怀均真切可感。这些作品如山林中的树苗，自在自发，郁郁葱葱。小说中，有战争年代的家国情怀，也有和平时期的儿女情长；淳朴的乡民也有狡黠的算计，贵为帝王也会有无法实现的欲望；大时代的背景下，奋力抗争的青年在不公正的碾压下发出愤懑的呐喊。就结构和语言风格而言：有的作品朴实通俗，如同潺潺流水将悠长的岁月娓娓道来；有的作品雅致如诗，结构精巧，如古往今来织就的一幅华美的绢画，有的作品笔调冷静克制，结构严谨，体现了对历史与个体命运的思考，还有的作品从社会的一隅折射了时代的变化。张兆林是讲故事的能手，叙事能力强，语言畅达。作为校园中人，其视野投向新时期的农村、农民，创作了《九家媳妇》等系列"乡土小说"，很有现实意义和人文情怀。《边境》一文从作者金国斌自己的角度解释了"费米悖论"，表达出了属于作者本人的对宇宙的想法。文章通过多次对宇宙颜色的描写不断暗示着最终"黑暗真相"的结局，整篇文章看似与开头"费米悖论"地抛出联系不大，但这种不断的暗示最终在高潮处和作者抛出的巨大信息量一同引爆，在与开头呼应的同时给予了读者震撼的画面感。这种关于"黑暗"的隐喻又同时存在于"失事""新生命"等事件中，通过暗示不断将读者的心境导向"黑暗真相"的接受氛围。科幻小说是中国正在蓬勃发展的一类小说，它们往往承载着创作者们对于未来和宇宙的设想，散发着鲜明独特的魅力。

诗词方面，诸位同仁或咏物，或咏史，或咏怀，情景交融，托物言志，无不表现出其心灵之纯净、匠心之独运。从这些作品中，可时见清灵之景，时见旷阔之境，时见历史典故，内涵蕴藉，用词亦别具风格。细细品来，这种把所有情感甚至灵魂都注入诗歌的特殊意味的意象词汇中，使历史之事、自然之物带上诗人们自我强烈的个人情感的色彩，诗与意融为一体，物与我难舍难分的深度呈现，无不彰显出新时代之写作精神，透射出心灵化之典型创作。李兴来的诗作"句句绝妙，诗诗出新，结有余味。特别喜欢看七绝的三四句转合，那么好，那么巧，那么新。造诣深厚，用词别具一格，化典于无形。"（作家念眉语）。李艳霞对自然意象的选择，发掘于对自然界最具朴实视角的独特感受；对语言的锤炼，源自对生活中最富节奏之美的情语组合。诗词清新自然，极富音乐之美。语言明白晓畅，以季节话语度入平实音律，化生活气息为清雅节序。她能从日常词汇中挑选最准确、最生动的字词凝练组合来表达，能够在平易中显现功力，浅近中显现精美。自然之景，信手拈来，全无雕饰穿凿痕迹，又自觉融于景中。细细品来，自是富蕴深意，言外有情。秦治洲诗词追求文质相辅、醇厚典雅之艺术风格，寓意深远，甚有风致。如"山纳骧云，湖泽林蔚，四海青衿共漫徉""黄序黄钟，钟灵毓秀，秀慧新花分外香"等，颇为精到，涵咏寓韵，悦读不厌（词家卓智语）。

辞赋方面，蔡先金先生的赋作行文气势恢宏，家国情怀跃然纸上，渊博学识溢于笔端，句式灵活，押韵上口，语言简洁优美，读来令人如饮美酒，不觉自醉。李兴来赋作洋溢着浓浓才气，《斗室赋》肝胆如雪，超凡脱俗;《草书赋》构思精巧，以主客对话的形式，巧妙阐述草书的源流、笔势及表现功能，见解深刻。作品巧妙使用比拟、夸张等修辞手法，表现力很强（评论家凤城行者语）。

评论方面，刘恩功之书评，以其热爱生活的赤诚之心，感怀现实的赤子之心，每篇文章都于字里行间榨出血与泪、透出爱与憎，凸显出知识分子的胸怀与情怀。王黎的评论管中窥豹，以小见大，精短不失格局，收放胸含丘壑。或一见钟情，得其精髓，或经年结交，知其底里，《充满寓意的追问》和《远离高育良式的精致利己主义者》皆是如此。其读文断影，尽显深厚的文史功底，亦能独辟蹊径，从看似平常的角度中条分缕析，得出不寻常的观点，催人思索、发人深省（评论家鲁临语）。

寓言是近几年校园文学研究会有意组织推进的特色体裁，本书共收录王晓松、张兆林、张允、胡拉拉等4位文家的8则作品，或白话，或文言；或讽刺，或劝诫；或借古喻今、借小喻大，或借远喻近、借此喻彼；或拟人，或夸张；无不给人以启示，让人们从故事中领悟到或单一、或复义的道理。《龙王显圣》对官僚主义的讽刺、《自行车和电动车》对傲慢的劝诫、《山有麃麋》对危机感的提醒等，都令人印象深刻。

当然，团队在自信所长的同时，更清醒地看到存在的不足。主要体现在两个方面。其一，校园文学题材的作品在本书中的比重偏小，尤其是小说题材，占有篇幅较大，但缺少反映校园环境、师生生活、表现师生形象的作品。其二，有些作品的创作尚停留在自发状态，需要创作者进一步加强创作自觉，提升创作能力与水平，并对作品继续进行修改完善、打磨推敲。

"不妄动，动必有道；不徒语，语必有理；不苟求，求必有义；不虚行，行必有正。"沐浴新时代的春风，站在新的起点上，聊大文学同仁自觉秉承君子文化，弘扬君子精神，用道、理、义、正做人做事，制文治学，不断孕育朵朵、串串的灿烂文花，升华珑珑、润润的高雅人生。

聊城大学校园文学文化研究会

2018年7月

目　录
CONTENTS

古体诗

词

辞赋

楹联

小说

戏剧

蔡元培
——纪念蔡元培先生 150 周年诞辰及五四运动 100 周年
□秦治洲

时间：清末、民国、现代时期。

主要人物：

蔡元培——男，号孑民，民国与现代时期蔡元培。

青年蔡元培——男，字鹤卿，清末时期的蔡元培。

蔡铭恩——男，字茗珊，蔡元培的六叔父。

蔡铭恩夫人——女，蔡铭恩的夫人。

陈独秀——男，字仲甫，《新青年》主编，北大文科学长。

宋庆龄——女，中国民主保障同盟会主席。

辜鸿铭——男，字汤生，北京大学教授。

刘师培——男，北京大学教授。

黄　侃——男，字季刚，北京大学教授。

吴炳湘——男，京师警察厅总监。

克德莱——男，北京大学英籍教员。

徐宝璜——男，北大教授，校长室秘书，新闻研究会主任。

陈宝泉——男，北京高等师范学校校长。

罗家伦——男，五四运动学生领袖，北大学生。

傅斯年——男，字孟真，五四运动学生领袖，北大学生。

匡互生——男，五四运动领袖，北京高等师范学校学生。

段锡朋——男，五四运动学生领袖，北大学生。

许德珩——男，五四运动学生领袖，北大学生。

钱中慧——女，五四运动学生领袖，燕京大学学生。

邓中夏、瘳书仓——男，北大学生。

程体乾、许有益——男，北大学生。

另有学生若干，高校校长四位，军警四位，报童两位，听差两位等。

【幕启】【音乐起】

（旁白）20世纪上半叶，中国知识界有位德高望重、领袖群伦的人物，他的外表看上去沉静如水，却着实引领了一种风气，影响及于教育、学术、思想、政治等多个领域。毛泽东主席评价他道："学界泰斗，人世楷模。"他就是蔡元培。他是伟大的教育家、思想家、革命家、社会活动家、国际知名人士！他是永远的校长，永远的先生，永远的传奇！随着时间的流逝，先生的形象、声音没有磨灭，却愈发珍贵、鲜明！

（字幕）蔡元培——开出一种风气，酿成一大潮流，影响到全国，收果于后代。

第一场　书山学海

（字幕）清光绪十三年（公元1887年）。蔡元培时年20岁。

人物：青年蔡元培、蔡铭恩、蔡铭恩夫人。

书房。墙上钟表指向晚上十二点。桌子上摆放《说文通训定声》《文史通义》《史记》《汉书》《仪礼》《周礼》《春秋公羊传》《大戴礼记》《章氏遗书》《日知录》《湖海诗传》《国朝骈体正宗》《绝妙好词笺》《癸巳类稿》《癸巳存稿》等十几部书。灯下臂佩黑巾的青年蔡元培正伏案读书。

蔡铭恩连续咳嗽，披着衣服上场。蔡元培持书起身迎接。

蔡铭恩　夜已深，元培还未曾休息呀！

青年蔡元培　（施礼）元培给叔父请安。——六叔，您又咳嗽了。

蔡铭恩　不妨事，反正一时睡不着了，索性起来与你谈谈，听听你近来的读书心得。

　　青年蔡元培　回六叔，我正在读《说文通训定声》《文史通义》二书。此二书甚好，对于训诂、治史皆有独到见解，使人耳目一新。朱氏《说文》纠正和弥补了汉、唐两代有关著作的不足，且检阅方便。章实斋先生"志属信史"之论甚好，对于搭空架子、抄旧话头的不清真的文弊，指摘很详。另俞正燮先生所著《癸巳类稿》《癸巳存稿》二书，其中语言典故、天文地理所涉考证详尽渊博，读来很有乐趣。书中蕴含的"男女平等"思想令人印象深刻。

　　蔡铭恩　元培，你能读得如此透彻，又能讲得明白，甚好！你如此勤奋而又天分悟性极高，日后必成大器。

　　青年蔡元培　侄儿自小在六叔家借书而读，多赖六叔面授提点。每日徜徉在这书山学海之中，实在人生大幸。

　　蔡铭恩　是啊，书山学海永不厌，人生自有艳阳天。一个人要想求学问，绝不能浅尝辄止、流于浮泛，就是要不畏艰难，兀兀穷年！

　　青年蔡元培　六叔教诲极是。天下之中，道理最大，当一生求之不怠也。

　　蔡铭恩　元培，时光不居，转眼你到我这儿一年多了吧？

　　青年蔡元培　一年又三十三日。侄儿感念叔父再造之恩，此生此世，没齿难忘。（行礼）

　　蔡铭恩　（咳嗽。青年蔡元培忙上前为其叔捶背。）元培，我没事儿。一家人，不必客气。你坐。（蔡元培坐）唉，也是我们蔡家不幸。你父亲一生乐善好施，兄弟四邻有求必应，对生活艰难的欠钱者又不忍索还，以至家资散尽，入不敷出。可怜兄长竟英年早逝，家中痛失顶梁之柱。（蔡元培开始抽泣。）多亏你母亲刚强周全，含辛茹苦，抚育你们兄弟成人。三人之中，她对你期望最大，一直盼望你博取功名以改命运。谁曾想，她夙愿未竟，还未看到你金榜题名便因操劳过度而西去。（长叹）

　　青年蔡元培　人生无常，十一岁那年，先父见背，幼年失怙。家道中落，艰难痛楚。兼恨两位姐姐，因无钱治病而夭，有一幼妹，亦早殇。何其痛哉！严母慈爱，忧劳过度，苦撑八年，驾鹤而去——

　　　　蔡铭恩走近。

　　青年蔡元培　我等兄弟惶然无恃，幸赖六叔、姨母众亲鼎力相助，方能生存进学。

　　蔡铭恩　元培，实在是难为你了。汝等兄弟事亲至孝，对乃母的照顾以

至"割肉救母"的孝道闻名乡里。人死不能复生，你也要节哀顺变，当铭记乃母希冀，着眼长远，思虑将来。

青年蔡元培　侄儿记下了。

蔡铭恩连续咳嗽。连打喷嚏。

青年蔡元培　六叔，您烟瘾上来了？

蔡铭恩　是啊，得马上找烟。

蔡铭恩身体蜷曲，连打冷战，腿抽筋，站不稳，倒地叫喊，涕泪俱下。

蔡铭恩　夫人，夫人——拿烟来——

蔡夫人　（拿烟上）铭恩啊，铭恩，鸦片害死人，害死人啊！〔蔡铭恩含上烟枪，蔡夫人哆嗦着为其点上。蔡铭恩猛抽几口。慢慢恢复正常。〕

蔡夫人　铭恩，你这身体是每况愈下，这可如何是好啊！你可一定要努力戒掉啊！（俯身）我们这个家不能没有你啊！（哭泣）不能没有你啊！

青年蔡元培　六叔，婶母说的是。鸦片祸国殃民，"东亚病夫"之祸根也！想吾国历史之屈辱，念现实之严酷，我们这个古老的民族该何去何从？国家兴亡，匹夫有责，我们读书人更要身先士卒，率先垂范。六叔，请您务要努力节制，珍重贵体。

蔡铭恩　唉，元培，六叔算是咱们族中读书登科第一人。如今误入歧途，身体被这大烟所残，几成废物废人。如今身处"东亚病夫"之列，实在愧对祖宗，羞见亲友，乃民族一罪人！错，错，错！（呜咽。哭泣。捶胸顿足。）

蔡夫人　（手帕擦泪，起身，扶住蔡铭恩肩膀）铭恩，你可一定要振作啊！一个人，遇挫折而消沉，可悲；因私利而背叛，可耻。如若偶入歧路，倘能迷途知返，才难能可贵。为了蔡家的希望，你一定要知返改过，奋进不息，在家族中做一个可敬之人，方不枉这世上走这一遭啊！

蔡铭恩　夫人教训得是，可谓"听君一席话，胜读十年书"。苍天在上，我蔡铭恩在此立下誓言：烟蔡蔡烟，不共戴天，有烟无蔡，有蔡无烟。茫茫大波，苍苍高山，诸亲为证，信誓旦旦。

蔡夫人　铭恩，我们相信你！你能行！

青年蔡元培　六叔，长痛不如短痛。侄儿很高兴看到您下此决心。

蔡铭恩　元培，来坐下。（三人坐定）元培，蔡家全族对你寄寓厚望。今

日，六叔为你取字"鹤卿"，愿你科途顺利，早日金榜题名，仕途上鹤立鸡群。

青年蔡元培 元培叩谢六叔赐字！侄儿定当夙兴夜寐，发奋向学，绝不辜负您老的期望。

蔡铭恩 好孩子，起来。

蔡铭恩 元培，六叔这里的千卷藏书能读的多已被你阅尽。书山浩渺，学无止境。如今我这里已经不能满足你的需要了。六叔好友徐树兰先生那里有一处藏书楼，名为"铸学斋"，藏书多达4万余卷，量多且多善本，那可是名副其实的书山学海。我推荐你到那里，你可一边做工谋生，一边继续博览群书，必能如鱼得水，如虎添翼，学问精进！如今你年方二十，宜乘风破浪，争取早日中举！

青年蔡元培 侄儿定当全力以赴！

蔡铭恩赏识地拍青年蔡元培的肩膀。

（字幕）清光绪十九年（公元1893年），蔡元培26岁时，经殿试中进士，被点为翰林院庶吉士。殿试策论成绩为二甲三十四名（等于全国统考第37名），内容是"西藏的地理位置"。

灯暗。转场。

第二场　革新北大

人物：蔡元培，教员刘师培、黄侃、辜鸿铭、徐宝璜、克德莱等。学生若干，听差两位等。

内景：两位学生坐逍遥椅上，听差在给捶背。

听差小兰子 大人，要上课了。今日要去听新校长就职演说哪。

许有益 咦，我说老程，你说这个蔡元培是不是傻啊？放着翰林美差、眼看到手的高官不做，偏偏去搞教育。如今搞到我们北大来了。

程体乾 （手里转着两个铁蛋）老许，北大的校长和我们一样，都是来镀金的。蔡元培是第多少任？第14任。以前的校长一般做个一两年就走了，最长的胡仁源也不过三年。蔡元培也是兔子的尾巴——长不了。我们积极和他搞好关系就是了。

听差小兰子 两位大人，这个蔡校长似乎和前边的不一样啊。进校第一天，校工们排队在门口向他行礼，他可不是目中无人，而是脱下礼帽向校工们鞠躬回礼，把他们和路过的学生都震惊了。

许有益　咦，有点意思。这是几个意思呢？他想表达什么传达什么呢？小兰子，这是不是校长想实施民主，让大伙儿都平等起来，比如让你和我平起平坐？来，小兰子，你来坐这逍遥椅，我来给你捶背，让你也逍遥逍遥。

听差小兰子　（诌笑）大人，这可不敢。奴才站惯了。再说了，奴才侍候你惯了，让我享福也享不了，不习惯。

程体乾　小桂子，你呢？

听差小桂子　老爷，我也是。我们就是这个命。能服侍老爷，是我的福分。

许有益（大笑）　奖励——每人两吊。（扔出一串铜钱）

听差小兰子　谢大人恩典。

听差小桂子　谢老爷恩典。

许有益　走，听蔡校长演讲去。看看他要刮什么风。

听差小兰子　大人听课去了——

听差小桂子　老爷听课去了——

学生陆续上场。三五成群。集至礼堂。

蔡元培　同学们，我是蔡元培。我想首先问同学们一个问题，来大学当何为？外人常说我们学校之所以腐败，说你们来校求学，皆有做官发财的思想。我想告诉诸位三事。一要抱定宗旨。入大学，为求学而来。大学者，研究高深学问也。大学学生，当以研究学术为天责，不当以大学为升官发财之阶梯！想升官发财者，莫入此门！请走别路！二要砥砺德行。当今社会，风俗日下，道德沦丧，国家如此，前途堪忧。迫切需要卓绝之士矫正这社会颓废之风。你们作为大学学生，地位甚高，当自觉肩此重任，以身作则，不但提升自己，还要成为他人的榜样。

邓中夏　讲得好！向蔡先生致敬！

蔡元培　感谢同学们。三要敬爱师友。对待老师应以诚相待，敬礼有加。同学们之间应该互相亲爱，切磋共进，同处北大，则要荣辱与共！

瘳书仓　蔡校长说得好！同学们，荣辱与共！

众学生　荣辱与共！（鼓掌）

蔡元培　同学们，我到校时间还不长，很多校务还不了解，初步先计划做两件事：一是改良讲义。学习，不仅要靠老师讲授知识，更要靠各位自己潜心学习。以后印讲义，只印提纲，细节主要内容靠你们自己思考研究，如此才能学有所得。二是添购书籍，广泛购书，以满足同学们的需要。倘若，同学们不抓紧在大学里培植根基，勤于学习，若将来担任教席，必将贻误学生；置身政界，则必贻误国家。在此与诸君共勉。谢谢诸君。

学生们逐渐散去。

许有益　这新校长讲得倒轻松，就是不知道能不能行得通。他是不知道咱们北大的厉害哦！

程体乾　前面的演讲不过是训诫学生的泛泛之谈罢了。后面的两条措施行不行，咱们就骑驴看唱本——走着瞧喽。老许，我们撤！花花去啦！

许有益　好，我们兄弟们不愧为结拜兄弟，总是不谋而合。现在有福同享，将来有官同做。走着！

小兰子　大人，大人，快乐的大人！

小桂子　老爷，老爷，逍遥的老爷！

蔡元培等学生走完，下。

灯暗。鸡叫、鸟鸣声起。黄侃上。伸伸胳膊伸伸腿，活动筋骨。

黄　侃　大梦谁先觉，平生我自知，草堂春睡足，窗外日迟迟。

刘师培上

刘师培　季刚兄，不好啦，出事了！有麻烦了！

黄　侃　师培兄，何事如此慌张？

刘师培　听说新任校长蔡元培要聘请陈独秀出任文科学长。这太不可思议了吧？这怎么能行？他是"暴力革命"的鼓吹者。他要进北大，北大会被他搞乱的！

黄　侃　师培兄所言甚是。区区一"桐城秀才"，只会写几篇策论式的时文，并无真才实学，到北大任教尚嫌不够，更不要说出任文科学长了。

刘师培　季刚兄，陈独秀鼓吹"暴力革命"，为人十分激进。他要来，还要管我们，我们这些"老派"分子还会有好日子过吗？

黄　侃　师培兄说的是。走，我们找鸿铭兄商议商议去。

外景：小路上。辜鸿铭在散步。

刘师培　鸿铭兄，你在这里呀，你这个年纪、腿脚又不好，就不要到处乱跑了嘛。学校出事了，我们有麻烦了。

辜鸿铭 什么麻烦？你也有一把年纪了，怎么遇事如小孩子一样慌里慌张？要斯文，斯文一些！

刘师培 那个陈独秀就要来北大当文科学长了！

辜鸿铭 哪个陈独秀，就是那个编发《新青年》的那个？

黄　侃 就是那个家伙儿！

辜鸿铭 这个陈独秀，成天搞什么"新文化运动"，肆意践踏传统，唯恐天下不乱！

黄　侃 我等一心专注学问，此亦为大学学者之道。陈独秀，他有什么真才实学？他有什么资格到北大任教？更有什么资格当文科学长？走，我们一起问问蔡校长去。

内景。蔡元培办公室。

刘师培 蔡校长，我们来问你，听说你要把陈独秀请到北大来？我们以为，此事万万不妥。他这种"暴力革命者"会把北大搞乱的！

黄　侃 蔡先生，你看走眼了吧？陈独秀有什么真才实学？有什么资格到我们北大任教，凭什么当文科学长？

辜鸿铭 蔡先生，老朽也奉劝你一句，一则千万不要跟着洋人跑了；二则过多则杂，过新则乱！

蔡元培 三位先生不急，我们坐下慢慢谈。（三位坐）古语云：万物并育而不相害，道并行而不相悖。倘若众家学说争鸣于大学之中，似相反而实相成。元培长期在欧洲学习生活，细致考察过德、法等国的大学教育，确信学术自由乃各国大学之通例。不如此，便不会有发达的学术文化。此大学之所以为大也。故大学者，囊括大典、网罗众家之学府也。所以我们办校要采取"思想自由，兼容并包"的原则。也就是说，对于各家学说、各种学派，只要言之有理、持之有故，就任由他们自由发展。我们绝不能人为的、随意地加以干涉！

三位目光交流。

刘师培 蔡校长，我还是表示怀疑，这样北大不就变成"大杂烩"了吗？

黄　侃 是啊，蔡先生，这让人担忧哪。人员越来越杂，许多方面怎么协调，中国的和西洋的，文言的和白话的，这一派和那一派的？

蔡元培　各位先生，我想，这一点不必担心。我们要对现有教员进行考察，视其学术造诣的深浅，分别予以留聘或解聘。诸如辜鸿铭先生，就要留下来。我请先生，因为他是一位学者、智者和贤者，学生可以跟他学习外国语言及文学。辜先生精通9国语言，获得13个博士学位，实在人才难得。我不管他政治上是什么保皇派、顽固派还是什么派，我只看重他的学术。西洋人有民谣：到北京可以不看三大殿，不可不看辜鸿铭。这样学贯中西、声动中外的学者我们能不聘用吗？

众人点头。

辜鸿铭　蔡校长，有些人说老朽我拖着辫子讲英国诗煞了风景；还有些人说我老想着保皇复辟，应该扫进历史的垃圾堆。虽然我们东方人讲求明心见性，不看重表面功夫。我还是要感谢你！

刘师培　蔡校长，我们还有担心，你要让陈独秀做文科学长，他要是从中阻挠您聘用我们几位怎么办？

蔡元培　师培先生，这一点您不用担心。我们要组织评议会，给教授代表以立法决议权；同时组织各门教授会、各种委员会来决定相应事务，建立一套健全的机构体制。陈独秀即便做了学长，也不能随意决定教员聘用等问题。我这个校长也不能。同时，各位先生，我想说的是，陈仲甫先生是一位君子，绝不是一位小人。不瞒您说，学校聘您为教授，恰是陈仲甫向我推荐。

刘师培　啊？这怎么可能？！

蔡元培　师培先生，确是如此。

刘师培　这，这——

蔡元培　至于学问方面，我想问诸位先生，你们是否真正深入了解过陈仲甫？他精通训诂音韵，学有专长，过去连章太炎先生也把他视为"畏友"，怎么能说无真才实学？

黄　侃　您说什吗？我的先生、太炎老师称他为敬畏的朋友？真有此语？

蔡元培　千真万确。

黄　侃　在中国，太炎老师能瞧得上的人，可没有几位！说陈独秀是"畏友"，那都是老皇历了吧？现在，他成天闹革命，哪有时间做学问啊？学问早就荒废了吧？！

蔡元培　黄侃兄，诸位你们又有谁认真看过陈仲甫主编的《新青年》？

放眼我们现在北大，有几人能有他那样比较清晰、先进的教育主张，又有谁能够始终站在青年学生一边，为青年着想，确为青年的有益指导者？

三位低头有所思。

蔡元培 对于陈仲甫，元培与他早已熟识，有不忘之印象。像他这样的革新一派，我们应该予以欢迎。新思潮，依我看来，可以喻作洪水，犹如大禹父子治水，只能疏导，不能土湮。他们即使偶有过激之论，只要与校课没有关系，我想是不要紧的。

徐宝璜 陈独秀先生的才学我略知一二，他在文字学考据方面也有研究著述，这一方面的功夫甚至不在章太炎先生之下。蔡校长，要请陈独秀，那李大钊也可以请啦。时下，《新青年》与《晨钟》，一刊一报南北呼应，"德先生""赛先生"气势日高，"南陈北李"声名日积哪！

蔡元培 宝璜说得是，我看可以。元培与守常先生也是一见如故。他是"兼容并包"的坚定主张者，思想深刻、活跃。我赞成你的提议。

黄 侃 啊，一波未平一波又起，看来您这是要让新思潮席卷北大啊！

蔡元培 是啊，正如中山先生所言，世界潮流，浩浩荡荡，顺之则昌，逆之则亡！我们要顺应潮流才是！众家争鸣是我们中国的优良传统，也是世界文明大潮！众家争鸣，方得气象万千！

辜鸿铭 我说两位，走吧，好戏在后头呢！看来我们是要当面锣对面鼓地唱起来哪！

蔡元培 辜先生说得是。你们要唱起来！

三人 蔡先生，告辞了。

蔡元培 三位慢走。恕不远送。

蔡元培 宝璜，你的那个新闻研究会筹备得怎么样了？

徐宝璜 差不多了。

蔡元培 好！北京大学之所以不满人意者，一在风纪之败坏，二在学课之凌杂。欲救其弊，关键是将其改造为一个纯粹研究学术之机关。我们除了要选聘优秀教员，还要从校风方面抓起。我看可以先从两方面入手：一是先办两个刊物《北京大学日刊》《北京大学月刊》。日刊发布学校各种规章、消息，以及师生对于办学的建议意见，同时发表一定数量的学术论文，以引起师生论辩，活跃校内空气；月刊专门刊发师生学术论著，促进学校学术。

徐宝璜　太好了！这个好！

蔡元培　二就是要广泛组织各类学会社团，包括你正在筹备的新闻研究会，包括罗家伦、傅斯年他们申请成立的新潮社等，尽量每个系都成立一个，老师们热忱指导，吸引学生们参与进来，学校在经费、设施方面给予大力鼓励和赞助。通过社团，让健康的追求取代学生先前那些低级趣味，学校的风气自然会好转。如此，我们将会看到一个焕新的北京大学！

徐宝璜　这实在是好。我一定投入精力，把新闻研究会办好。

蔡元培　好，我们下班。一起回家。

二人出办公室，向外走。克德莱唱着《茉莉花》骑自行车上。相遇。

克德莱　Hello，Mr.Cai，this is my freshly baked bread.It's very delicious，have a taste?

蔡校长　不了，谢谢。

克德莱　Mr.Xu，and you?

徐宝璜　Oh,thank you.

克德莱　蔡校长，听说学校正在酝酿教员选聘问题?

蔡元培　是的，克德莱先生。您的消息很灵通嘛。

克德莱　我想请问蔡校长，您要依据什么标准呢?

蔡元培　对于道德品质低下的教师，要予以直接开除。对于水平有限，不称职的教员，无论中外，应该予以解聘。

克德莱　Oh,My God! 蔡校长，你是想解聘我吗?

蔡元培　克德莱先生，此话我没有讲，请你不要激动。据我了解，在无故缺课的教员中，您是最多的吧? 你这一缺课，学生就跟着旷课逃课，实在是败坏风气，可谓乌烟瘴气。同时，不在课堂的时候，请问您又在何处? 对于你的情况，学校会成立评议会，做出相应、公正的评议。

徐宝璜　克德莱先生，你们几位的"探艳团"可是名声在外啊！

克德莱　Such A Guy，Don't talk nonsense。米斯特蔡，我的背后可是站着英法公使，大英帝国，他们是绝不会袖手旁观的！ Never！

蔡元培　克德莱先生，我们会认真做好相关事宜。据我了解，地质系的葛利普先生工作勤勉，教学效果好，学术水平高，这样的好教员，我看我们应该留聘。对于您，请相信我们不会抱有任何偏见，会做出客观公正的评价的。

克德莱　米斯特蔡，你要是解聘我，我就和燕瑞博他们联合起来，控告北大，控告你！I'll accuse you！！

蔡元培　即便将来辞退，均按合同、照规矩办理，若您必欲赴诉、打官司，则悉听尊便。

徐宝璜　中国的土地绝不允许洋人在此撒野！

克德莱　How dare you? 简直是岂有此理！你们等着！咱们走着瞧！

克德莱骑车踉跄而去。徐宝璜哈哈大笑。

蔡元培　宝璜，我们走吧。

灯灭。再启。几位学生围看公告。

邓中夏　（念）通告　本校为二十世纪全国高等学府，非封建旧式学堂，自今日起取消呈文制度。今后学生有事向校方反映应使用公函，也可直接上校长室面谈。特此通告。

廖书仓　新校长不愧是革命翰林！刚讲了话，就出了这么一个通告，可谓雷厉风行，新风扑面啊！蔡先生这是要和积累多年的陋习决战啊！好！要改朝换代了！师生平等了！走，我们看下一个布告。本校原文科学长夏锡祺已辞职，兹奉令派陈独秀为北京大学文科学长。

邓中夏　是有新气象之感！聘陈独秀担任文科学长，蔡校长眼光独到，眼光独到！我赞成！《新青年》多卷多号我都读过，《敬告青年》发刊词常在耳边回响。同学们，陈独秀要来北大啦！陈独秀要来北大啦！

某学生　来，一起看第三则布告。

众学生　（轮念）新聘文科教员名单　教授：李大钊 胡适 马寅初 周作人 钱玄同 刘半农 马叙伦 杨昌济 刘师培 章士钊 徐宝璜 讲师：周树人 梁漱溟 爱罗先珂——

许有益　我说，老程，师生平等，成何体统？不过，这个新聘教员名单看起来架势不小啊！

程体乾　（手里转着两个铁蛋）是啊，老许，关键是这个陈独秀来了！这是个铁杆革命者，危险分子，他还带来了重武器——《新青年》。据弟所知，这家伙在同学们中影响很大，多有追随者。（朝向邓中夏）轰，轰，轰，老厉害了！

邓中夏　一边去。让那些繁缛的冬烘气，见鬼去吧！（喊）自主的而非奴隶的！进步的而非保守的！

瘆书仓　进取的而非退隐的！世界的而非锁国的！

众学生　自主的而非奴隶的！进步的而非保守的！进取的而非退隐的！世界的而非锁国的！

瘆书仓　同学们，陈独秀要来北大啦！《新青年》要来北大啦！

众学生　欢迎陈仲甫！欢迎《新青年》！（掌声）

灯灭。换景。再启。

（字幕）1919年2月。蔡元培校长上任2年。北京大学师生著作展。

几位学生在参观。蔡元培、陈独秀边走边交谈。

学生们　蔡校长好，陈先生好！

蔡　陈　同学们好！

蔡元培　仲甫兄，你主持的《新青年》一直都是推翻旧习惯、创造新生命的态度的范本，这个不消说了。你看，我们和商务印书馆合作刊出我们教员的学术著作，可谓成果颇丰啊！

陈独秀　是啊，我们北大真是藏龙卧虎之地！

蔡元培　你看，去年7月份出的第一批陈大齐的《心理学大纲》、陈映璜的《人类学》、周作人兄的《欧洲文学史》三本，影响很大；第二批胡适之的《中国哲学史大纲》一出版就引起轰动。

陈独秀　是啊，适之真是一位旧学邃密而且新知深沉的学者。

蔡元培　宝璜的《新闻学大意》也是"破天荒"之作。我们俩这事是做对啦。

陈独秀　蔡校长，公上任不过两年，北京大学就发生了翻天覆地的变化。残清腐败，扫地以尽；此等学术成果，独开中国学术思想之新纪元！仅文理各科几乎每周都有学术讲座这一件事，其他大学就难以做到。师生们业渐以谈论辩论学术为荣。

蔡元培　仲甫兄过誉了。大学为研究学理的机关，就是要成为学术之府、学问之地。我们不光要把北大改造成一所新型的大学，更希望通过引进《新青年》，创办各种学术团体，造就一种新的自由的空气，一种自春秋战国以来从来没有过的独立的知识分子群体。

陈独秀　蔡兄所言极是。独秀深表赞成。

蔡元培　仲甫兄，你上任以来推行的多项教学改革措施效果显明，功劳诚多。感谢你啊，老朋友！

陈独秀　蔡公客气了！独秀感念蔡先生的知遇之情，愿竭全力，以共成大事！

陈独秀　同学们，在正人君子眼里，我陈仲甫可能是个危险分子。你们都知道，我是被蔡先生的精神感召来北大的。是来办刊物，搞白话文运动，传播新思潮的。我和蔡先生的理想，就是教育应该是指导社会，而非随波逐流社会。所以，我们的大学，应该是创造国家的新文化，建设科学和民主新社会的发源地。将来从我们这里走出的学生，应该是有一种气象，有一股敢和黑暗势力抗争的力量和牺牲精神的。为了这一天，同学们应该赶快行动起来，去创造一种全新的精神生活。去运动场，去结社，去办刊物，去研究室，去雄辩，去开展一切有益身心的活动！

掌声。灯暗。转场。

第三场　五四情怀

人物：蔡元培。傅斯年、罗家伦、匡互生、段锡朋、钱中慧、吴学恒、许德珩等一群学生。三四位军警。四五位校长等。

一群学生浩浩荡荡。高举旗帜、标语——"还我青岛！""卖国贼曹汝霖、章宗祥遗臭千古。"游行队伍高喊口号——"还我青岛""废除二十一条""拒绝和约签字""外争国权，内惩国贼""抵制日货"。

罗家伦　同学们，同胞们，现在日本在国际和会，要求并吞青岛，管理山东一切权力，就要成功了，他们的外交，大胜利了。我们的外交，大失败了。山东大势一去，就是破坏中国的领土。中国的领土破坏，中国就要亡了。所以我们学界，今天排队到各公使馆去，要求各国出来维持公理。务望全国农工商各界，一律起来，设法开国民大会，外争主权，内除国贼。中国存亡，在此一举。今与全国同胞立下两个信条：中国的土地，可以征服，而不可以断送。中国的人民，可以杀戮，而不可以低头。国亡了，同胞起来呀！

傅斯年　同学们，我们来大学求学是为了将来救国，现在国家需要我们献身的时候到了。这些卖国条约只要一签字盖印，日本的虎狼之师就将合法地开进中国，驻兵设警，干涉内政，为所欲为，无恶不作。我们作为炎黄子孙，能眼睁睁看着国家主权被人出卖吗？不！我们决不答应！留日学生已全部回国请愿，同学们我们要行动起来！

钱中慧　同胞们！我们要让民众，知道所谓的巴黎和会的阴谋！我们要让民众，知道我们的主张！无论是谁，要是敢亡我国家，灭我种族，我们就跟他们血战到底！（众：血战到底！）走，到东交民巷交涉去。

队伍移动。下。重又喊着口号"外争国权、内惩国贼""废除二十一条、拒绝和约签字"上来。两位军警持枪阻拦。

军警甲　停，站住！这是使馆区，不得再前进！

傅斯年　中国的土地中国人竟不能通过？简直是岂有此理！

军警乙　同学们，你们这是明知故问！这是使馆区，是受我们政府法律保护的。外国人是惹不起的！你们还是散了吧！

罗家伦　国犹未亡，自家土地已不许我通行，果至亡后屈辱痛苦又将何如？

段锡朋　中国的土地为什么中国人不能通过？

军警甲　（哈哈笑）我就喜欢看你们着急的样子！

匡互生　我们往前冲，冲进去！

军警乙　谁敢？！（鸣枪示威）老子长着眼，老子的枪可不长眼！谁要向前冲，别怪老子的枪走火！

吴学恒　同胞们，国之冤情向谁诉说，我们若不一起反抗，只等着他人灭我中国，欺我儿女！我们找卖国贼算账去。

许德珩　（喊）大家往外交部去，到曹汝霖家去，到赵家楼去！

队伍向前。高喊口号"卖国贼曹汝霖、章宗祥遗臭千古"。并散发传单。

两位军警上前阻拦。

傅斯年　警察大哥，我们是爱国学生，来这里是找曹总长谈谈国事，交换意见。要他爱中国。我们学生手无寸铁，你们也是中国人，难道你们不爱中国吗？

军警甲　也罢，我们也是中国人，也是爱国的。不过，你们要进，只能向前几步，进入胡同。

同学们鱼贯进入胡同。

学生们 （高喊）卖国贼曹汝霖滚出来！

许德珩 打倒卖国贼曹汝霖！

段锡朋 匡互生，围墙太高，我们进不去啊！

匡互生 我看看。这里有一个窗户。看我的！

模拟：挥拳打碎大门旁左上角一扇玻璃。然后拧弯了钢筋。匡互生进入。几位同学鱼贯而跳入。打开大门。人流一拥而入。

学生打砸屋内家具等。

段锡朋 互生，曹贼找不到啊！是不是不在家？

匡互生 老贼不在家，咱们就端了他的老窝，把这宅子放火烧了！（拿出火柴）谁去找汽油？

学生们（群喊）烧掉这个贼窝！

傅斯年 我们是不是过激了？不应如此。我们不是说好要"有纪律的抗议"嘛？

段锡朋 是啊！不能烧啊！我负不了这个责任。

匡互生 谁要你负责，虽然你是学生联合会主席，你也确实负不了责任！我来负责。

有学生找来一桶汽油倒上。火点上。

匡互生 同学们，撤！

（章宗祥看到起火，跑出来）

段锡朋 同学们，曹贼出来了！

匡互生 打！狠狠地打！

一顿乱拳乱脚。章宗祥哀号。吴炳湘带领三名军警上。

吴炳湘 又放火又打人，真是胆大包天！给我统统抓起来！

钱中慧 同学们，军警抓人了！快跑啊！

军警逮捕了一批来不及散去的同学。

许德珩 打倒卖国贼！

某学生 打倒狗汉奸！

吴炳湘 统统给我带走！

军警丙 把他们都带走。真了反了天了！让他们尝尝禁闭的滋味！

【画外音】段锡朋　蔡校长，不好了，32位同学被军警逮捕了。我们同学们计划组织动员北京所有高校统一罢课。

【画外音】蔡元培　同学们，你们放心，被捕同学的安全，是我的事，一切由我负责。只希望你们听我一句话，你们要安心上课，不必外出，我保证三天之内，把被捕学生营救回来。我们几位大学校长已知此事，并马上行动。

蔡元培带领几位大学校长高举旗帜上。旗上写着"校长团"大字。

蔡元培　走，我们去警察厅要人去。

其他校长好！

内景。一张长桌。校长团与警察厅人员分列两旁。

蔡元培　吴总监，我们校长联合保释32位学生，还请你给予通融。

吴炳湘　各位校长，不是我不通融，兄弟也是奉命行事啊！

蔡元培　吴总监，学生的行为没有超出公民身份的范围，他们的行为怀有良好的爱国主义信念，是不能指责的。我们学校对此有一个判断，感觉不应干预学生的爱国行动。政府当局亦应理解学生的一腔爱国心哪！

吴炳湘　蔡校长，这件事情你在现场吗？你能说得清吗？

蔡元培　学生们确实是出于一腔爱国心。所以我们校长们才联合出面保释学生。若政府揪住不放，我可以留下，愿用身家作保，以我一人抵罪。

吴炳湘　爱国？爱国会烧房子、搞破坏吗？爱国？爱国会打人、把人打个半死吗？你们就是这样教育学生的吗？！4日晚上的内阁紧急会议已经达成决议，要求各校校长查明为首滋事学生并一律开除。

陈宝泉　带头的学生是我们高师的。作为校长，我愿承担责任。

吴炳湘　校长们，你们的心情我可以理解。但此事闹得太大了，不好收拾啊！堂堂政府官员被学生殴打，赵家楼也烧了，这些学生是吃了熊心豹子胆吗？其背后一定有人指使，有人操纵！蔡校长，我可郑重提醒你，现在内阁对你颇有意见，有人以为"宁可十年不要学校，不可一日容此风。"，同时认为你就是姑息纵容者。兄弟我还听说有人要花三百万买你项上人头；还有人准备火烧校舍、炮轰北大、杀学生呢。我劝你们赶紧回去吧。兄弟提醒你们，小心为上，小心为上！

陈宝泉　真是岂有此理，他们敢！他们胆敢这样做，就是历史的罪人，民族的罪人！

吴炳湘　什么罪人不罪人的。迂腐！再说了，你喊什么喊？在我的地盘我就说了算。（把枪拔出拍在桌上），在整个中国，它就说了算！

蔡元培　吴总监，对学生的爱国行动，我不忍制止。学生此次运动，纯出于爱国之热诚。其导火索是帝国主义欺我们太甚！吴总长，你我同为炎黄子孙，当感同身受也。

校长们　是啊！是啊！

吴炳湘　各位校长，你们也收到政府的命令了吧？一共三条，白纸黑字，写得清清楚楚。查办北大校长；将学生送交法院；整饬学风。

蔡元培　此次运动，学生唤醒国民，作用重大。当然牺牲学业，代价也不轻。其实，我的内心是不希望学生时常如此的。学生，总要以学术为重，爱国勿忘读书才是！青年人救国，不能单凭热情，主要应靠学识才力，应当力学报国。学生的爱国运动决不能荒废学业，因爱国而牺牲学业，则损失的重大，几乎与丧失国土相等。我是绝不赞成学生热衷参加政治运动的。

吴炳湘　蔡校长，你这话说得还算中听，入耳。

电话铃响起。

吴炳湘　什吗？学生们还要准备更大规模的大罢课？好，我知道了。传我命令，严查严防，恪尽职守！（放下电话）各位校长，这次也算是给学生们一个教训。政府本已经决定将这些学生开除，看在他们年轻、初犯，加上你们校长都来了的份上，只要学生保证不参加国民大会，取消5月7日的大罢课计划，明日起一律上课，被捕的学生就可以释放。如果学生复课而不放学生，我吴炳湘就是他们终身的儿子。

蔡元培　好，吴总长，孑民代表学生们感谢你！我们后会有期。

吴炳湘　走好。后会有期。

校长团人员下。幕闭。转场。

第四场　三民品格

人物：蔡元培、宋庆龄。学生若干、报童等。

报　童　卖报，卖报——廖承志陈赓被捕，民权保障同盟《告中国人民》公开书——

内景。宋庆龄办公室。

蔡元培 （手指报纸）宋主席，你看，蒋介石是越来越让人失望了——

宋庆龄 孑民先生，你也看到了，罗登贤、廖承志、陈赓等同志先后被捕了。

蔡元培 庆龄先生，我看到您执笔的公开书《告中国人民——号召大家一致起来保护被捕的革命者》了，孑民深表赞同。罗登贤、廖承志、陈赓等五位同志，他们不是罪犯，而是中国最高尚的代表人物！我党一再干出此类行径，实在是令人失望。这个党是离人民越来越远了。

宋庆龄 孑民先生，国民党早已不再是一个政治力量，我们不能再对某些人抱有希望。中国国民党已经丧失其革命集团之地位，至今已成为不可掩藏之事实。亡国民党者，非党外之敌人，而是党内之领袖。这个党与民众日益背道而驰，借反共之名，行反动之实，阴狠险毒，贪污欺骗，无所不用其极。最近如艰苦卓绝之勇士邓演达惨遭杀害，即其一例。

蔡元培 宋主席，我建议，我们民权保障同盟全国执行委员会和上海分会联席会议应该马上召开，我们要着重讨论如何营救他们才是。

宋庆龄 孑民先生说的是。我们发起组织中国民权保障同盟，就是要不遗余力地反对独裁，援救一切爱国的革命的政治犯，争取人民的民主自由权利。孑民先生，我们要迅速行动起来，成立营救他们的专门代表委员会开展工作。

蔡元培 庆龄先生，请放心。为了他们奋斗的事业，我们要以这个斗争展开阵线，向裁害工人、学生及知识分子的恐怖猛烈进攻！

宋庆龄 好，孑民先生，我们分头马上行动。（二人下）

报　童 卖报，卖报，中日签署《何梅协定》，华北主权出卖——卖报，卖报，中日签署《何梅协定》，华北主权出卖——

一群游行学生上。高喊口号“打倒日本帝国主义！”“反对华北五省自治！”“打倒汉奸卖国贼！”“立即停止内战！”

许德珩 同学们，为了中华民族之自由与独立，为了全国民众自动的救亡，北平全体的青年学生，已经起来作英勇的斗争了！他们这种救亡的悲壮运动，是光荣不是“耻辱”，是全民族的呼声，不是少数人的“意气”！

蔡元培上。

蔡元培　各位来宾、朋友们：关于中日的事情，我们应该坚定，应该以大无畏的精神抵抗，只要我们抵抗，中国一定有出路！我们要学习先贤墨子的反侵略精神，每一位中国人，都要在全民抗战中担当起一份任务！新近蒙各路同人信任，推举我任中国国际反侵略运动大会中国分会名誉主席。我在所作会歌《满江红》中已表明心志，那就是：公理昭彰，战胜强权在今日。我中华，泱泱国。爱和平，御强敌！

音乐起。众人唱《满江红》会歌。

在涌动的音乐声中，灯光渐收。

——剧终

【此文载于《中国作家》（影视版）2019年第2期】

《蔡元培》剧组演员合影

现代诗歌

蔡先金诗歌选

心 象

石头本是沉默的
你却在听着石头唱歌
太空本是静寂的
你却说星星在眨巴眼睛
玫瑰本就是一朵花儿
你却用于表达忠贞的爱情
周围的世界已经存续亿万年
是你赋予了生命的体验
你构建一个什么样的心象
你就生活在一个什么样的世界
世界还是那个世界
心象 却在不停地呈现
就像魔术师一样变幻
一会儿悲伤一样地悲伤
一会儿高兴一样地高兴
一会儿幸福一样地幸福
选择美好的心象吧
构筑心仪的心象吧
让不舒心的物象更为审美
我看花开 花就开了
我看云行 云就行了

数 数

我喜欢绿树
是因为那叶子的缘故
我于是开始数那一个个叶片
到数到亿万个的时候
我就会发现一望无际的森林

我喜欢星星
晚上 便躺在草坪上
静静地数星星
从一开始 当数到无数的时候
我就会发现一个偌大的宇宙

我喜欢春天的小雨
也期望能数一数雨滴
当我还没有来得及数数的时候
雨滴就汇聚成了溪流

噢 我就数一数我喜欢的东西
看一看能够发现的奥秘

定 力

当我不动时
世界围绕着我在转
心儿平坦

当我躁动时
我围绕着世界在转
心儿添乱

康健诗歌选

找一本更厚的书作枕头

往来红尘中
我们暂且先放下那些功名
只挑拣一本厚的 更厚的书
让我们入睡时可以安然

这是我们在蹉跎春光里的挥霍
我们的视力远远超出
这些不能言语的图书
曾经我们想象得无边无沿

用一本更厚的书作枕头
我们可以俯首静听
书里面人物小声地对话和謦欬
让一整个漫长的夏季 就像一个夏天

吉光一片片
像羽毛一样四散
这是冬天的温暖
是书籍里的炊烟

靠近你
这不是冰冷的脸孔
江天阔 彩云低
你我会相逢在书中的某一幅场面

书的字里行间
有清竹沥汁的味道
也会有玫瑰的花香
和着刻刀和火枪的味道

书籍给我们
开拓更广阔的历史和空间
看耕耘者如何耕耘
看幽兰又怎样地生于空谷

用一本更厚的书作枕头
至少在梦里就不会害怕
峭鬼与冷狐的艳媚
让背负的重担释然

唐的梨花开在宋的庭院
元的小曲唱在清伶的嘴边
我听见一个粗头乱服的丫头
不时在我耳边大声地喊

大雪·歌声

花灼灼　草芊芊
谁见了我书中的姻缘
你泪影里的笑声
已随大江流过了千年

豆子瘦了麦子瘦了西瓜也瘦了
桃花瘦了杏花瘦了河水也瘦了
大的雪片暖和　小的雪片温润
它们落在山林里引发了大火

月光会压弯夜晚

淡绿色的国王被丢弃在麦地里
那里铺满了水果的冰床
我们走上天空里垂下来的台阶
接引众生里索然的悲哀

月光太沉重
压弯了整个夜晚
弯的就像你凸出的肚皮
里面很多的小人在跳舞

我们一次一次被打捞
我们的骨节成为结石
哗啦哗啦地响着
仿佛是匣子里的铁链

国王越走越远
他内心里开始长出皱纹
他丢失了手里的金勺子
他胸椎隐隐作痛

我看见大雪里裹藏着
一只灰褐色的狐狸
她拖着大红大紫的尾巴
给—给—给—给—给—地唱着歌

这是冬天唯一的秘密
我就知道她一定是化险为夷
你听——她在夜晚的树林里
给—给—给—给—给—地唱着歌

我只爱过你一次
随即在大梦里醒来
你却恒久地占据了我的枕边
给—给—给—给—给—地唱着歌

四朵花

四朵花她们是争奇斗妍的姊妹
其中蓝色的那朵她最冷艳
黄金细蕊后面是她飘忽不定的脸
她们的发髻都盘在花萼的背面

四朵花她们的身体比蜜甜
其中橙红的那朵她最喜欢大雪
唯有寒冷的冬天
她才会啜饮温热的酒浆

四朵花她们是诗歌的摇篮
其中红色的那朵她最性感
大地拥有隆起的草原
她拥有六朵粉红的花瓣

四朵花她们在抒情地吟咏
其中粉色的那朵她轻轻摇曳
在冬天没有火把的日子里
四朵花就照亮和温暖了整片原野

静物·虎皮兰

虎皮兰是一片危险的空阔地带
他们伪装成淡雅甜香的兰花
以及有着黄金条纹的温暖手抄

虎皮兰革质边缘锋利如刃
横带的斑纹是它隐藏的微笑
虎皮兰的尾巴在风中轻轻地招摇

虎皮兰在盛夏会生成一场大火
它身下是蔚蓝的海洋
虎皮兰也变成了火焰和海水

虎皮兰永远是威严又慈爱的
它的器皿镶着金边和黄钻
它的内心怦然　猩红地灿烂

蜗·羊

一只蜗牛长了胡子就可以变成一只羊
一只恐龙长了胡子就可以变成一只羊
一只小鸟长了胡子就可以变成一只羊
这让远处的房子笑了起来

假如一只蜗牛长成了一只羊
它会吃下小山一样的青草
也会吃下青草一样的小山
然后繁衍出成群结队的子孙

假如一只恐龙长成了一只羊
它会把满身的棘刺变成羊毛
也会把满身的羊毛变成棘刺
然后成为侏罗纪最温驯的知识分子

假如一只小鸟长成了一只羊
它会在天空中种满了莎草和针茅
也会把冰草和野蔓的汁液都榨干
然后把整个宇宙当作发酵的容器

梅子是岁月的蜜饯

梅花的蹙然盛开　有时候
会引发一场风暴或者海啸
在行进的路途中擦伤丘陵
擦伤海岸沿线的众多神庙

千瓣朱砂的梅子
酸甜成岁月的蜜饯
青梅可煮酒　香酥梅子肉
祥云漠漠　天下英豪谁与共

梅花的盛开　张扬而决绝
着鲜衣　驭怒马
志盎然　意轻飏
乱云飞　吹起繁红无数

梅子无语　下自成蹊
千朵万朵　繁花压枝
黄蕊粉瓣　寒妍清冽
浮动的暗香是岁月的奢华

一棵长满糖果的树

这是童年里最庄严的宣言
一切的一切
不甜蜜　毋宁死

当大地种下糖果
树枝上就会长出
甜蜜蜜的飞鸟和游鱼

当鸟的翅膀渗透出水果味道
无机盐就会沉淀成
黏稠和浓郁的晶体

当鱼的鳞和鳍变成甘蔗
大海就会流淌出浆液
冷却成延年益寿的甜心

伶

大朵的花瓣呼啦地盛开
开满在你的身体上
你敧的兰花指向着
指着瓦栏外碗口大的蓝天

这是火焰燃烧的红
是舞台上风流倜傥的偃卧
将一腔的血
融入抑制不住的眼泪里

绒绣的凤凰
正飞临你的衣裳
你是你自己的王与后
明皇的袖口挥舞着彩蝶

故事不应该就这样结束
所以在你的生活里延续
这是谁千年前构思的故事
让我们走不出戏外面

这是我们耳熟的腔调
这是我们真实的悲伤
把珠宝变成利刃
把富贵变成泥潭

这是戏里面真实的伪证
是我们最痛恨的爱情
台下草色萌绿
台上寒风煨黄了竹林

他在台上把自己侮辱
他在台上成了自己最恨的人
伶者一板一眼的生活啊
他像在戏里一样地作践自己

所有不合身的官蟒
都让伶人无措
转身就是贫寒
依然要为了生计而奔波

夜色下的小荧窗
映出伶人一生的粉墨
流畅的戏如人生
坎坷的人生如戏

俳优的文辞优美
演绎多愁善感的情节
这精雕细刻的身段
原来也敌不过粗糙的生活

没有做错　　却依然
不得不接受这结果

青草已掩埋

我看见
我的身体里长出青草来
我看见
我在天上飞啊飞　　自由自在

过去的多少年像东流水
青草已将我掩埋
如何让幸运和幸福重来
就如同这春花再盛开

这白云　　沧桑又倦怠
仿佛她不懂人世间
所有的苦与哀
只是一瞬间就想了明白

这是佛门的一个偈子
不说破　　不点开

往事是一把一把凌迟的小刀

我朝西南方向望
那里大雪覆盖了麦田
民夫都奋力堑垒城墙
他们说有了爱　就有了光

我朝东南方向望
那里战火正酣
连年的兵燹吞没了田野
纵横的脉管偾张

我朝东北方向望
那里河水正在泛滥
洪水挟带着面若桃花的女子
浩浩荡荡地突破堤防

我朝西北方向望
那里夜色嘹亮刺疼了我的眼
天空筛下银屑样的麦粒
一片一片堆积成高山的脊梁

往事是一把一把凌迟的小刀
一横一竖划下岁月的记号
只有你的苛责和打骂
温柔地提醒着整个世界

往事　我们在一掷千金时被遗忘
在千年散尽时被收容
我们的骨殖像大风一样扬弃

那场景又温暖　又浪漫

大风和大风在天上栽植云朵
云朵和云朵在天上布置舞台
在空虚里有锉刀立马的将军
也有千回百转的温柔的歌姬

当我们掀开书的某一页
它从来不把我们欺骗
它只记录怅望和流浪
从不记录理想和荣光

我们骑着墙上的一匹马

我隐藏在你碎了的
碎了的心房旁边
那里面满是碎了的骨头
和骨头里面零乱的眼泪

桃花是盛开的星辰
一个被抛弃的人
一定有一双低垂的翅膀
在灰褐色的天空下闪闪发光

你说我忍住疼痛
来逃避这样一个张扬的年代
一不小心就会发现
我们的距离突然那么远

我们可以原谅一个荒凉的早晨
却无法拒绝火焰的灰烬
我们骑着墙上的一匹马
喂饱它　以奶水和泪水

我爱上每一处酒家的
稍微发福的厨娘
她们小心地慢煨着时光
引诱着我们早已饥饿的胃肠

每次在香水的池塘里坐禅
一只褪色的青蛙就会聒噪
我看见遥远的南方街市上
来自北方的人都头戴花环

野马轻轻迈过篱笆
贝壳在大海里跳舞
一盏马灯从宫殿里跑出来
一只小虫飞入了烛火的灯芯

我无法抵挡这岁月里
红颜缱绻的诱惑
公路是一条蜕皮的蛇
痛苦万状地在大地上扭来扭去

我把光明对光阴的
追逐背在身上

最初我把我卑贱的骨殖背在身上
我把我沉重的思想背在身上
我把我疯狂的执着背在身上
我把蚂蚁的酸酥背在身上

我把我自己的目光和爱恨
把抱怨和丧失背在身上
我把别人的赞诩
把菜籽的肥料背在身上

我把河对岸的碑石
把雨水里的芒鞋背在身上
我把秦国的砖瓦
把泥土里的汗水背在身上

我把燃烧的火苗
把大地上的坑洼背在身上
我把　埃及王座上的女人
把她统辖下的半岛背在身上

我把三十七粒玉米
把它们的子子孙孙背在身上
我把我脱臼的牙齿
把牙床凿碎的山石背在身上

我把我最挚爱的孩子
把她所有的寓言背在身上

我把这即将熟透的星球
把残存的道德之火背在身上

我把腐尸的一只脚掌
把他金子般的语言背在身上
我把孔明灯的灯影
把光阴对光明的追逐背在身上

我把阖眼的黄昏
把槐树上开花的叶子背在身上
我把发霉的王国
把铜爨里的炊烟背在身上

我把我所有的悲伤背在身上
我把我所有的爱人背在身上
我把我所有的伤口背在身上
最后我把我自己背在身上

城堡长出翅膀之后
国王飞走了

狮子只有穿上外套的时候
它才会高高兴兴地舞蹈
而午餐的钟表一旦响起
它就会长出柔软的翅膀

兔子只有在划船的时候
它才会认清所有的文字
而萝卜的味道一旦出现

它就会把船桨变成两只翅膀

会跳舞的狮子它头发直立
只有中间一绺害羞地贴在额前
想让它戴上帽子可不是一件容易的事
因为它长笛里还藏着两颗松露巧克力

兔子是这个世界上最仔细的人
它会在深夜里摇醒国王
给他一个盛满了粥的奶瓶
还有七彩颜色的草莓酸奶

狮子的帽子会千变万化
除非它一个愿望也不曾许下
王宫里的乐队不停地在演奏
一直到狮子后背长出两只一模一样的
翅膀

兔子是最细心的清洁工
它用最大的拖把来打扫城堡
一个大哭的很小的宝宝停下来
辅助着兔子从夜晚打扫到拂晓

狮子长出翅膀之后闹钟飞走了
兔子长出翅膀之后大船飞走了
拖把长出翅膀子后教堂飞走了
城堡长出翅膀之后国王飞走了

夜晚长出翅膀和尾巴
它蜷缩着酣睡了过去

到最后地球长出了翅膀和尾巴
它把睡着的世界逐一唤醒

我们的青春脸红着老去

我们以为手中是怀瑾握瑜
而那却是无法掩埋的卑贱
我们以为流逝的是岁月
而那却是无可挽救的青春

曾经有数不清的早晨
一醒来就是一片荒芜
我们忘记了把那些荼毒
还原为草木的清香

这青青的天空
他不容我辩解
它把我的影子歪斜
它把我们集体流放

熟透的橘子烧出彤红的焰火
那照亮了河水深处的阴和暗
如果彩花可以宽恕旧恶
我们又该怎样原宥山川的冷

安静是一壶多余的酒
我们是一些多余的人
美丽的黑夜荡起了波澜
哦 爱人你早已熟睡了

我曾经一眼瞥见了年轻的你
那光芒穿越了岩石
我倾斜着身子
小心翼翼地游走出冰窖

北方 兔子飞到屋顶
金鱼跑到窗棂上
小牛到处寻找妈妈
仙女在童话里蜕下软的壳

十五年前 我都错了什么
才会罪我罚我
在这逼仄的夹道里
无法回转过身子

我曾经无数次讴歌过
一支会唱歌的金箭
它仿佛是大鸟的一只羽毛
夜夜入我的梦
锻铸成刃 杀手的冷

我们的青春啊
埋在土里它没有发芽
等到丰收的时节
我们珍稀的青春啊
它脸红着老去

爱上五月爱上你

假若我们相互爱上了
并且是真心的
假若我们有自己的土地
可以专门用来播种春天

假若玻璃的里面
有充分的营养和水分
假若所有你用手触摸到的
都的确是真的

假若我们迷恋于分手
而不是执着于相逢
假若多年以后擦身而过
你已经完全忘记了我

假若那拥抱是芬芳的
我们的记忆是温暖的
假若我们同一天出生
又同一天死去

假若今天就会重逢
不早一天也不晚一天
假若微风把你头发的香
扑到了我的心上

假若我们不寻找出路
也不急着寻找归途
假若诗歌可以打败纸币
可以打败金币和银币

假若我要说出口的
你都已经懂了
假若我的手可以
轻轻握住你的影子

假若窗外风狂雨骤
你探出手　就会停歇
假若所有成熟的枇杷
都被鸟雀护守着

假若这不是五月
也没有暧昧的歌咏
假若这是初夏最明亮的一天
假若一生我们都在一起

假若那些飞翔的都是花瓣
而粉蝶都栖息在枝头
假若我说过了我爱
你不声不响　微微笑着

这个世界上，只有十个人

第一个人　他用填满硝石的火铳
威逼着钟表说出时间
还有到底是谁偷走了他的年华
以及他人生里所有丢失的记忆

第二个人　他吃下一千只生蚝

只有这样才能处死他胃里的虫子
那些虫子每到夜晚都会高歌
肢解他羸弱的睡眠

第三个人　他爱上了十个姑娘
他养育了两个孩子
但所有的儿女和母亲
都不知道他到底更爱谁

第四个人　他跑得快
他能从春天直接跑进秋天里
他能从黑夜里直接跑进黎明中
他能从流言蜚语中跑过　毫发无伤

第五个人　他没有脸
但传说中他很英俊
他没有朋友　也没有妻子
他鞋子是湿的　走过的地方都留下脚
印

第六个人是伟人的影子
他一直出现在伟人的面前
给伟人讲谦虚的故事
说说谎话　吃吃韭菜

第七个人是五代十国的地主
他土地里从未长出过庄稼
他桌上的东西都是乞来的
他宏大的房子里人影幢幢

第八个人　他会推销灯泡
他手中的光芒千奇百怪
他给每一只灯泡都仔细按摩
温柔地唤醒断裂的钨丝

第九个人　他最爱睡凉席
他凉席里有竹笋和雪糕的味道
每到夏天　他就会大把大把
吃掉他见到的所有凉席

第十个人　他一直生长在窗子上
他的眼睛总在不停窥探
在每一家每一户的窗户外
他的眼睛总在不停地长大

刘广涛诗歌选

我推荐的书单

热爱读书的朋友们
我推荐的书单很长，也很短
它不在一张普通的纸上
也不在图书管理员的身边
我可爱的青年——
合上你手中的书卷
到窗外的世界去吧
去寻找属于自己的书本
去阅读那充满奥秘的自然

我可爱的青年——
阳光下你要阅读花朵
流水中你要阅读甘泉；
黑夜里你要阅读星星
黄土上你要阅读高原；
孤独的你，要阅读
伟大的海洋；
痛苦的你，要阅读
思想的高山！

我可爱的青年——
你若是天上的云朵
就要阅读辽阔的大地；
你若是泥土的萌芽
就要阅读春雨阅读蓝天；
你若是自由的风
一定要阅读那
渴望春天的人间！

我可爱的青年——
你若是归乡的游子
要阅读祖坟上新添的碑简；
你若是童心苍老的归客
要阅读儿时睡过的摇篮；
当你回到久违的家园
回到饱经沧桑的父母面前
一定要专心致志
阅读他们
渴望已久的双眼……

我可爱的青年——
你就是一部青春的图书
是关于未来的彩色画卷
夜深人静之时
要回顾日记上悄悄记下的格言
要重读那些泪水写就的
关于自我成长的诗篇
是你自己的脚印
带领你
一步步走到今天

我可爱的青年——
合上你手中的书卷
到窗外的世界阅读吧！
你求索的书单
不在我贫穷的诗集
不在我凌乱的教案
——它就长在你
每天思索每天发现的
眉宇之间……

不要在春天述论伤感

朋友
这个春天你为何逃离
要逃离何方？
南国的花丛里
有没有陶潜的乐园

我送你一站
下一站何在？
在童年，还是在
遥远的天边

折一枝山花
插在胸前
弯曲的小路上
快乐的脚印深深浅浅

忘记哲学概念
也丢开厚厚的词典
生活之书无字
全靠你心中灵感

朋友
人生的旅途中
不要在春天伤感
春天只有一次
转眼即是暮年！

诗　人

戴上荆棘的冠冕
不仅仅用笔写诗

双脚在大地上行走
灵魂在月亮里居住

活　着

我站在大地上
偶尔
看看星星

如果不能留住时间
就留下一首诗

春天，我相信

我相信花朵
相信南风和小草的
缘分
我相信今天
是你的节日

当昆虫都苏醒的日子
我悄悄一问——
你醒来了吗？
在五点钟的早晨

我已沉默许久
只想告诉你
春天
我相信……

时间的味道

我夏天 T 恤衫的颜色
在这个春天弥漫

那时鸟有天空
你有我
摩托爱上原野
你爱上风

时间的味道
胜过花香

我走在小路上

我走在小路上
仿佛走在世界的边缘
路旁有寂寞的百合
在边缘的边缘
迎风站立

和谁一路同行呢
朋友总在电子邮箱里
笑嘻嘻地向我招手
野草就要荒芜我
青春的记忆

我走在小路上
倾听那旷野的声音
星星与百合

也有悄悄地对话——
寂寞无边的时候
寂寞也会开花
无路可走的时候
就用思想行走
一无所有的时候
拥有天上的星光

你的眼睛

十三岁时
不必借用字典
就能读懂你的眼睛
人们说我
已经长大

三十岁时
凭着那时记忆
依然背诵着你的眼睛
人们说我
还未成熟

伞和伞

云和云
在天上相遇
伞和伞在路上相逢

我们都是
被风雨嘲弄的行人
在伞和伞下寻找片刻宁静

不必问
下一站去哪里？
伞和伞已经在路上相逢

脚和脚
用泥泞对话
伞和伞用雨声传情

不必问
何时会晴天？
伞和伞永远在雨中

菜根花

　　生命是朴素的，花朵是奇妙的，爱心是无言的。写一首小诗，放在这个春天的阳台上，让我们的心情盛开成朴素的花朵。

　　　　　　　　——题记

春天的窗台上
菜根花寂寞而灿烂
所有花卉中
菜根花最为特别
也最为孤单

菜根花命苦
它只是人们刀口下
遗留的一棵菜根儿
只要有生存的空间
它就不放弃
心中的景愿
菜根花爱美
但绝不自恋
在那短暂的绽放中
不仅有淡雅的清香
也赢得
生命的庄严

朋友啊
春天已来到你的窗前
给那干渴的菜根花
提供些水分吧
有一丝爱怜
它就在你的阳光下
生机盎然……

俘　虏

这辈子注定
做个俘虏吧
发誓不再逃跑

逃到楚辞中
逃到绘画里
逃到禅诗内

依然不能摆脱
那一道火辣辣的
光芒

那是我
心的绳索

老年的伤悲呵
原来——
是那无泪可流的
两只枯杯……

絮　语

这个春天
谁让我看到盛开的花
我就对谁诉说
心中梦

用洁白的纸
写满春天的絮语
和晴朗的心情

一些时间死去
一些诗歌新生

黄　河

黄种人
在大地上耕种

黄土地
在大河里奔涌

屈辱过眼泪
咆哮过不平

母亲的血液里
流淌着
浑浊的激情

悲

少年的伤悲
是止不住的泪水

中年的伤悲
是流不出的眼泪

影　子

我是我的影子
我的影子
是我

我是我唯一影子的上帝
那影子是我
唯一的门徒

走在阳光下
走在灯光下
走在谣言里

那一刻
月亮心疼我
我的影子心疼我
我自己心疼我

红苹果

多想成为
你手中的那个红苹果
被你用一把钝刀
生生剥光
再一口一口慢慢吃掉
连核儿都不剩
那才配称
残酷的甜蜜……

我赤诚的生命
是你忘不掉的一场春宴
要让你反复咀嚼
或许一辈子都难以消化
以后

你吃任何苹果的时候
都会有我的味道

我和太阳一起醒来

我和太阳一起醒来
我想念花朵和
梦中的飞鸟

我要和湖水亲密接触
让初夏晨风
吹走身上的一颗颗水珠

阳光下
谁听见我黎明的诗句
谁就有一生的幸福

和月光一样

从不迷恋月亮
可我喜欢月亮背后
那些流传千年的诗篇
它们和月光一样
漂流过遥远的距离
来到你我面前

从不迷恋诗歌
可我喜欢诗歌背后

那些哀婉的情感故事
它们和月光一样
跨越过幽暗的漫漫长夜
来到你我面前

从不迷恋故事
可我喜欢故事背后
那些可歌可泣的人物
他们和月光一样
跋涉过神州的万水千山
来到你我面前

从不迷恋人物
可我喜欢人物背后
那些气壮山河的伟大精神
它们和月光一样
飞翔过华夏高远的夜空
来到你我面前

我们在诗歌中望月
在月亮之下静静感受
古老而神秘的
灵魂的力量——它们
和月光一样

榛莽诗歌选

鸣笛记

如何展开这个缱绻于风中的冬季午后
已经成为问题。他手捏传单

在浮想中转进榛莽的黑色小巷。乌鸦
正蹲在老聃门前的树上，嘴里衔着是非

小酒馆的灯气色沉稳——已经很久没有飞蛾
它们投奔了近亲，在霓虹里翩翩起舞

又熄灭。粗鲁的汽车鸣笛——发传单的——
如何展开这个缱绻于风中的冬季，已经成为
问题。

滴水记

贡院墙根街左拐。路的尽头叫作关帝庙。
芙蓉街左右铺开
又回来。鱼肉丸子的芙蓉街
臭豆腐的芙蓉街，垂柳
在街口横成一排。
当一滴雪融水隐藏了锉金之力，
屋檐浮在清代，
而木鱼石带着昌乐的地质记忆说道：
请把我吃下。请把我的回声吃下。
发传单的芙蓉街。蒲松龄端着茶杯的
芙蓉街。成群结队的小狐狸

在排列整齐的瓦砾间练习变身术，
芙蓉街的变身术，
雪融水的变身术。
我在小酒馆的二楼，与董芸对坐。
不如《齐音》与《广齐音》对坐。
窗外弥漫着妖气。文庙之门紧锁。
屋檐上的摄像头对着我微笑。
谢谢，请给我一滴雪融水，给我一柄
利刃。
只是回声在说。

释梦记

走进西花墙子街的时候，黑色的雨点
又淋了起来，文庙的红墙像一波血浪

那么多藤蔓，那么多攀爬之欲
文庙的墙上打着办证的小广告

而我在拼命找鞋，看不到自己的脚
多年前和我决斗的小混混满脸坏笑

随后他化为青烟，我亦燃尽。乌鸦飞着
飞着，在茉莉举起的花托上，稳稳落下

乌鸦记

赛斯一跃而下，看到了玛姬；
我一跃而下，看到的却是深冬的
日暮，以及日暮尽头的背影。

——题记

我需要乌鸦倒飞才能看清你的面孔。

在潮水激荡的月亮湾，渔船渐次出海
海滩上徘徊的黑猫
徘徊的松林，还有你我
看着日月在海中出没

噢，徒骇河曾想流向月亮的背后
那里有我的乌鸦
它们蹲在枝头，目睹了梦中的石榴
孕育痛苦的果实

在时间之外，我们不该谈论未来
坚硬的果壳里，是什么始终和我保持
着距离

那段经久不息的凿壁声竟是如此优美
噢，空气里弥漫的暗夜
请将我变成一滴勇敢的火星

"瞧，你已然成了一粒灰烬。"
"不，我的飞翔是一片嘶哑的夜色。"

杨玉霞诗歌选

雨

一个和尚
他坐在雨滴里打钟
他敲敲打打，整夜整夜

我不说好，我不说坏
我是我自己的菩萨
手持一无所有的，净瓶

我说，关于拥抱

关于这些，我无话可说
作为一块过于倔强的石头
我把自己的骨头视若珍宝
其实，你也一样

这些骨头会长草
蓬蓬勃勃伸出胸膛和手掌
像是绿色的火苗，绝望的火苗
其实，你也一样

现在，你坐在那里安静极了
其实，我也一样

我是你纯银一样的孩子

我是你伐自上帝花园里的美丽枝条
一只手摘走又一只手擎起
一片海蓝之中
一个新鲜的春天缓缓上升
母亲，我是你白纸一样的孩子

你从没有告诉我
星星住在哪里为什么这个季节
这座北方的城市里这么大的风沙
这么多的雨水这么多无辜的足迹
母亲，我还是个什么都信的孩子

二十二岁的青春不堪一击像一扇玻璃
窗子
我推开它探出身去
外面的世界连同它安静的影子一片灿
烂无比
时光举起利斧
开始与结束的茬口一样新鲜整齐
我吮着青涩的汁液像太阳的眼泪
但世界永远不会为一只蚂蚁哭泣那么
我从出生时候就学会了以回忆的方式
来铭记
悲伤是我最信赖的营养

母亲，我要长大我要一双耐穿的鞋子

我将毫无疑问地走上前去将花冠抛掷
于地
我想要荆丛中迸溅出来的歌唱
做你掌心的老茧你最坚硬的痛楚
我和你注定要在一场大雪之后悄然分
离
我是你纯银一样的孩子，母亲
我会向前飞奔
奔过很多黛色的城堡礼赞许多苦难的
爱情
我要有一段刻骨的爱恋一枚指甲大小
的果实
我会有也只能有自己的世界——
一只雪白的蚕茧我是自己的囚徒
最后在世界的终点我将碰碎我自己

——碎成一万道雪亮的阳光呵
在你每个瞬间经过的每个路口
从小小的叶片甚至尘埃表面
如同战栗着的音符
跳进你黯淡了的眼睛里

母亲，你会记住，一生一世
我只是你纯银一样的快乐的孩子

悬·止

让一片叶子在它的绿中，停止
让一滴雨水在它的凉中，停止

让一个夜晚在它的静中，停止
让一颗星星在它的光中，停止

说，晚安，然后停止
上帝，请用你的手指宣告：
让旅行者在山顶歌唱、哭泣然后，停止
让果实在浆液中沉重、甘美然后，停止
让一个男人、一个女人在他或她的爱中
旋转、走失然后，停止

请用洪水，用岩浆
请用闪电，用尘沙
请用火焰
将它们、他们，还有我们一起，停止

啊，不要干涸，不要喧嚣，不要熄灭，
不要
吹落，不要离开，不要
丢弃

所以，上帝，如果有上帝
请
停
止
——让它们和我们，一切的一切
悬在
最甜、最好、最爱的那里

像

像一片羽毛，那么重
像一滴雨水，那么深
像一个夜晚，那么亮

像我，
像你，
像这个关闭的世界
丢失了钥匙

掉

我们睡下了
小虫子们醒了

在草叶上跳了一下
压弯了某个人的梦境
有人缓缓呼吸
星星闪一会，灭一会
它们撑不住黎明的重量

滴落下来
覆盖了一段记忆
很凉，很重

有人在到处询问：
哪一天？谁？
——这是每个清晨
都会发生的事情

那些青草锯齿样的边缘

洋槐树下，我抬起头来
太阳的光芒正在迅速收敛，像一面旗
帜
在黏滞的空气里招摇、溃败
在那些残存的光点中
我看到了疼痛的来源

一株青草伏在地上
还举着她锯齿一样的臂膀
没有叹息了，没有哀伤了
当我靠近的时候
她一定曾经绝望的尖叫，挥舞着所有
微弱的力量
但她没有翅膀，没有翅膀

远处，母亲在擦去汗水，在平静的远
望
我看到她手中沉默的镰刀
沉默的收割了五十年的时光，迟钝，
哀伤
像一株匍匐在地的青草
就那么坚持，坚持在那里——
土地，是她的爱情、伤痛、儿女
还有被伤害、被剥夺的
全部宿命

简　单

我说不出
正在落下的
这雨水来自哪里
它怎么带着那么深的凉意

我不知道
刚才的
那个春天去了什么地方
它为什么离开原来的位置

看
世界就是这么简单
而我啊
却总是一无所知

孩子一样的

——写在春天

像孩子一样的生活
微笑，春天出去看花朵
秋天用针一片一片收集落叶

像孩子一样任性
哭泣，数星星和水波
为蝴蝶的翅膀画画

像孩子一样争执
一下一下地相互咬噬
用红色的齿印彼此铭记

像孩子一样的相见
然后分离
像孩子一样偶尔想起
然后
永远忘记

我们需要一杯甜酒

我们还是太年轻
喜欢把忧伤的积木搬来搬去
推倒了
再搭起
用尖利的小锯子
割掉很多的甜蜜

其实我们还是太年轻
幸福在哪里
我们背起双手
皱着眉头
到处询问：
有人在拔掉一丛芨芨草
有人倚着锄头
仰脸望着远方的一带云
还有人正掬起一捧水
哼着歌儿洗脸
我们劳动我们休息
我们在水银一样的月光里
含着木叶
有所回忆

而在曾经的忧伤

那些清凉的火焰边
我们将用粗糙的双手
握住杯子
一小口一小口地吞咽着
橘红色的青春

星星点点
哦 夜的眼睛那么一闪一闪
你要知道这时光呀
时光激滟

李艳霞诗歌选

这一天

这一天　以一枝杏花为记
新鲜的阳光　很嫩
我要给你说什么
那些梅在开着　我们在笑着
路过的路口
有大叶女贞 有国槐 油松
鸟在鸣着　我们在行着
燕掠过了水　水绿了柳
柳下坐着渔翁
我们去数鱼
这明媚　现在还落在诗里

至晚　薄暮天微紫
清风月上弦
那弯弯的月
已从柳丝滑进了水
我听着轻轻的鼾
梦是浅蓝
浅蓝的开在
红梅白梅之间

约　你

约你
穿越时光
你依旧是那
凌风而立的少年
岁月不染
站在小红楼前
悬铃木下
那斑驳的树影
是象牙塔里最安静的某一天

约你
站在岁月的这一端
我轻轻地伸手
柳丝轻软
梅花要开
清泉河静静地流淌
这样的春
要和春风莫逆
转过竹林
走过小桥

约你

不在百合树下
不在桃花枝上
不在月下人前
栽下一行行
叠成一层层
想那山　　秦皇岛的山
想那水　　柳宗元的水
有红的金的小鱼儿
游在小石潭

赵丙秀诗歌选

唯愿祥和温暖如当初

序
少年时从未想过离别的事情，
自然不会体会到离别的愁绪。

一
俏皮可爱的猫咪阿花，
就是那情暖的时光啊！
陪伴着，走丢着，呼唤着，
我一度泪眼婆娑，
阿婆是那么神通广大，
总能在这个时候，
抱来一只缩小了的阿花，
让我在泪花花里笑了，
阿花顺起耳朵，眯着眼睛，呼噜呼噜…

二
阿姊的麻花辫如旗帜随风，

永远牵着我的思绪。
阿姊读出的每一个字，
如多彩的音符跳跃阶梯。
墙角的红花儿们，
你争我抢，
纠缠萦绕，
时光却还是那般悄悄
没有回头地走丢了。

三
温顺警觉的狗儿阿黄，
就是那打盹的流年啊！
跟随着，吆喝着，失去着，
我一度痛哭流涕，
阿公是那么法力无边，
总能在这个时候，
变出一只缩小了的阿黄，
让我在鼻涕泡里乐了，
阿黄耷着耳朵，合了眼睛，打着盹儿…

四
那香甜的笑靥啊，
全都印在记忆的诗词里了。
那卡壳的记忆啊，
全都被流年的水飘荡走了。
骨子里，还留着些什么吧，
阿姊贴心的关照，
阳光温暖的抚摸。

五
唯愿祥和如当初，
唯愿温暖如当初。

古体诗

蔡先金

荷颂

凡有池塘，荷之到处，激浊扬清，尽成人间净土；偶现菡萏，露于其上，律心韬光，待放天意光明。土下孕育处，不怯污泥，不忘法地，元气可方；出水亮相时，一展新姿，一意法天，形象必圆。前世忍辱修德，今生相貌端正。春夏秋冬，一路风景；元亨利贞，全是自性。

荷者，可人也。世人只赏花鲜艳，不知迭出新意浓；濂溪徒羡不枝不蔓，不晓本根蕴虚空。若有天地境界，何不若莲？若须参禅悟道，为何不在荷塘边？噫！清风山月明此理，吾辈岂是蓬蒿人？！

李艳霞

送春兼寄友

遥看天接水，初日丽汀洲。
林静鸟啼远，红稀绿渐稠。
中心何所有，以往不能留。
春梦几时醒，蓦然惊白头。

天气之阴晴不定

二月天多变，阴晴无定分。
春光每如是，斯意类行文。
暖日催花早，寒流裹雨勤。
溪头问渔父，笑答物芸芸。

春时有感

黄昏寻户外，飞鸟没梢头。
霞褪西天紫，花随明月幽。
轻风牵柳线，静水稳兰舟。
但爱春芳好，深情自可留。

清晨步行送小儿上学

遥水带初日，光明湖上林。
梅花开满树，雀鸟啭清音。
风袅千丝碧，童吟一寸金。
行行溪岸左，万物慰吾心。

春夜访梅

何以遣忧思，东风万树梅。
香浮春夜访，影动柳堤来。
慰我花能语，宽心结已开。
怜幽随兴尽，溪路捡诗回。

五律·春山

山中春色好，何必计阴晴。
红湿涧边树，高迁枝上莺。
溪泉任跳脱，松竹有逢迎。
真意不需辩，欣欣自向荣。

晚 霞

楼头连夜雨，万树夏生寒。
曲岸行人少，平桥烟水宽。
归来翻古卷，读至劝加餐。
天晚忽晴意，霞烧半紫蓝。

朝 霞

晨光随鸟啭，波色带霞烧。
岭列青烟树，虹飞白玉桥。
天涯为别近，陌路比邻遥。
寄此浮生慨，平流接海潮。

夜读唐诗有感

夜来闲翻卷，沉浸唐诗里。
诗中秦地多，秦都君故里。
原非渭城客，常别渭川水。
节到知岁移，年半疏行止。
嗟之频多感，人生竟如此。
闲读本无他，何故关知己。
此间发幽思，情长不得已。

挥墨泼成字，未必说道理。
俱静入更深，一声布谷起。

元宵节

纷繁散尽月高悬，十二圆中第一圆。
灯影烟花皆是幻，春风明日到门前。

春日湖上

兰舟歇处绝尘氛，十里春风衣上云。
怕看烟波杨柳色，惹人相忆绿罗裙。

春日雨中小景一

萋萋芳草接天涯，雨似细针烟似纱。
穿柳斜飞双燕子，隔帘红湿海棠花。

春日雨中小景二

柳袅烟丝翠滴檐，湿春小雨每廉纤。
流年似水光阴旧，一棹空青半卷帘。

清 明

几家插柳向檐生，万树春风花满城。
天解人间多泪眼，每将细雨洒清明。

春　意

婉转初闻三两莺，流光一箭最堪惊。
若寻春色宋词里，十万桃花尽伏兵。

春日郊访　步韵

欲觅桃源别有村，忘机鸥鹭不惊魂。
行随溪水流红瓣，遥看青山结碧痕。
诗客春风何处酒，新知旧雨海棠门。
归来惹得儿童笑，醉透烟霞天已昏。

春　归

渐长日影始浮瓜，叶展闲窗碧到纱。
诗佛松风吹解带，苏仙荜户叩寻茶。
天边平抹一痕树，客路新添万草花。
空有年年送春句，春归不晓到谁家。

暮春有感

光流岁月水调琴，处处行来绿渐深。
莫道春花容易了，无花看叶亦清心。

禅秋一味

流水年华凋叶风，婆娑生意万山空。
心头别有清禅味，看向长天一字鸿。

秋夜闻笛

客里孤怀待酒浇，闻谁隐隐正吹箫。
知音当属杜工部，八首清秋尽寂寥。

秋夜读史

捧卷秋深感废兴，秦家宫阙汉家陵。
古来成败几多事，唯把诗怀添一层。

旅　思

宜凭毫素书痴字，难借壶觞浇旅愁。
秋水一痕西子目，夕阳半树仲宣楼。
光阴深坐寂成海，心路偶经行过舟。
吟到清新庾开府，梅花满树月当头。

流年十二月

一月

换却冬衣检柜箱，丝绸往事这般凉。
轻轻抬起纤纤腕，拍打春衫拾旧香。

二月

江南眉细柳青时，燕燕莺莺江北迟。
早试春寒争撰字，心花开作第一支。

三月

春风处处种桃花，折取青枝鬓上斜。
莫笑人无桃面好，娇憨本是武陵家。

四月

岸上风光与水连，斜阳淡淡柳如烟。
莫扶心事春山上，辜负人间四月天。

五月

约于水榭慢敲棋，香溢横塘花影移。
拂面清凉风自在，不朝那月那年吹。

六月

醉花阴里几声蝉，没在静幽篱落边。
豆蔻谁家红粉袖，蔷薇小院打秋千。

七月

曾经一别又经年，情字落于七月边。
天上银河能列鹊，人间沧海不行船。

八月

月到中秋做镜观，天涯或在镜中看？
难寻梦里伊人影，独有清凉下广寒。

九月

梦泊姑苏滞水流，重阳又到惧登楼。
山东兄弟休相问，堪寄唯留一字秋。

十月

荻花芦叶最愁人，几梗残荷难画真。
至此心中单色调，不将情字落红尘。

十一月

西风肃杀扫群芳，何处能寻一寸香，
好在书笺濡有墨，心花开在旧诗行。

十二月

笔携清气到瑶台，催破寒梅带雪开。
最晓人间三九冷，一枝横出报春来。

李兴来

春日偶感

春归杨柳绿，薄暮上高楼。
燕舞莺鸣处，韶光逐水流。

病　后

病后清思减，厌闻钟鼓声。
蟾宫如解意，偷照碧纱明。

题　画

暮雨新晴后，秋山万里清。
溪云随梦远，帆影映波明。
人字浮归雁，风亭攒落英。
渔樵真隐者，洗耳若闻声。

无　题

翠光摇曳处，对镜扫蛾眉。
玉靥凝春露，云鬟戏凤帷。
簪花人弄影，窥户鹊登枝。
窈窕谁能弃，聊歌一阕诗。

看　花

嫩黄娇绿趁时栽，蛱蝶寻香近露台。
我亦躬耕如老圃，砚田不见瓣花开。

荷 塘

窃将香气入诗囊，沁骨相思散藕塘。
一缕清歌堪醉我，采莲人在水中央。

赠 人

眉峰颦笑自含情，洗却铅华百媚生。
欲把流光全挽住，不教岁月误卿卿。

卢 沟

冷露无声霁月收，当年鏖战迹长留。
卢沟桥下漾洄水，犹向行人说寇仇。

早春见梅花

曾入林家处士诗，几回骚客惹情思。
而今竟效营营者，争占南窗第一枝。

鱼山题壁

石壁残垣暗夕烟，苔痕斑驳纪当年。
主人知向何方去，抛却桃源一片天？

浏 阳

风雨当年事可钦，拼将肝胆挽星沉。
世人犹自腾腾醉，谁识蒹葭一片心。

磁 峰

已是初冬欲雪时，我来犹见绿参差。
林花不共斜阳老，但把青春挂满枝。

读 史

二十四史翻将遍，仕宦从来一例同。
争向秦庭说鹿马，谁知草莽聚英雄。

风筝误

慷慨当年不世雄，偷将底色换殷红。
携来东海三千水，甘作长安洗地翁。

梅园纪游

风暖南枝白昼长，含苞如画美人妆。
匆匆又作红尘客，辜负梅花一脉香。

梅 花

曾经霜雪寒宵后，小径花开寂寂红。
但抱枝头香一角，不随杨柳舞春风。

行 人

陌路云深一径斜，吟魂安处即天涯。
行人已向西山老，犹倚栏杆数落花。

清明节赏杏花

眼前疑是梦中身，一点嫣红料峭春。
纵使枝头零落后，残香不染五侯尘。

燕王台

高台遥望欲凌空，百战功名一梦中。
世事沧桑都阅遍，人生何必问穷通。

有　赠

云程莫使误青春，辜负山河日日新。
且向高楼舒望眼，埋名暂作等闲人。

春日高卧得句聊以解嘲

星河日夜作周巡，不驻旌麾不计春。
纵使东窗酣卧者，算来犹自属行人。

蛙

春风十里草青青，未午新蛙唱不停。
井底谁知天地大，也分连陌到边庭。

送　春

青春一去影沉沉，两鬓霜华万里心。
憔悴今生如幻梦，琼壶敲碎欲沾襟。

登莲花山见卧龙松传为汉武帝所植也

千年横卧一株松，九瓣莲花寂寂峰。
欲问汉家天子事，却听僧院起疏钟。

秋　感

又是秋风吹落叶，卅年尘事幻耶非。
几回魂梦归原野，一缕乡思染夕晖。
身世早为名利累，诗情犹逐水云飞。
堪怜俯仰随时好，欲辨深心日影微。

感　事

一自风云起帝乡，弈楸变幻势无常。
乱花迷眼人难辨，残梦萦怀夜未央。
已证谣言非荒诞，乃知真相即微茫。
官家犹似琵琶女，只把深心锁幕墙。

题胭脂湖

碧波一望入空青，掩映长桥傍短亭。
时有黄鹂鸣卧柳，偶携绿蚁慰飘萍。
浮生沉醉荷犹淡，新句低哦暮已暝。
最是清风吹不尽，薄衫怯怯水泠泠。

秦治洲

杂诗二首

一

天高云淡伴雁行，万般言语与神听。
闻得斯地一为旱，化作微雨解民情。

二

朝霞美画意，夕照故人情。
躬耕学园地，何计身后名。

文艺青年赞

才具千秋事，秀拔自振声。
文青终有道，任尔北西风。

贺《蔡元培》剧组成立

五四诸贤立，拨云散雾奇。
今朝才俊戏，谋道不谋食。

赵丙秀

忆乡月

露寒今夜起，月应故乡明。
佳肴伴杯盏，团糕陪果橙。
倚阑看云足，披衣听风行。
早知离家久，归来少年仍？

寄十月朝

纤云天地飞，野旷青苗低。
西伯瑟椿树，东君暖寒衣。
青烟卷箔纸，薄雾慰故思。
莫诉人间苦，惹得泉下凄。

立冬日

远阳疏风懒起，幽兰香茗时斟。
歆翻典籍墨白，恍疑窗镜冰侵。

初瑞雪

多日梦纷飞，重盼梨花情。
风倾松竹冷，雪踏窗户明。
千株玉街巷，万朵云湖亭。
若问谁最美，唯我东昌城。

腊　八

夙兴征铎伴晨钟，腊八朔风薄烟囱。
熟喜粥香知何处，千里乡味意正浓。

清　明

清明桃李笑脸迎，北风呼叫日月惊。
早时轻寒暮作雨，昔日繁茂今蒹葭。

落花泪别比翼蔓，啼鸟晴去连理亭。
故人年年入梦好，寒食岁岁怆人情。

山中品茗

淞晨午后品新茗，草堂浅瓯水萦萦。
平生浮沉无所取，只受山中一杯情。

锡崖早行

原始锡崖行，怅然难三番。
山烟蔽悬路，水雾隐曲阡。
松珠惧寒色，草虫喜芳茁。
可惜无飞羽，坐看日驱岚。

秋夜值行

西行不知冷，风雨又相逢。
呼呼方万里，浙浙复几重。
深云舞百草，寒露滴鸣虫。
倚车避长短，冰心溢湖盅。

秋日抒怀

星落滨河岸，霜降水流惊。
暮气红叶重，寒烟绿衣轻。
瑟瑟秋日宴，婴婴西风行。
缘此离乡客，岁久情亦情？

齐鲁

齐鲁迎春到，风神欲鼎新。
厉兵除旧制，秣马载今人。

早读

花间读诵春，声沁绿竹新。
为报春风客，琅琅吟赋人。

鲁迅漫画四首

一

天长悲少年，鹤带父尊仙。
深感炎凉世，孤独一座山。

二

山高阻梦圆，卓越弃庸凡。
悲愤青年苦，执着不老泉。

三

泉甘浸久寒，俯首竞登攀。
笔墨倾冠纸，横眉驱雾岚。

四

岚溪一脉连，李老欲出关。
不若江湖忘，青云挂九天。

登高秋吟四首

秋湖

木秀带风雅，月素分河明。
湖光借玉鉴，扁舟一叶行。

秋叶

今世为枯叶，来生秀遍山。
此时不孕育，翌日在何端？

秋风

野草天涯阔，西风高恋云。
逍遥随我去，只为伴星辰。

秋雨

雨密绵秋意，珍珠檐下飞。
尘香凫雁醉，君会不思归？

杨明珠

雨后游涧

空山新雨涧水涨，秋风起处寒意起。
养疾古观时日久，急盼策马扬鞭时。

旧梦

薄凉渐深忽觉伤，几度人间露和霜？
叶落秋风思旧梦，一帘烟雨自茫茫。

冬　至

冬至虽冷一阳升，地雷震动水下生。
北冰南霜天气变，人间温暖室内萌。

侠　道

极品称富贵，精雕显神功。
枯木人相弃，仁德古今同。
三年艰辛日，百世有人颂。
杨兄天赋才，无声胜金镛。

期　年

泰来复苏平阴阳，年年月月几千转。
红尘花开又花落，周而复始是自然。

词

李艳霞

青玉案·读书趣

光阴缓缓青溪去，柳色里，皱烟雨。回望春风成陌路，难寻旧梦，堪销嗔怒，菊淡还如许。

从来寂寞无朝暮，人在清寒更深处。翻卷不关愁也否。兼葭秋水，黄花白露，心亦随诗古。

卜算子·栀子花

花合那时开，梦向天真逸。往事清纯一转身，大朵簪成寂。

白袂不生尘，幽向黄昏立。窈窕栏边对玉人，凉月新来客。

少年游·题图

胭脂几瓣浸肩青，有暖欲倾城。一念梦边，多情笔底，除此不相逢。

那年婉转莺啼早，照眼朵花明。席地分茵，翻书并首，和笑也盈盈。

青玉案·题图

窈然梦在家山里，木兰小，衣裳翠。一棹光阴青似水。蹙眉轻叹，弯唇浅笑，凭问痴儿几?

生涯歌尽春风醉，悲喜闲看总如是。莫忆曾经花荫底。花开成劫，锥心一痛，都作寻常意。

蝶恋花·以词牌立意

舒艳腾辉开一剪，有蝶来仪，晒在闲庭院。也记深深成片段，卿卿手下诗栽满。

流年真似烟花箭，倏尔青春，倏尔青春短。犹忆棉裙白衬衫，收来都并单纯卷。

江城梅花引·词牌立意

清溪弄笛水云间，思茫然，意茫然，舟上岸边，相对落花天。一管沧浪梅作引，别常易，聚常难，半生缘。

尽欢，尽欢，事如烟。隔华年，

千叠山。又晚照里，正此际，独自凭栏。销尽生涯，掬挹是清寒。莫忆江城明月夜，痴绝也，只如今，不相关。

丁香结·词牌立意

听雨高楼，吹花小径，谁弄黯然箫管，惹离人肠断，到此处，每籍诗香酒暖。背灯裁瘦影，凭空忆，那桥那伞。悠悠心事叠落，谱作情长纸短。

轻卷，旧梦不曾圆，湿了故人青眼。两处黄昏，三生水岸，并成一剪。念到西窗几许，叵奈巴山远。暗恨宜轻结，莫道春风款款。

类鹧鸪·初遇（其一）

记得曾经初遇时，青丝如瀑衬凝脂。但于花下一回首，也似娇羞也似痴。

难相忘，总相思，情怀一动一层诗。愿能化作那蝴蝶，栖在卿卿手下枝。

类鹧鸪·初遇（其二）

记得曾经初遇时，金鞭玉马焕英姿，那般谈笑逐春日，惹得百花

也似痴。

难相忘，总相思，情如撞鹿始能知。打成心结玉蝴蝶，能挽腰间绦下丝？

人月圆·上元有题

彩灯照彻春来路，月色漾诗行。广寒宫里，嫦娥何处，袅袅尘香。

流年似箭，纷开朵朵，莫道微凉。心情堪种，花田十亩，在夜中央。

酷相思·初见

那段光阴行窈窕，石青巷，丁香袅。记桥上擦肩撑伞小，烟雨里，无从恼，烟雨里，何从恼。

低首温柔轻一笑，未筑梦，倾城老。怕情浅情深都错了，心忆处，春安好，心系处，君安好。

李兴来

霜叶飞·鱼山眺晚

夕阳憔悴，苍烟邈，疏林零叶飘坠。暮山黯黯锁关河，云绕钟灵地。岁序转，栖芦滞穗，霜催寒浸形

容易。望漠漠遥天，似可见，青鸦点点，变幻人字。

今古都入沧桑，残碑虽在，胜日繁华焉记。玉楼何处起笙歌，纵万端尘事，且付与樽前一醉。浮生过半犹如寄，路欲迷，愁成缕，罗袖难干，堕羊公泪。

武陵春

陌上一畦新绿色，杨柳正依依。又见衔泥雏燕飞，风起片云微。

疏影暗随流水转，脉脉带朝晖。欲问樱花是也非，香霭已霏霏。

赵丙秀

点绛唇·怀人

叶绿枝疏，杜鹃摇曳蝴蝶舞。蜻蜓带路，凝露池边住。

银杏春浓，携翠关情处。书不语，思凭鸳去，凫向君船坞。

江南春·晚秋

风凛凛，雨悠悠。清溪红叶落，明镜载花游。

中原秋晚枫如火，山漫烟波湖满愁。

秦治洲

沁园春·聊大

聊大风光，西苑清毅，东园俊朗。感场岗亭桥，掬风望月；馆堂室舍，学劲书香。山纳骧云，湖泽林蔚，四海青衿共漫祥。长相守，品景中三味，默化留芳。

斯园名副嘉藏，励万千学子志奋昂。念业师敬教，启真馈飨；同窗笃行，至善成刚。簧序黄钟，钟灵毓秀，秀慧新花分外香。期时日，阅八方捷报，无上荣光。

满庭芳·聊大文学院

园秀蕉麻，林拔桐杨，春花秋叶清爽。像石高矗，凝目视遐方。难忘当年求索，书声朗、心无杂旁。博雅楼，名师诲教，专业技能强。

文光！真善美，明德树己，载道安邦。志弘毅博闻，通变才彰。古往今来正道？仁智勇、君子绵长。文学院，英才荟萃，桃李竞芬芳。

辞赋

蔡先金

中华赋

开天辟地，太极变易。二仪四时，万物化育。三皇五帝，人文肇基。华夏初祖，三代赓续。天行健，自强不息；地势坤，厚德载物。阴阳五行，刚柔相济。上下咸通，万邦和睦。

夏禹治水，积德无量。商汤祈祷，庶民为贵。文治武功，制礼作乐。秦皇汉武，唐诗宋词。一代天骄，游马欧陆。郑和西洋，灌溉远方。康乾盛世，茉莉花香。人民共和，屹立东方。改革开放，春风浩荡。筑梦复兴，势不可挡。潮流涌进，顺昌逆亡。继往开来，民富国强。

一苇渡江，宅兹中国。滔滔黄河不捐细流，巍巍泰山无辞微壤。太白望其天上来，奔流到海不复回。诗圣登泰小天下，我辈立巅阔胸怀。三江源，四海晏平；长城端，九州安宁。经纬纵横，万里千年。海阔天空，山花烂漫。大道之行，止于至善。

天心圆，民族魂。夸父逐日壮气魄，嫦娥奔月现美仑。老庄道德真善美，孔孟仁义礼智信。六经诸子，风雅颂骚。明德亲民，丹心汗青。仰观宇宙，龙跳天门；俯察品类，虎卧凤阙。删繁就简三秋树，标新立异二月花。发乎公平正义情，任尔东西南北风。继绝学，开太平。

国安好，世和谐。文明敦厚，其乐融融。真气弥漫，千秋万代。呜呼！炎黄子孙，绵延无疆！江山社稷，以斯为盛！煌煌中华，以此为隆！

里峪赋

天地氤氲，裁化一隅；伏羲创世，乃有里峪。巍巍岱岳，文明发祥；闲闲里峪，礼仪沿袭。代代民风淳厚，处处人心净土。国画崖巉岩叠嶂鬼斧神工，赵氏宅桑柘景色神笔描绘。峰回路转，和露临风；移步换景，心旷神怡。

晨晖撒小道，乡村披薄纱；晚霞落山后，酒家归醉人。换了人间今又是，待到来世无非此。

东乐土在此，伊甸园何在？永生泉堪比梭罗瓦尔登湖，文刻石超绝欧洲阿皮斯山。跑马场，我花开后百花杀；黄巢寨，报与桃花一处开。三国诸葛躬耕南阳，今世东创开辟道朗。东晋陶潜梦游世外桃源，不知魏晋；当下先生下榻铂思民居，胸怀天下。西蜀子云亭，望尘莫及；书社国风院，指日可待。山有仙则名，水有龙则灵。里有贤，境界高；居有文，趣味浓。天下不缺美景在，世间只乏人文衍。

呜呼！叹为观止！同道者同游，异趣处异彩！遥望泰山峰巅，长天一色；近观小溪悠远，厚土数丘。心安在，何处不吾乡？里峪居，吾与点也。

【注：里峪为山东泰安市岱岳区道朗镇一村庄。】

李明蔚

抗战胜利七十周年大阅兵赋

国之大事，乃兵与祀。

兵者，国之利器，民之所依。强兵功在保国，枕戈只为御敌。

祀者，非鬼神之告也，乃纪念追远也。此番大阅兵旨在铭记历史，缅怀先烈，珍爱和平，开创未来也。

岁在乙未，序属孟秋。地涌风云，天开锦绣。集我精锐，吉日阅师。十里长街，晴空翠色。旌旗猎猎，钢枪耀日。鸣镝骁骁，车声辚辚。军威何处显？国魂此地存。

礼炮声声国歌奏响，仪仗队引领三军五洲瞩目。雄鹰展翅，天布彩虹。神箭昂首，欲刺苍穹。兵种琳琅各异，自有独特之风采。方阵分列不同，皆为三军之精英。睹其军容军姿，立则纹丝不动，宛若泰山之巍然青松。行则分秒不爽，犹如天文之精妙时钟。瞻彼抗战老兵兮，穿越历史云烟，沧桑布满脸庞。山河为之欢欣，天地为之动容。呜呼！三军强盛，亘古未有。以此克敌，势如破竹。以此攻坚，摧枯拉朽。

噫！看今朝之威武雄劲，忆当日之悲壮断肠。卢沟鏖战，徐州烽火，缅甸残烟，石牌肉搏，百团奏凯……

呜呼！七十载光阴，于人乃是古稀之年，于史乃是瞬息之间。和平盛世，忘战必殆。环顾四方，豺牙秘砺，虺毒潜吹。安边定远，四夷何敢犯其缨锋，靖土壤外，列国不堪迎其长铗。

睡狮已醒，雄风重振。骚人辅采洒潘江挥巨椽而赋甲兵，词客摇情倾陆海展云笺以歌盛况。

颂曰：

雕龙赋彩喜欲狂，长安大街步铿锵。

胜友如云济一堂，万国衣冠史留芳。

百年沉疴尽涤荡，魑魅魍魉俱消亡。

天安城楼安天下，和谐大同看东方。

廉政赋

古人云：廉者，民之表也；贪者，民之贼也。

考以字形，廉字从广，其意取堂之侧边，谐音"莲"。后人遂喻廉以莲之高洁。

春秋诗话，时书廉政佳篇；史记笔法，常颂修身美名。杨震却金，两袖清风尘不染；周新挂鹅，一身正气利无能。包拯辞砚，处事公平平似水；海瑞棒礼，为官廉洁洁如冰。焦裕禄心系兰考，万家忧乐记取在心；孔繁森魂牵高原，一身浩气天地长铭。呜呼！冰雪操守，琼玉精神。俯首为民，立命以信。仰面对天，何愧于心！

至于文过饰非，殷鉴无睹，覆辙重蹈，亦已多哉！石王逐富，五胡由此乱华。秦桧仁义不施，而致遗罪千载。严嵩强掠以致祸。和珅贪黩，国衰身丧。刘青山乱纪坏纲，沸民怨难逃法网。张子善火中取栗，贪欲难填。利令智昏，成克杰晚节黯淡。财迷心窍，胡长清命归黄泉。天日昭昭，民心如鉴。日月高悬，钱权终究化飞烟。

名节金玉，终生勤勉。激浊荡秽，警钟长按。反腐倡廉，频出重拳。拍蝇打虎，应人顺天。岸堤永固，岂让穴蚁营营泛滥？反四风，清污刮垢；禁八条，毖后惩前。三严三实，同心志存高远。两学一做，协力科学发展。正道直行，方显公仆本色；光明磊落，昭彰人格尊严。强国富民，睦邻修远。风和日丽，神州喜看艳阳天。乾清坤泰，万众同圆中国梦。

聊城大学赋

运河古都，江北水城。东屏齐鲁，南引豫荆，西接晋赵，北拱津京。凤凰来翔，佳气郁蓊。浩浩黉府，青青泮宫。礼乐弦颂，玉振金声。钟灵毓秀，神州文脉聊摄凝；人杰地灵，孔孟先师播儒风。光岳巍巍，拔地楼台云连泰岱可扪日；胭脂淼淼，接天波浪气凌牛斗堪摘星。

岁在甲午，序属仲秋。菁菁校园，杏坛氤氲。楼台盈目，学馆琳琅。大道延客，故园情长。今日莘莘学子，明朝社会栋梁。领学术名流楷模，盈政管精英儒商。百舸争流，桃李竞放。鹤发与红颜同庆，弦歌共笑语齐扬。实琅嬛之盛事，续泮宫之华章。

物有本末，事有始终，欲溯往事，先考其名。甲寅金秋建分院，山师栖落凤凰城。宏碁初开，斩棘披荆。寒舍陋室，不掩琅琅书声。月黑星夜，闪耀盈盈灯明。学周公吐哺之雅量，唯才是用。教泽广布，学子慕名。逮至改革春雷震宇，九州重光，云开绛帐，聊师初啼芳名。台前玉树，秀蔚中霄。阶下芝兰，芳馨满庭。千禧华年，桃李益壮，以神州首家师院升格综合大学之荣耀，得聊城大学之盛名。广厦千间，何兴茅屋秋风之叹；花团锦簇，实副园林阆苑之雅境。

国将兴，必贵师而重傅。兴贤育才，为政之先务。德艺双修，立己达人。乐学善思，好问笃行。学术兴校，时贤垂青。教学立校，文理兼容。学海问津，探幽览胜。学生为本，育人是纲，根基以固，花果乃煌。因材施教，分类培养。陶铸群英，木铎声扬。藏书总总，古今智慧镂金玉；懿行林林，人文渊薮业无疆。蛟龙逐浪，龙舟队勇立潮头唱大风；允文允武，国防生气吞万里射天狼。西去俊杰满天山，云天壮志不寻常。万千学子鹏鹤乘风大河上下，九州校友薪火相传竞吐芬芳。

呜呼！时光荏苒，岁月如梭。白云悠悠，人事代谢。饮水思源，感往昔之卧薪尝胆，方成就今朝之璀璨辉煌。鉴往而知来，行健以自强。慨岁月之跋涉，继千秋之流芳。

欣逢盛世，太平之疆。废兴有道，教育其纲。瑞聚泮亭，兰桂飘香。校运隆昌，声誉鹰扬。立足齐鲁根叶茂，放眼神州乾坤长。聊大迅进，与时辉煌。跻身海内一流地方综合性大学之宏愿，群才有仗！聊大之荣，江河恒久，日月永光！

赞曰：

> 甲寅栖落凤凰城，聊摄形胜毓秀灵。
> 瑶花绽放桃枝展，怀瑾握瑜璨群星。
> 岁月峥嵘腾骧梦，万里云霄家国情。
> 浩然正气通天地，弦歌长吟博雅声。

羡林湖赋

噫吁兮，壮乎美哉！

宛若天神携瑶池，翡翠镶嵌凤凰城。神光离合，杨柳依依。如大地之锦绣，似佳人之明眸。

阆苑大观，移步换景。北瞻季亭翼然临风，南赏七星泉映梦幻彩虹。望月画桥凌云行空，卧龙流瀑曲水淙淙。莺啼爽籁曲，花开解颐容。画径湖滨迤逦，鹤发鸿儒信步闲庭。茂林修竹通幽，红颜学子吟咏怡情。晨钟未响，书声琅琅传四面；暮鼓既逝，翰墨飘香溢八方。

羡林先生，学贯中西，蜚声国际，享誉寰中。情系桑梓，鼎力心通。校训昭昭，说项至诚。羡林学院，木铎扬声。德艺双修，陶铸精英。巍巍铜像，羡林湖旁。泮宫氤氲，文脉流芳。师魂瀚泱，山高水长。赞曰：朝凤坡上草木青，羡林湖光泛云影。慈眉善目宛昨日，风中犹闻教诲声。泰斗美誉满华夏，云水耄耋桑梓情。七星泉畔聆雅韵，承露芬芳中国梦。

聊城摩天轮赋

噫吁兮，壮乎奇哉！

若日出于波涛之上，万道霞光，赫然天宇，佳构飞扬。

予尝游开封相国古寺，骇其千手观音绝美之姿，悟其智慧圆满慈悲广大之境界。于今登临聊城摩天巨轮，平野突兀摩苍穹，眼底乾坤，邀日月而共语。苍茫千古事，万里写入胸怀间，实水城之眼也。

于是振衣浩歌，慨凤城风物尽览，思接古今慕先贤。北瞻光岳仙阙，南眺状元寝陵。西望水城明珠，东临聊大泮宫。海源书香，铁塔烟霏。半城湖水，一城紫气。阆苑瀛洲，一时多少豪杰。

雄关漫道，百业俱兴。鑫鹏奋翼，与时维新。寻一方立业暖水热土，建功桑梓劬劳耕耘。钟灵毓秀，就日瞻云。隐约高铁贯南北，天涯比邻逢。遥瞰银鹰展，吹振五洲风。金陵霓虹烁，海洋蛟龙宫。极地动物乐，缤纷梦幻境。临流感怀，此乐何极！

赞曰：

临风瞰千里，万象心海滔。

鸟飞平野小，人语云霄遥。

凤湖垂柳靓，鑫鹏振翼高。

俯仰乾坤情，英雄看今朝。

李兴来

斗室赋

余有斗室，居楼台之顶层。斯楼也，东临古运河，南依胭脂湖，西傍凤凰台，北接商业区。

凭窗而望也，可见楼台栉比，画船游弋，平湖玉带，春树葱茏。朝可沐晨晖、掬清露、啜花香，暮可临清风、望归雁、餐晚霞。无俗世之扰扰，得灵魂之解脱。忘情之处，翩然欲仙。

居斯室也，可以纵情恣意、放浪形骸；可以画眉调笑、软玉温香；可以绕床颠倒、逗弄娇儿。儿女嬉戏，百般无赖；父子无间，媲美友于。孝悌仁义，家业昌隆之兆也。

斗室之中，可以观四海，阅千秋。一方青石砚，半壁古今书。诵读传家，时有诗赋之娱；临池不辍，可闻翰墨之香。偶调丝竹，浑然天籁；信手涂抹，自得天枢。

昔杜少陵之草庐，不庇风雨；刘梦得之陋室，苔痕上阶。艰难困苦，不伤嘉德。怀古视今，空余唏嘘。小子其勉之夫，小子其勉之夫！

草书赋

黄山叟耽迷翰墨，酷嗜草书，经冬历春，临池不辍。有客过之，欲有所言也。

客诘之曰："凡事必有所源自，若知草书之源流否？"

叟曰："爰有文字，或刻之甲骨，或铸之金鼎，或书之竹简，或著之丝帛。及春秋纷乱，战国纵横，军檄飞驰，世务迫急，遂有藁书出焉。秦之隶书，汉之简牍，皆草书之萌耳。汉兴有章草，脱胎于简隶，传章帝好之，杜度、崔瑗，皆一时国手。后伯英出，变章草法，汲古出新，草法为之一变也。索靖、卫瓘，上承崔张，下启羲献。二王既出，变换古法，风流蕴藉，而今草创矣。天下习草者，莫不宗之，孙虔礼尤能传其衣钵。迨及颠张醉素，或以发濡墨，或绝叫纵横，笔走龙蛇，云烟满纸，世遂有狂草也。后黄山谷亦颇能此，而失之迟缓。自元及清，未闻有擅此者。"

客曰："然！草书之长也，在写情状物，汝知之乎？"

叟曰："吾尝闻也，试与先生言之。前人有言，不平有动于心，必于草书焉发之。草书之言情也，或登山慷慨，或临水激昂，或英气勃发，或怒气盈怀，或怀古感叹，或穷途寂寞，可喜可愕，一寓于书。草书之状物也，春树枯藤，叶落花发，溪水潺湲，云山俯仰，鹜峰落日，悬石垂空，江河回转，海啸霆奔，世间万物，无不可入于书。此草书之所以难者。"

客曰："然。草书之作，须得其势也，汝闻之否？"

叟曰："草书之笔势也，摹拟天地万物。或若云行水上，了无挂碍；或若担夫争道，进退有矩；或若艄公摇橹，纵横捭阖；或若油尽灯枯，行止自然；或势若奔雷，不可阻遏。此种有万千变化，非浸淫日久不可得也。"

客曰："如是，君已入其室，宜勉力为之矣。"

郝学华

前辛村记

固河之南，有村前辛，姜齐故鄙，聊济之间。高唐所辖，迁自山西洪洞；洪武始建，迄今三百余年。其地有沃野千亩，春耕夏耘，天道酬勤益良善；又有庶民七百，忠义仁孝，民德归厚慕圣贤。家为国之本，家和方能宗族盛；村乃邦之基，村兴始可天下安。故曰：斯村虽小，关系万千，家国兴亡，匹夫有责焉。

追本溯源，荣辱续延，筚路蓝缕，同苦共甘。辛氏先祖，泣别故园，征途漫漫，山高水险。风餐露宿，幸依洼坡而营庐；刀耕火种，更拓荒野以开田。吴、张、刘氏，相继入迁；斯村渐盛，生息繁衍。然民生多艰，自古而然，困苦危厄，在所难免，先人之痛，令人扼腕。回望清末，天降大旱，嗷嗷待哺，命悬一线，进京上访，求告弥难，幸有高明指点，刻状于瓷，民意上达九天，灾情始得纾缓。辛苦备尝，始成今日之规模；艰危遍历，方有目下之乐园！呜呼，"窨子坡"之名，斯村之苦难与荣耀皆系焉！吃苦耐劳，正是农家本色；解难化险，方显村魂毅然。

近代以降，革故鼎新，人才辈出，俱有荣焉。民族英雄吴子杰，深明大义，抗倭杀敌，堪称一代英豪；戎马一生吴洪河，献身国防，保家卫国，洵为当世典范。舍己为民，鞠躬尽瘁，干部有为，众目所见；刻苦奋进，学高品端，青年振作，村运攸关。建国六十载，自力更生，敢教日月换新天；改革三十年，与时俱进，终将旧貌换新颜。纵观村史，克勤克俭，奋斗奉献，斯村与吾国家、民族之命运休戚与共、息息相关！

　　人不患寡，品高行范；村不在大，风正名显。领导有方，规划有序，物质精神，齐抓共建：立足良田，发展生产，出作入息，物产丰赡，街巷整洁，村貌美观，信息畅通，道路相连，或自主创业，兴家旺族，或自力更生，子孝妻贤，无论贫富，抑或贵贱，敦友睦邻，共谋发展；精神文明，远瞩高瞻，传统美德，牢记心间，健身娱乐，闲适安然，楹联进户，文化当先，或劝惩有术，民心思贤，或倡导有力，寄情文苑，无论雅俗，抑或愚贤，谈联论艺，同谱新篇。文修武备，上下同心，开拓奋进，内外合力，则国泰民安之梦想、小康社会之目标，诚可待焉！嗟乎！村兴民富，俱有荣焉；后辈传人，责重于山；幸逢盛世，当齐心协力创伟业，欣遇支援，应全力以赴敢争先。造化钟神秀，母子相依树中树，明代古槐已成奇观；阳春布德泽，鱼水情深心连心，万世基业自当永传！

楹联

李艳霞楹联三十八则
题景观八则

题傅山真迹碑亭
青主来时春正好；
苍松静处墨尤新。

题萧城遗址
千秋故事留高垒；
一例春风享太平。

题文渊阁
涤俗何如稽古卷，
访仙已是到琅嬛。

题虎丘塔
檐铃寂虎丘，往事春风，石能听
法何需耳；
塔势斜云表，流年光影，寺已无
僧未了禅。

题亳州花戏楼
台下人生台上戏，自此悟来，不
知曲罢人何处；
身前功利身后名，从容归去，正
是风清月白时。

题饮冰室
济世以维新，四十年沥胆披肝，
醒民何止少年说；
评公兹有据，三千日饮冰伏案，
隔代犹奇灼见书。

题岘山
景致亦堪夸，看江流天外，云到
樽前，绿漾春风皆是酒；
人文尤擅胜，思夫子游踪，羊公
气度，慨生襟抱欲呼山。

题庐山三叠泉
层石皴烟，鸣泉戛玉，活水自天
来，好教修竹依山，杂花生树。
白云封径，翠障叠峦，幽人遗世
立，与会崖边朱子，岭上青莲。

状物六则

题梅
凝香红透琉璃朵，
抱雪寒清傲骨枝。

题石
郁以沧桑成块垒；
默于朴拙拔雄奇。

题金骏眉

布叶生春，眉样三分莺出谷；
分茶醒梦，茗香一碗紫浮金。

题蜡梅花

素抱终成郁郁，独立雪中庭，花枝宜折，花香难寄；
黄花谁解幽幽，开成春故事，似汝罗衫，似我深情。

题窗

界以方圆，看同画本，随四季更移，风花雪月诸般趣；
课儿之乐，剪烛之情，映万家灯火，离合悲欢一卷诗。

题左公柳

一百年风沙塞外，树亦沧桑，想左侯亲手栽时，有叶初萌舒嫩玉。
六万顷烟水岸边，梦同幽碧，于明月无声照处，惹人相忆唱凉州。

感怀八则

其一

窥夜繁星子；
咬波小月牙。

其二

最爱闲时花满树；
不贪喧处酒盈杯。

其三

书教廿载名甘淡；
人到中年心亦慈。

其四

抱朴幸无欺世术；
补拙尚欠等身书。

其五

清醒何若沉酣，纵无限春风，桑下田生沧海涸；
留恋不如归去，听一程山鸟，溪边袂带白云飞。

以"一星如月看多时"为意境成联（其六）

有我立梅花，是夜开清幽之境；
以星为月相，向天证不染之心。

题人间四月天（其七）

万种风情，到红少翠多，花去青门春事了。

一身诗意，等山幽泉冷，云飞白袂藕花开。

题风声（其八）

气暖则高，气舒则畅，静坐听高楼，桃花枝上春轻笑；

入松涛卷，入竹韵生，闲来寻古寺，木叶梢头月正凉。

庆贺酬赠七则

祝慈母寿二则

三亩园中伺豆弄瓜，克勤堪去四时恙；

一春好处看花听鸟，祝寿翩来双彩衣。

眉寿介于春，喜微雨初晴，有萱茂茂；

蓬门宽以语，感慈心如是，送我依依。

戊戌桃月初十日母亲七十整寿有题：

俭能增寿，勤可添福，莫道古来稀，期我七十娘健在。

学会宽心，少出强力，且随年渐长，看孙一辈榜高题。

祝高福林师寿

仁者寿高，更多洪福接东海；

德人才美，堪誉凤毛称士林。

祝冠县文化局任金光老师七十寿

操三寸管，做万夫雄，多有鸿文惊世眼；

称今日觞，介古稀寿，还添鹤算记松年。

贺中国楹联论坛（南京）第三届峰会

胜地聚群贤，曲水歌觞，未必风流输两晋；

中楹留逸事，华山论剑，堪推峰会到重霄。

贺"一脉花香"新书《发现对联之美》付梓

气蕴清华，香分桃李，万卷纳于胸，与言如春风在座；

笃行致远，天道酬勤，一编欣付梓，遥祝看秋果满枝。

人物哀挽九则

题屈原

世浊浊何所去来，香草美人，无改纫兰本色；

独醒醒与言过往，楚云湘水，似闻颂橘清哦。

【此联在《中国教育报》首届全国教师诗词对联大赛获奖】

题范蠡

匡国唯忠，保身以智，仁可成经济，更隐迹三迁，五湖烟水归来早；

寿臻大耋，富逾万资，泽能及子孙，无浮生一憾，百代人臣钦羡多。

题王维

未必近禅不近情，看红豆阳关，若论也非情字浅；

但能如汝便如佛，只幽篁鹿砦，吟成已证佛缘深。

题周瑜

风流倜傥若斯，绿琴顾曲，白袂乘骢，更城倾其美，遥想伯符连襟，小乔坐帐；

气吞山河如虎，鹗视乌林，鹰扬赤壁，果天假之年，宁教曹刘分鼎，羊杜立名？

题薛涛

是真佳人当需有貌，临照红衣，对理青螺，与香十里浣花水；

向伪君子最耻言情，个中况味，笺边心事，为结一庐凉月秋。

题萧红

儿时一点甜，笔下无穷忆，看撰写故园，呼兰依旧遍生趣；

漂泊千重苦，寻求百味凉，恨不生同代，慰汝犹能做粉丝。

题张恨水

翁真绣虎才，何输芹圃耐庵，乱世逃名，写数纸流年，几行风月；

文岂雕虫技，谋得朝齑夕韭，芸窗濡墨，有碧云落砚，红袖添香。

挽曼德拉

以大爱破藩篱，功在南非，别开生面；

推和平于世界，德隆四海，不朽精神。

挽霍金

其生也有涯，其思也无涯，洋洋乎宇宙，颇堪叹黑洞人生，红尘物理；

得羁者形体，难羁者魂魄，渺渺矣飞升，遥相望满天星子，一抹月牙。

郝学华楹联二十一则

园小乾坤大；
心远天地宽。
（题"依绿园"）

天无绝人之路；
人有入道之机。

山高水远有时尽；
花开月圆无绝期。

交友重义莫问利；
论文宜曲不喜平。

自有归无方体道；
由动入静可参玄。
（读《老子》有感）

兔走乌藏，人皆知天狗吞日；
斗转星移，谁可解杞人忧天。
（观日食有感）

烟柳依依身何在，
暮雨潇潇水一方。
不忧不惑不惧，夫子犹难斯者；
立德立功立言，诸君其勉之哉。
（赠毕业生）

砚田墨池，趋避从容忧安在；
书山学海，俯仰自得乐其中。
傲骨铮铮，生前已存凌云志；
正气凛凛，身后早泯媚俗心。
（咏竹）

君子师天法地，不争而善利万物；
志士鉴古知今，成己方惠施苍生。

学待乎思，用心方能体道解惑。
业精于勤，读书自可立身成人。

北国雁去无留意，塞上西风烈烈；
东篱鸟归有知音，月下南山悠悠。

日升月落，喜怒哀乐无多梦；
寒来暑往，悲欢离合又一春。

谋利当谋天下利，莫因小失大；
求名应求万世名，毋以情夺理。

凤城夜雨梧桐巷；
古楼晨风太白星。

运河通南北，鬼斧神工建伟业；
名城传古今，旧貌新颜立奇功。

楼高雨骤，几人能解凭栏意？
月淡风清，随性方见开轩情。

莫畏骅骝无前路；
从来龙虎自风云。

春种秋收，恒念物力维艰，君子
厚德以载物；
夙兴夜寐，应知天道酬勤，智者
自强而不息。

待人以诚，五湖四海皆兄弟；
谋事则信，九曲八弯化通途。

（杂诗）

张金福楹联四则

一
红日开时天地秀；
朝晖过处草木新。

二
晓风拂红送香远；
晨露滑绿随意浓。

三
李桃争艳，满院芬芳，春秋何时
无桃李；
明月缀空，星河灿烂，乾坤此处
有月明。

四
月色花香踏歌去，
桨声灯影入梦来。

秦治洲教育主题楹联五则

一
夙夜尚学，止于至善；
朝夕闻道，见贤思齐。

二
丛林拔萃的青春，拒绝虚妄虚度；
大浪淘沙的社会，崇尚允公允能。

三
万马奔腾，青春有志当追梦；
百花争艳，人生有为自散香。

四
惜时好学，成长成才不虚于命；
爱岗敬业，为国为民无愧于心。

五
缤纷杏坛地，
科技节文化节艺术节，
谁主沉浮谁看客？

火热艳阳天，
毕业季招生季考试季，
几人欢喜几人忧？

小说

张兆林

九家媳妇

（一）

九家，这是个人的名字。

九家媳妇就是九家的媳妇，村里人都是这么叫的。

大人们对名字的来历说得有鼻子有眼，我们这些小辈们不关心。我们感兴趣的是九家家的那头毛驴，因为那头驴是整个村的另类，它会抽烟。

九家一家的生计除了几亩地，就指望这头毛驴了。一挂车，一车热气腾腾的红砖，一头驴，一个吧唧着卷烟的老汉，这是九家挣钱的速写。

土里刨食是发不了家的，拉砖也不过是多挣几个油盐钱，所以九家家还是一如既往的贫穷。穷是穷点，但是一家人倒也过得有滋有味。

九家的媳妇有点智力缺陷，总是有些口水擦不净，话也说不清。有时村里人都怀疑九家的媳妇是不是真的已经傻掉了。但是，四个孩子都正常，而且也都机灵能干，所以心里的怀疑也就没有人说出来。九家的大闺女已经出嫁，二闺女也已经订婚，三闺女已经十七了，只有一个儿子还小。

九家每天就是拉砖，喝点酒，带儿子玩，给毛驴喂草料，别的也基本不用他干。儿女多了，负担是重，但好处是劳动力也多，所以九家家的农活都没有落下，但是因为穷把三个闺女的学业都耽误了。

农村的闺女捞不着上学也不是什么稀罕事，都是尽着家里的小子上，毕竟闺女早晚是人家的。

村里人对九家家也没有太在意，因为在农村这样的家庭比较普遍。

当九家成为村里人嘴边的常人时，对他们家已经是个天大的灾难。九家得了胃癌，这是爆炸性的消息，下午知道的确诊信息，晚饭后就已经传遍了整个村子。

当时，我也就十一岁，对于胃癌是没有任何印象，就像那城市楼房的阳台一样，我一直以为是楼顶加长的一截屋檐。当时，我还闷得慌，城里的小孩也和我们一样没事上房玩，不过我们上房顶一般都要挨呲的，他们好像不是那样。

但是，大人们谈论胃癌时总是紧张兮兮的，那神情让我们同龄的小孩子也觉得胃癌是个很可怕的东西。

村里人都拿些鸡蛋或者点心去九家家看他，人都是这样，平时你就是普通人，当你不普通的时候，大家也都在注意你。

九家倚靠在床头，说话有气无力的。九家媳妇在旁边抹泪，闺女们都是眼睛红红的，给大家搬凳子，倒水。

村里人过来说上两句话，放下鸡蛋也就回去了。既然是医院都治不好的病，也就只能这样了，与其落个人财两空，还不如给子女们留点家业。村里人是这样想的，九家也是这样想的。九家家的家业就是一处院子，还没有拉起围墙，再就是那头会吸烟的毛驴。

（二）

胃癌的症状越来越明显，疼痛和呕吐让九家越来越瘦，身体好像要变得像毛边纸一样轻。村里人是无能为力的，顶多就是过来安慰两句，无非是慢慢会好的之类的连自己都不信的话。

九家媳妇口水和泪水就一直没有断过，闺女在身边伺候着，儿子陪九家在床上坐着。

九家已经昏死过去几次了，九家的本家都在考虑他的后事了，毕竟早准备是没有坏处的。棺材也已经订好了，甚至墓穴都选好了位置，就在九家父亲的旁边。只有寿衣没有做，本家的兄弟和九家说了几次，九家也说，早预备早好，免得到那边穿着不合适，怪别扭的。

量做寿衣的人被挡在了门外，九家的媳妇拿着铁锨横在门口，坚决不让进，泪水和口水让那哭了近一个月的脸都变了模样。

本家人怎么劝都没有办法，九家的媳妇就认准了自己的男人只是病了，早晚会好的，不能做那晦气的东西。没有办法，做寿衣的人回去了。家里原本就没有多少钱，即使大女儿从婆家拿的钱也不够看不见头的医药费。液体已经不输了，止疼针也少了，顶多就是大把地吃止疼药。农村人家就是这样，没病没灾时活得还凑合，只要有一场大病就立马穷得叮当响。

九家是看着毛驴被人家牵走的，九家还给毛驴点上烟，说跟着他这户人家受苦了，抽根烟也算是送送它了。毛驴是不值钱的，尤其是那一直干力气活的毛驴，但好歹还能应付一个月的药费。

九家媳妇不相信自己的男人会死，谁和她讲都不行。村里人都以为家里没钱了，活着的人总要有个思想准备啊，何况九家已经做好随时走的准备了。

天刚亮，九家媳妇和儿子就从村子的东南角开始挨家挨户地求援，多少帮点就行。村里人都不富裕，也确实可怜这家人，也就五块、十块不等地给了这个苦命的女人。九家媳妇也不会说道，只能让儿子给村里人磕头表示感谢。村里人都是一个老爷爷的后代，所以没有人不帮她们娘几个，也没有人让她儿子磕头，还给他们弄了几篮子鸡蛋。

到了后半晌，九家媳妇拿着鸡蛋和钱回了家。九家看见了，大哭起来，说一个老爷们儿得靠一个女人家出去讨要才能活着，还不如死了呢。九家哭，九家媳妇也哭，九家的儿女也哭，一家人都在哭，邻居听见了都抹泪。

（三）

九家还活着，连卫生院的大夫都有些纳闷，因为得这种病的人很少能熬过半年的。九家硬是挺过了一年，身体耗得只剩下了皮包骨头，眼窝深陷着，说话都没有多大声音了，整天就在床上半躺着。

九家媳妇已经在村里讨要四五遍了，村里人也有原来的可怜逐渐变得有些麻木，钱还是会给点的，但都在劝九家媳妇还是好好为儿女们想想，总不能人没了，家也垮塌了吧。

九家媳妇不听，说九家活着家就有，九家没了家也没了，有钱就给九家买药，没钱就是要饭也要给九家买药。

九家最终还是走了，村里人心里的石头似乎也落了地，因为这就如同大家一直在等待的事情终于发生了，虽然是残忍的。

村里送九家去火化的人说，九家太瘦了，火化工加了两次柴油才烧尽，装在骨灰盒里也就不大的一捧。

发丧那天，村里人都来了，有帮着收拾的，也有来看看场面的。农村的集体活动不多，红白事算是很大的集体性活动了。村妇们在陪着抹泪的同时，嘀咕着前来吊唁的各路亲戚，嘀咕着孝子的哭声，嘀咕着九家媳妇命苦，甚至嘀咕着九家家那头卖掉的小毛驴。

九家的儿子把孝盆摔得粉碎，围观的人都松了一口气，毕竟这是葬礼上很重要的一环，以至于多年以后还有人对此津津乐道。

九家的坟就在离他家不到百米的地里，一个大花圈立在坟头上，任凭风吹雨打。一个坟头就把九家的一辈子都收在里面了，人的一辈子都是这样，不管多大的能耐、多大的家产、多大的荣耀，最后都是平等的，都是一个土包，谁也不多，谁也不少。

九家媳妇变了，村里人发现的时候是在给九家过"三七"的那天，口水少多了，人也看着正常多了。村里人觉得九家媳妇像换了一个人，干净利索多了。

烧完纸，哭了一场，等亲戚都回了以后，九家媳妇开始收拾那个破旧的院子，收拾得很仔细。

村里人说，九家媳妇是在扫晦气，毕竟九家走了，这户人家还得过下去。

九家的本家兄弟对着原来不怎么上眼的嫂子客气了很多，都知道要不是这个嫂子讨要的那些钱，恐怕九家早就没了。

也有体弱的兄弟在寻思，万一自己哪天得了这病，媳妇能像嫂子那样侍候吗？会不会收拾收拾跑回娘家去？

过了几年，二闺女和三闺女嫁出去了，九家媳妇就领着儿子过日子。

农村人的生活很简单，有吃有穿就行，没有更多想法，所以在三个女婿家的帮衬下，九家媳妇过得还凑合。

九家的儿子上完初中就不上了，在县城一个单位找了个临时工，家里的日子逐渐宽裕起来。

九家儿子结婚那天，九家媳妇乐得笑着，也时不时抹抹泪。村里人知道，九家媳妇算是完成了一个大任务，把儿子养大，给儿子成家，这对于一个农村女人可是个天大的事啊。

村里有人看见，九家媳妇在儿子结婚后的一天在九家坟头大哭了一场，还是儿子和儿媳妇把她拉回家的。

九家儿子结婚不出两年就添了个胖小子，九家媳妇就忙着侍候儿媳妇，照看孙子。

九家儿子把房子翻盖了，把院墙也收拾好了，一家四口过得有滋有味。

后来，我就离开了那个村子，很少再回去，也就没有九家家的消息了。

直到去年，从村里出来打工的人那里听说，九家媳妇没了，没病没恙地睡过去了。

到现在，我都不知道九家媳妇的名字。

注：此文获聊城大学第二届九歌文学奖

金国斌

边　境

　　浩瀚的宇宙总是充满着未知，然而现在，这未知的百分之零点几已经被人类窥视到了。

　　万户甲型飞船正在从地球前往致远星，这在十几年前还是一段漫长的旅程。然而随着人类对虫洞研究的进展，这段航行在时空上已经缩短了很多。

　　"致远星已经是人类开发的多少颗行星了？"

　　"大概是第十五颗了吧。"

　　"是吗，你不觉得奇怪吗？"透明的镜片反射着阳光，使这人看起来有些捉摸不透。

　　"觉得……什么奇怪？"

　　"从第一艘飞船飞上太空，人类的足迹第一次印在月球上，到现在第十五颗宜居星球的开发，人类还未见过任何的外智慧生物。宇宙这么广阔，只有我们人类的话，岂不是太浪费了吗。"

　　黑色的头发随着风舞动，飘向夕阳的方向，发脆的声音乘着风传到那人的耳边："也许只是还没遇到，或许他们正在观察。如果有一个种族比人类早一千万年在另一颗星球开始进化。地球的历史是四十六亿年，宇宙的历史就更长了，一千万年算不了什么。今天已经在向外殖民了，那那个比我们早发展了一千万年的种族会有怎样的科技呢？也许，不是我们发现他们，而是他们发现我们。"

　　"致远星要多久才能到？"

　　"地球时二十一个小时吧，再睡一会吧，到了致远星可有你忙的。"

　　"不。"说话的那人摇摇头。

　　"怎吗？又想那个人了？"那人打着趣，笑了笑。

"你说什么呢，这种事，迟早要忘的……你费心思替我想这个，倒还不如想象一下致远星的土地。"

"哎……望宇呀，你总该说清楚，一了百了，毕竟……"

"陈星！"萧望宇打断了陈星，"别说了，说了又能怎样，这份感情还不是迟早要埋在致远星的土地？"

陈星笑了一声："呵，岂止是这份感情啊，恐怕连我们也要……不过话说回来，我还是挺期待他们在致远星的土地上播种了些什么。"

一片黑雾，黑的耀眼，连亿万颗恒星的光辉都被这黑雾的光芒掩盖。这，就是宇宙。在这一片黑雾中，有一个小得不能再小的光点，仿佛被一根无形的细绳吊在那儿，孤独而又无助，再拉近些，你会看到一个近似完美的球体。从这球体的某一个点上，迸发出了太阳般的光芒。

"判定跃后位置，准备发出预备信号！"陈星一面说着，一面在操作屏上飞舞着手指，"跃后位置判定失败，进行二级判定。"

萧望宇在另一块操作屏上操作着，额头上慢慢渗出了汗珠：跃后位置判定失败最可能的原因就是空间跃迁出现了问题，使得物体未能出现在指定的跃后位置。如果真是这样，恐怕他们连把自己的生命埋在致远星都是奢望了。

"二级判定：初步判定空间跳跃失败，跃后位置不在星图内。进行三级判定。"萧望宇颤抖地说出这句话，说明二级判定的结果基本上已经宣告了他们的命运。现在，他只希望三级判定的结果在"一级可救援范围内"……

陈星一面用颤抖的手在操作屏上操作，一面将自己蚊子一样的声音送到萧望宇的耳边："怎么会？这条航道还从没有出现过偏差……"

"快进行判定，我们还有机会……正在尝试与地球建立超距通讯通道。"萧望宇一次次在操作屏上按压，生疏地进行着复杂的操作，"成功与地球建立微弱的超距通讯通道，试图求救。三级判定的结果呢？"

"三级判定还有半个地球时才能完成！别着急！"

"陈星，别激动，先稳定情绪！"萧望宇的声音贯彻在飞船小小的空间内，"这个时候一定要冷静！"

半小时后。

"三级判定结束，"陈星的语气略带欣喜，"跃后位置处于三级救援范围内！"

"已向地球发送求救信息，正在等待回复。报告该位置情况，准备自救。"

"望宇？！我们应该原地等待救援，不是吗！"陈星的情绪又有些激动。

"三级救援范围，只不过是一艘小小的载人飞船……"萧望宇的手指从陈星的操作板上划过一道，"宇航员现在也不是什么稀奇职业了……"

"你的意思是……"陈星的喉头仿佛被什么堵住了一样，说不出话来，一滴眼泪落在了他的手上。

"周边存在一两颗行星的单恒星系，原地待命二十地球时。"

陈星试图制止自己无声的哭泣，从牙缝里挤出一句"是"。

地球。

"于25日发射执行致远星开发任务的万户甲型飞船已失联24小时，专家初步判定飞船已经失事，让我们对执行此次任务的萧望宇、陈星两位宇航员进行沉重哀悼，接下来请看详细报道。"发光的屏幕前，一袭长发落地，隐隐的哭泣声传来……那一天，她调皮地从他头上够下一片偶然"着陆"的秋叶，笑笑说："你走了以后，我就把这片叶子当作你……"他从她手中拿过那片叶子，弯下腰，仔细地埋在土里，又站起来用脚剁实，淡淡地说："此一别，若参商，请君忘我……"树叶又落了一片，在空中打了个旋，恰好接住了一滴眼泪，扎了个猛子直扑到地上。风拂过几粒泥土，将叶子死死地压住。

"反重力功率百分之九十二，准备着陆！"

"望宇……"

"嗯？"

"不，没什么……着陆完成了，我们出去吧。"

在二十个地球时过去之后，没有收到任何讯息甚至通讯通道都被地球单方面关闭的万户甲型缓缓地驶向距离最近的星系，之后对两颗行星进行了粗略探测：距离恒星较近的那颗行星地表温度过高，整颗星球弥漫着硫化物气体；距离恒星较远的那颗行星表面温度与地球相近，大气组成也与地球相似。萧望宇决定在第二颗行星着陆，在着陆前，他和陈星向第一颗行星发射了一个探测器。

萧望宇走下飞船，再一次通过测量装置测定了大气成分后放心地摘下了头盔。他深吸了一口气，心想："真是一颗适合殖民的星球啊，也许能在这个星球上生存下去也不一定。"一阵微风吹来，他的视线落在了远处一小片扭动的褐色物体上。

"陈星，采样器带了吗？"

"啊，带了。"陈星的声音有气无力，仿佛身体里某样东西被抽走了一般。

"跟我来！"萧望宇慢慢地在这颗星球上迈出一步，身后传来陈星无力的鞋子落在淡红色土地上金属碰撞般的声音。

那是两条怎样的东西呢？仿佛是两只头部被埋进土中的蜈蚣，一节一节的红褐色"身体"随着风不自然地扭动着，末端两条长长的仿佛蛇信的红褐色片状物屹立在它蜈蚣状的身体上，如同向日葵的花盘一般，跟随着太阳的角度。当萧望宇靠近这长在地里的"蜈蚣"时，那不自然摆动的身体随着萧望宇与它距离的缩小，竟慢慢地向着萧望宇的方向摆动过去，仿佛在它那除了一节节的标记外再无他物的身体表面有什么奇特的感官一样。

萧望宇从陈星的手中拿过采样器，当他把金属制的取样器靠近那蜈蚣状的身体时，那取样器仿佛被一股吸力控制住了。萧望宇的手克制住那股吸力，缓缓地取下一小片样品。

"可能有磁性。"一旁的陈星突然说话了，他将自己的手悬在那"蛇信"上方，"蜈蚣"立刻被手的阴影罩住，那一节节的身体竟慢慢向他阴影外弯曲，"蛇信"不一会又沐浴在阳光之下。

"生物！"二人几乎是同时脱口而出。

"我去前方继续检测土壤，着陆前的探测表明前方应该有一条'河流'。"陈星的眼睛突然亮起来了，仿佛那部分被抽走的东西又被什么突然涌入的物件给填补起来了。

"好，时刻保持联系。"

夕阳把天空染成红色，红色的天地融为一体，没有界线，仿佛这一片红色就是整个世界的背景，世间万物，都在这红色幕布前的舞台上做戏。

陈星望着这广阔的幕布，仿佛能透过这红色看见什么更广阔的东西一样。萧望宇从飞船中走出来，拍了拍陈星的肩膀，二人交谈了几句，进入了飞船。一阵晚风吹过，几颗淡红色的颗粒在地面上翻滚，又组成一个小球，砸到了地上。太阳渐渐沉下地平线，黑色在这颗星球上蔓延开来。这颗星球没有卫星，自然也不会有月亮，只有几点光亮，偶尔闪烁一下，打破了这黑得让人窒息的黑色。

天空、大地，每一颗星球上都在无时无刻上演着相同而又不同的故事，这故事的名字叫作"生命"。

对"样品"的分析表明，这无疑是一种带磁性的具有生命特征的自养型生物，从中可以提取到大量的类似叶红素一般的东西，但是进一步分析后发现化学式与地球上所有有机物的化学式完全不同——这是一种全新的以铁元素和碳元素为核心的化合物。也就是说，这是一种组成成分全新的生物，但是，随后的分析也表明，这种生物不能食用，其中的某些重金属元素均匀而又致密地分布在样品中。而陈星的调查显示这周围除了发现的这两株"磁草"外再没有其他类似生命体，仿佛是神吝啬地只在这里栽种了这两株生命便不愿再施舍。

"哎……"萧望宇叹了口气，关闭了航行日志的记录界面。大约一个地球时后，前往另一颗行星的探测器就要返回降落了，他必须和陈星做好接引准备。

一地球时后。

素白色的探测器缓缓地降落在淡红色的地表，它那圆滚滚的造型仿佛酝酿着随时会出现的大发现。

萧望宇和陈星将探测器移至飞船内的探测分析室，探测器内的各项指标自动保持在与样品源环境相同的数据上。陈星从探测器中缓缓地取出两个恒环仓，将其中的一个进行化学分析。萧望宇将另一个恒环仓连接上显微镜，而在显微镜投影出的影像中，一幅比"磁草"的存在更奇幻的画面出现了：一些带绒毛的小泡正在缓缓地移动，众多的小泡中有一大一小靠得格外相近，其中较大的小泡呈一弯曲的椭圆形，凹口正对着较小的小泡，大的小泡内部有许多密密麻麻的黑色小点，在小泡内部的一侧有一片椭圆形的区域显得尤为黑亮，仿佛滴了一滴宇宙进去，而在另一侧则分布着许多密密麻麻的管道，每一条管道最后都通向小泡最外层的膜，那较大的小泡慢慢弯曲直至包裹住那较小的小泡，尔后慢慢地将包裹住的空间挤压，那较小的小泡剧烈地抖动，不停地碰撞大泡的膜，仿佛在反抗一般，直到再也没有空间让它活动，这时，大泡体内的管道仿佛开始运输什么东西一样，缓慢地蠕动起来，一些黑点在管道内流过，不一会，大泡内部便完全没有了小泡存在过的痕迹。

萧望宇和陈星惊呆地看完这一幕，随后化学分析完成的提示声响起，萧望宇扫过结果后又是吃了一惊：硅元素鲜重占比19.7%，干重占比60%。这意味着探测器带回了一批硅基生物！萧望宇和陈星此刻的欣喜根本无法言表，他们的手颤抖着，忙着取出一个个恒环仓进行各种分析和观测。而此时，一段神秘的带有规律的引力波信号被飞船的接收器接收到。

面对屏幕上空空如也的蓝色天空，二人的疑惑升到了极点：他们的确收到了信号，甚至可以确定信号源就在飞船附近，可这屏幕上空空如也的天空算什么。萧望宇和陈星决定出去看看。

二人走出飞船，望向天空，陈星突然大叫："好大的眼睛！"萧望宇一脸茫然："什么眼睛？"他眨了眨眼，再次确信自己没看见什么眼睛。可旁边的陈星仿佛呆住了一般，眼睛直勾勾地望向一个方向。萧望宇忙顺着陈星目光的方向看去，他震了一下———一只巨大的眼睛正在望着他！

可是为什么刚才还看不见，这眼睛仿佛突然出现一般……萧望宇这样想着，转了转头，想要看清眼睛的侧面。可是一偏头，"眼睛"竟然不见了！当他把头转回刚才的角度时，那眼睛又毫无预兆地突然出现！陈星此时也缓过神来，萧望宇忙拉住他向飞船里跑，他想弄明白，这到底是个什么东西。

万户甲型绕着"眼睛"转了几个圈，却始终只能看到"眼睛"的前后两个面。不管是从上下还是左右，天空永远不见"眼睛"的影子。只有从前后两个方位看时，它才显露出它的真正面目。

"向那个东西发射引力波信息。"

于是，一段承载着"1 2 3 5 7"信息的引力波被发送出去。那眼睛突然活了一样，显出许多血丝样的线条，每一条线条都在高速闪烁。不一会，飞船便收到了一段包含"11 13 17 19 23"信息的引力波信号。

这些信息足以表明两个事实：1、"眼睛"是由文明控制的；2、该文明科技水平大于等于人类科技水平。

萧望宇决定尝试与"眼睛"交流，"发送语言软件。"

在听到萧望宇的声音后陈星正在操作的手顿了一秒，随后便开始飞快地操作。紧接着，飞船发出了一段拥有巨大信息量的引力波。这些信息是一个语言学习软件，它将帮助另一个文明的计算机快速学会地球语言。"眼睛"中的"血丝"不断地闪烁同时变换着颜色。

万户甲型默默地悬停在"眼睛"的正前方，萧望宇和陈星的心脏加快了跳动。

一瞬间，"眼睛"突然白亮了一下，随即恢复了平静。

随着"眼睛"中"血丝"的再次闪烁，飞船收到了一段引力波信号：你好，边境的人类。

萧望宇有些摸不着头脑："什么是边境？"

"这里，三维宇宙的边境。"

"三维宇宙的边境？"二人望着显示屏上的信息，陈星小声问道："宇宙有边境？！"

"宇宙有边境？"萧望宇把陈星的话发送了出去。

"宇宙没有边境，三维宇宙有边境，二维宇宙有边境，宇宙没有边境。"

"什么是三维宇宙，什么是二维宇宙？两个宇宙是重合的还是分开的？"

"你所在的宇宙是三维宇宙，二维宇宙比三维宇宙少一个维度。三维宇宙和二维宇宙分开，二个的分界线一直在移动，三维宇宙一直在变小，二维宇宙现在在变大。"

"为什么三维宇宙不停地变小？"

……

良久的沉默，但是交流并没有停止，一段载有巨大信息量的引力波打破了宁静。从内容来看好像是一些史料，只是不知是哪里出现了错误，有些语句略有不通。原文如下：

我比地球人早出现五千万地球年，当我的科技发展到一定水平后，我飞出了大气层，见识到了当时拥挤的宇宙。

那是一个充满战争的宇宙，仿佛文明之间除了战争没有其他事情可做。

我害怕了，我回到家，我放弃了与外界沟通，避免处在襁褓中的我被他们老练的眼睛发现。

发展科技成了我唯一要做的事，所有人都献出了许多。

然后，数万颗小型太阳从家起航，无数的恒星际战舰冲向混乱的宇宙。如果不是我死，就是他亡。红色的爆炸每时每刻都在发生。我动用了所有资源发展宇宙舰队，这场大战掏空了家。

资源没有了，好在我攻下了许多行星，我进行了大迁移，把许多行星改造成战争基地，然后掏空它，占领别的行星，再掏空，再占领。

掏空，占领。掏空，占领。掏空，占领。循环往复，没有尽头。

数以亿计的残骸飘散在空间中，没有人顾及清理。清理的速度远远比不上制造的速度。

"一艘巨型的宇宙战舰行进在黑暗的宇宙中，如同幽暗海底中的巨大黑影。它的尾巴喷出恒星的光芒，一粒极小的物体以极大的速度穿透了飞船，内部喷出的红光包裹住了整个舰体，红色的球面波澜不止，翻滚的红色波浪一个个扑打在红色的球面上。仿佛有一种强有力的波动传到了我的舰上，红色的球体一瞬间迸发出高大的浪头，随后迅速收缩向内坍塌。一艘战舰就这样变成了碎散的元素，成为漂浮在宇宙中的尘埃。"这是幸存的战士描述战舰爆炸的全部过程。我不知道战舰爆炸时内部是怎样的，毕竟整个过程只持续两个秒。

我用我所有的能量不断突破科技的上限，在马上就要接触到极端时，我收到了一个圆形的东西。

东西只有两个面，三维的物体可以轻而易举地穿过它，他就像在虚无里飘出的鬼魂，眼睛可以看到，却没有实体。就像一个投影，看得见摸不着。

它悬停在战场上好久，然后一瞬间，它消失了！后来我才知道，是它变大了，我已经在它"上面"了。

"一艘战舰猛然萎缩下去，一些奇怪的规则的图形出现在它的位置，仔细一看，竟仿佛是从什么角度投下来的战舰扭曲的投影。再仔细看去，那里面还有些不规则的，好像是人！脏器大脑一应俱全，全被铺在上面，夹在那诡异扭曲的零件中间！然后是第二艘、第三艘！每一个人扭曲的被拍扁在平面上，脏器大脑将他们的身形撑得臃肿不堪。那块平面的区域还在扩大，紧跟着第四艘、第五艘！我仿佛听见了哭声、喊声，战舰被扭曲挤压发出的嘶嘶声。看着他们被压扁，我的身体也感觉到了一丝疼痛，大脑恐慌成了一片空白，马上又变成了一片血一样的红色！那是远处的一颗小恒星，挤压的区域已经到了那里！那恒星被一点点地扭曲拉伸，宇宙一下子明亮起来，恒星一寸寸地被挤压进那个平面，放出比原来十倍的光芒，点亮了那平面和宇宙！光芒和挤压的战舰堆在一起，那块平面似乎再容不下任何东西，可是存留的恒星还在一点点的被压实注入那耀眼的拥挤空间内。我知道我要死了！但不能！容不得考虑，我立刻启动了曲率加速装置，在加速完成前的一瞬间，我已经看到自己的尾光扭曲地爬向那诡异的平面，千钧一发之际曲率加速完成，我终于达到了光速，逃出了那可以吸走我宽度的巨嘴！"这是为数不多逃出二维化的一名舰长的回忆。我在最后时刻启动了曲率加速，进入了光速航行阶段。而其他大部分没有达到光速的飞船就没有这么走运了。

三维物体一旦被迫二维化，就会在三维宇宙中被挤压展开，最后在三维宇宙消失，成为二维宇宙中的基本元素。

东西是一个小的降维武器，它会以自身为圆心，慢慢地将周围所有的三维空间降至二维空间，这就是二维化。这种二维化将以东西为中心，向周围蔓延，永远不会停止。

幸存的人一边逃离二维化，一边研究二维化。

很长的时间过去以后，我终于完成了三维物体二维化的理论研究，在理论的支持下，我开始实践。

当第一个二维化成功的人完成时，我知道我可以迁入二维宇宙了，我在一段长时间内摆脱了被灭亡的命运。

我进行了全体二维改造，冲入了混乱中的二维宇宙。那里的战火如同往前，爆炸仍然在每刻响起，没有人清理失去生机的残骸，清理的速度远远比不上制造的速度。同时，我知道，在未来，宇宙还会再次降维，我必须抓紧时间。

萧望宇和陈星一点一点地读完了这份"史料"，他们抬起头，透过头顶的天窗望了望天空，感到一种沉重的压迫感，似乎下一秒那太阳就会被挤压抽成一个平面火球。

萧望宇拍了拍额头，发出了一条信息："什么时候二维化会到来？"

"快来了。"

"怎样进行二维化？"

"那是很久之前的理论了，我们已经不知道了。"

萧望宇一下摊在座椅的靠背上，陈星拍了拍他的肩膀，编辑起一条新的信息来："你知道地球吗？"萧望宇看这条信息，笑了笑。但是"眼睛"回复的信息却让他吃了一惊：知道，轨道在家的旁边。

陈星面露喜色，他飞快地编辑起下一条信息：你能送我们到地球吗。发送信息的前一刻，萧望宇挡住了陈星点击操作屏的手，顿了顿，随即按了下去。

一分钟过去了，沉默。

五分钟过去了，沉默。

十五分钟过去了，沉默。

三十分钟过去了，沉默。

三十五分钟过去了，"眼睛"消失在天空中。这一次，无论从什么方位，再也观测不到那幽灵一样的眼睛。

萧望宇默默地走出了驾驶室，只留下疯狂发送信息的陈星不停地完成机械的操作——万户甲型一次次地发送着"１２３５７"的信息。

萧望宇一只手盖住显示屏上"储量不足"的字样，另一只手默默握紧成拳头。

二维宇宙，某一艘战舰内。

"统率，第八编舰队遭遇一维宇宙，幸好及时进行加速，正在返航。"

统率点点头："知道了，在边境的观测有什么发现？"

"我们发现了来自地球的两个智慧生物。"

"地球也有智慧生物了？二维化已经到那里了吗？"

"二维化距离地球还很远。地球文明已经到达 B4 级别，已经开始开发其他星球。"

"三维宇宙已经清净到可以进行无干扰开发其他星球了？"

"好像是的。发达的文明已经尽快地逃向低维宇宙了，低等文明不是还没飞出大气层就是已经被二维化，B4 级的文明在三维宇宙已经不多见了。但是仍有几个高度发达的文明还在三维宇宙停留，似乎在进行残骸的清理。"

"是吗？"统率的声音拖得很长，最后变成了一声叹息："这几个文明想干什么啊……"

"不清楚，他们似乎自诩为'清理者'，有传闻他们不仅清理残骸，还会清理文明……另外，我们发现了更有意思的事情。"

"说。"

"从观测保留的影像发现，即使到了 B4 级文明，地球智慧生物仍然保留着食用同类的习性。"

牛海洋

路

　　虽还是浅秋，天已有些凉了。栓叔穿一件淡蓝色的秋衣刚出屋门，就又被大清早的冷气儿逼回了屋里。再出来时，栓叔身上就多披了一件中山装。

　　栓叔家的院子四周是砖头堆起的不及人高的院墙，也没有院门，一推开屋门，就能看见大门口的路。看到的几乎是整条路，这又得益于栓叔家位于路的最西头第一户。

　　栓叔是上河村的村支书，干了有十几年了吧。他就独住在这样一个简单且永远打扫得干净的小院里，老伴在一个月前下葬，过了三十岁才得的儿子方兴在外地读大学。栓叔的老伴孙氏在怀完方兴后意外淋雨，落下了经年头痛、胸闷、腿疼的毛病，过了五十岁，更是只能做些烧火做饭的轻省活计。就在一个月前，上河村修路队来施工的第五天，拉着满车石子的小卡车从她身边呼啸而过，她就在那突然出现的轰鸣声中倒地，暖瓶中淌出的开水就溅洒在她的身上。她却只是张大着眼睛和嘴巴，没发出一点声音。她是要给栓叔去送水的，却成了生离死别。

　　上河村的修路工程就这样停止了。栓叔和村民都坚持要工程队对此事负责，而穿着西装衬衣、肚子像被注了一桶水的工程队长马天华，眯着一对小眼睛坚持车并未碰到人就没有责任。他的话让栓叔和村民有些无奈。

　　处在鲁北冲积平原上孤寂无名的上河村刚想被打破沉寂就又被迫停了下来。村民对修路的兴奋已完全变成对自己宁静生活被打乱的恐慌。养了三十只绵羊的长水不再幻想着等路修通了把羊拉到城里卖出个好价钱，他开始把羊圈里废弃的木栅栏丢在路边；在县城干建筑活的宝西不再幻想能在雨雪天里脚不沾泥地出门，他也就不再用心垫平门前路上的坑洼；种大棚的海亮不再幻想着有菜贩开着大卡车来收购自己的蔬菜，他将烂掉的菜随手丢在路中间。

栓叔就披着衣服站在路口望着这条修了一半却又被抛弃的路，如同望着自己被截断的肝肠。这条路是上河村的生命之路，其实，这条路在很久以前是一条河，上河村就依河而建，逐渐干涸而裸露出的河床也就成了村里唯一的主路。而最先于此定居的就是方姓人家。这些是上河村人从未考证，却一直深信不疑的，栓叔十几年的村支书似乎也因此当得理所当然。

入了秋，天的确亮得晚了些，在冷冷清清的路上栓叔独自往东头村委会走。原本，这个点会有村民勤快地清扫着自己院门口的路，那是一个每户人积极参与的比赛，他们借此来证明自己的勤劳和干净。栓叔不愿再去想了，他背过手，勾下头加快了脚步。栓叔踏上了那段柏油马路，他似乎又看见了路边圆睁着双眼和嘴巴的老伴，就使劲地去跺脚下的坚硬的路面，只是硌得脚生疼。他担心这么硬的路会不会把老伴的魂儿永远地压在下面。

远远看见村委会门口那颗枣树上几个顽童的身影，走近了才发现他们在树上左顾右盼地够着通红的枣吃。树叶已经泛黄，微微摇动就哗哗地往下掉，栓叔心疼地嗔道："小兔崽子，爱惜树！"顽童们却并未停下来，仍得意扬扬地坐在枝头吃着甜蜜的金丝小枣，他们自是知道栓叔不是真的撵他们。

进了村委会，坐在靠窗的桌边，蒙蒙亮的天正好不用开灯。栓叔左手从抽屉里拿出一个黑封皮大开面的本子，右手习惯地从左上方的口袋抽出别着的钢笔。写下日期，就又不知道该写些什么了。大清早在这里写点工作小记是栓叔多年的习惯，可在路停修后他竟发现没什么可写了，感觉生活一下被抽空了。栓叔就望着窗外叶子还在往下落的枣树出神。

电话铃声吵醒了栓叔，原本披在身上的衣服掉在了地上，升起来的太阳晃得他睁不开眼睛。栓叔匆忙地接了电话："喂，噢，王镇长。好的王镇长，我马上去。"挂了电话，栓叔才捡起地上的衣服，掸着上面的土就出了村委会。

走在回家的路上，栓叔碰见了海亮家的蔡苗，蔡苗自然也看见了栓叔。她在丢那袋烂菜叶子时就有点迟疑，可很快还是故作随意地扔在了路边。蔡苗对栓叔打招呼："栓哥，走这么急干啥去？""到镇上开个会，你哩？"栓叔瞥了一眼蔡苗。"俺到长水家坐坐。"

海亮家的蔡苗和长水家的贵凤是整天价黏在一起的，她们一个是斜眼，一个是歪嘴，都是绝对的长舌妇，在背后嚼起谁的短来，蔡苗的眼就更斜，贵凤的嘴就更歪了。

回到家换上一身板正的衣服和新布鞋，栓叔就跨上自行车往镇上去了。自然还是与马天华的施工调解，他听镇长说，马天华这次情愿拿出五千块钱的赔偿。栓叔自然也是希望事情快点了结，路也尽快修好，一切都正常起来，只要马天华有明确的承担责任的态度，赔偿多少钱倒有些无所谓了。

太阳的下沿擦着地平线的时候，栓叔才回来。他的确显出了疲态，扔下自行车，舀着瓮里的水一气儿喝了有半瓢。在里屋外屋转了好几圈，栓叔终于抽出了一直揣在怀中的右手，同时捏出了一个鼓囊囊的信封，塞进了炕里角的褥子下面。看了这似乎略有些凸起的褥子半晌，栓叔又把被子往墙角旮旯里挪了一下，这才缓缓地松了口气。他拔起腿往外走，仔细地锁住屋门，还使劲地拽了两次来确定的确是锁好了的。

栓叔急匆匆地来到村委会，熟练地打开广播。正吃着晚饭的村民就听见了村子喇叭里的声音："大家在明天晌午之前都把路收拾干净喽，明天下午人家施工队就重新开工了。"所有人听到这个消息都含着满口的饭停止了咀嚼，脸上涌着一种不易察觉的笑，原本弓着的腰也忽然挺得笔直，显不出半点劳作一天后的辛苦。倏忽之间，所有人又都恢复了原貌，小声地切一声来掩饰自己的真实心情。

饭后，大家就都或站或坐地在路边遥望着闲谈。太阳虽已整个落了山，天却还并不怎么黑。蔡苗和贵凤自然又是隔着路在扯谈。

蔡苗斜着眼说一句："这方长栓也着实没人味了，娘们才埋了一个月就又让路修起来了。"贵凤歪着嘴回一句："就是，不过也是个见钱眼开的种嘛。"关于栓叔与路的话题就这样从她们这儿向整个村子传播，可到后来更多的只是一声声"就是，就是！"的简单附和，他们还不能像蔡苗和贵凤那样违着心地叫嚣着反对修路。而蔡苗和贵凤总因这样的号召力而自豪着。

不出栓叔意料，第二天清早，路上还是满目狼藉。栓叔就又打开了广播，声音里也带了些若有若无的嗔怒："头晌午必须把门口的路收拾干净，要不后果自负！"还不出栓叔意料，每户人都出了门开始收拾。长水收起了堆在路边的旧栅栏，宝西仔细地平着坑坑洼洼的路面，海亮用小推车一车车地往外推着堆在路上的烂菜叶子。他们表面上看懒懒散散、愁眉苦脸，其实谁都没停下过手里的活，扎扎实实的，这是一场新的比赛。只是，临近中午的时候，忽然刮起了风，飘起了雨，所有人都极不情愿地停了下来，躲在门洞里无奈地瞅着自己门前还未收拾到令自己满意的路。

到第三天，风才渐渐息了，雨也断断续续地下到了第三天。等到第三天，更像月亮的太阳毫无生气地挂在半空的时候，栓叔急切地出了门，才发现气温又骤降了不少，远远地看见村东头停着辆卡车。许多人在拆着帐篷，往车上装着石子和白灰。

栓叔终于发现了人群里指挥大家的马天华，着急地奔上去握住了他的手："马队长，这是为啥？咱不谈妥了路接着修吗？""不是，老方，我们计划着是抓紧修路的，可天突然转冷路就没法修啊，这我也没办法，不能逆天而行不是？来年春天吧，我们尽早回来。"马天华推开了栓叔的手，声音不大却让栓叔哑口无言。栓叔就那样杵在旁边，看卡车拉走了所有的材料和工人，只留下那段修了不足十米的柏油路。连夜的雨冲刷后的柏油路泛着青黑的光亮，与灰白的土路对比鲜明，倒更像一座巨大的墓碑，压在了栓叔的胸口。

"大家注意啊，今年的路修不了了，等明年春上了……"栓叔突然不知如何跟大家交代了，急忙关了广播。抬起头，他就看见那颗枣树上已经看不见一片叶子了，只有几颗瘦小的枣还挂在细小的枝子上，颤悠悠的。村民都跑出来看那一小截柏油路，它像一截骨头堵在每个每个人的嗓子眼儿，谁都说不出话来了，蔡苗和贵凤竟也只是睁圆了眼，张圆了嘴。

秋天来得那么急，去得也那么快。栓叔只披了半拉月的中山装就不得不改披棉大氅了。栓叔每日盯一会儿村委会门口的枣树，他的本子上都列了长长的一列日期了，后面却毫无内容。他就去数那些无聊的日子，毫不可惜地糟蹋着它们。

第一场雪降下来了，它完完全全地封住了路面，让人很难发现柏油路与土路的茬口，如同额上的秀发遮住了上河村人脸上的伤疤。没有人清扫路面的积雪，甚至没有人舍得去踩踏那片洁白的雪地。

可雪还是在新年震耳欲聋的鞭炮声中开化了。积雪融化处露出的柏油路面像光洁皮肤上的一处处烫伤，让人恶心、疼痛。方兴说要在外面积累工作经验，竟没回来跟栓叔过年。栓叔坐在没有贴春联的屋子里，守着孤独的年三十儿的夜，自然而然地靠在被卷儿上迷糊过去了，而就在石英钟刚刚敲响过十二下后，栓叔又自然而然地醒来了。他披上棉大氅，顺手拿了板柜上的一刀烧纸就出了门。在那棵枣树下，看着轻飘飘的烧纸在跳动着燃烧，栓叔捂紧了嘴巴才没哭出大声来。看见纸烧完后露出的焦黑的路面，栓叔猛地一怔，慌乱地从路边捧着雪尽量均匀地撒在上面以求掩盖这些。

过了年，春天就不远了吧。积雪已经融化得无影无踪，上河村的人爱上了两件事。一件是他们比先前更认真的清扫村里的路，但这不同于曾经的比赛了，已经没有人仅仅满足于清扫自家门口的那一小段。另一件是他们都热衷于观察树木，尤其是村委会门口的那颗枣树，"咋还没发芽呢？""春天还没到吗？"成了他们的口头禅和相互间谈论的主题。

这几天持续地刮着南风。风停的早晨，栓叔急切地来到村委会，真的就看见那颗枣树的枝上抽出了嫩绿的芽子。栓叔在他的本子上写了日期，一笔一画地在后面写下：枣树发芽了，春天来了。念一遍极幼稚的话，满意地将钢笔插回口袋。他又奔回家里，从炕旮旯里取出了那个信封。

栓叔拿着好些条好烟在村口等着。临近晌午，一辆卡车终于开进了上河村，车上跳下了工人，卸下了材料。栓叔就上去散烟，抓住马天华的手张了半天嘴却没吐出一个字。

路的修筑速度快得有些让上河村民无法接受了，就像饥困的人突然开怀大吃了一顿，感觉只有堵得慌。可百十米的路的确是要不了十天半月就修好了。

路修好了，日趋增多的轿车和货车就在这条路上穿梭，甚至昼夜不息。

上河村晚饭后临街的杂谈不约而同地废止了，中间那条宽阔平坦的柏油路和呼啸而过的汽车阻隔了上河两岸人的交流。特别是蔡苗和贵凤，一见面，蔡苗总会给贵凤一个斜眼，贵凤也必会还一个歪嘴，嘴里都是不干净的话。原因大概是贵凤说蔡苗前年的时候借了她家的簸箕没还，而蔡苗坚持说借后第二天就还了回去。

长水真的是把羊拉到城里去卖了，宝西可以穿着双没沾泥的鞋去县城打工了，也有大卡车来收购海亮的蔬菜了。

坚实的柏油路完全遮过了上河村原始的河床土路，只是栓叔申请离开了村支书的职位。村委会门口那棵枣树还没等刚抽出的新芽舒展开就死了，大约是厚实的路面压住了它的根脉。

有人说时常看见栓叔深夜里独自坐在枯死的枣树下对着柏油路发呆，有时候还对着烧着的黄表纸自言自语。

注：此文获聊城大学第二届九歌文学奖

岳新敏

疯 女

一

那一年，在我的记忆中从来没有这么大的雪，足有膝盖那么深，天气出奇的冷，白茫茫一片，半夜时分，隐隐约约听见一女子的哭声，呜呜咽咽的，让这个雪夜有几分渗人。

我不禁向母亲靠了靠，母亲说，肯定是疯女，这孩子，怕是毁了。梦里，我仿佛听到母亲的叹息声。

疯女，最早是不疯的，模样还很俊秀，一双麻花辫高高的扬起。疯女，原名叫大花，接受过高等教育，在上个世纪90年代，高中毕业就可以称为高才生了，如果再读了大学，那就是吃皇粮的人了。

1997年，那一年香港回归，全中国的人为之自豪。而对我们大王寨村，疯女大花考上大学，这就是最大的事情。这所师范学校带给我们村的意义那是非同寻常的。上了这所大学，意味着不用交学费了，还包分配，毕业后就是公办教师，这是多么值得振奋的消息。

那时候，技术还没有这么发达，还不时兴从网上查成绩，大都是通过电话咨询。大花的一个表叔在镇上上班，他给大花查的，说被师范院校录用了。这让全家人认准这个表叔就是恩人一般。那段日子，疯女的父亲二孬叔把头抬得高高的，干什么活都非常有劲。疯女的母亲，收起她永远也理不清的刘海，干草般的头发第一次梳得整整齐齐。疯女的弟弟建军，我最好的伙伴，开始对我的吆喝不再听从，以前可是求着我跟他玩的。

大花家里很穷，她是老大，下面一个弟弟，一个妹妹。她爹二孬叔一条腿有残疾，仍然坚持干活，在建筑工地上人家都嫌他，年龄大了，不愿意带他，他求爹告奶奶才能跟着建筑队跑零活。当时我的父亲是个瓦工，因为他在建筑队里有一定的威望，所以他的话还是有一定的分量。二孬叔就天天到我家去，让我父亲带着他干活。父亲可怜他和我家一样，都是三个孩子，都在上学还要长身体，花销很大，就勉为其难地答应了他。可是他永远不知道，父亲答应了是有前提条件的，那就是父亲的钱要扣去一些，递他的工资，这一点父亲没有给任何人说，我也是后来才知道的。

二孬叔，虽然残疾，倒也勤快。我父亲还算有些安慰。那些反对二孬叔干活的声音渐渐小了一点。二孬叔就这样跑零活，来养活这几个孩子。

二

大花考上大学的消息，在村子里一时炸开了，隔壁几个村子，甚至整个乡镇都知道了。香港回归远不如这件事情更让我们感到兴奋。大家都知道我们大王寨村出了一个大学生，这是我们村历史上从未有过的。

7月的炎热，树叶纹丝不动。知了叫个不停，却不让人感到厌烦，像是知晓了我们村的喜事，报喜似的。

7月底知道的成绩，整个八月份过去了，也不见有通知书过来。大花在家里不敢出门，怕邮局找不到她家，二孬叔整天跑村委会，看看是不是寄到村委会去了。为此，我们全村人都笑他。那时候，每个人见到他总会问，通知书来了吗？他都是嘿嘿笑着，抓抓头，眼睛眯成一道缝，还没，在路上呢。农村人特有的黝黑将他的脸衬得分外鲜明。

8月的一天，大概是8月20日，为什么这个日子记得特别清楚呢。因为这一天是我8岁的生日，我娘那天给我煮了三个鸡蛋，我没舍得吃完，建军喊我去玩，我给他了一个，建军这小子，竟然把我给他的鸡蛋给了他姐姐。这小子，怪知道心疼人呢。

就在这一天，还有一件事情。邻村有一个考上中专的，通知书邮寄到了，这个消息是我邻居二叔传给建军的，建军也就把这个消息给了他姐姐和他爹。可是，大花的通知书还没到。全村的人的热情也就慢慢淡了，二孬叔在等待中像个瘪了气的气球。大花让镇上上班的表叔到邮局看看，说是没有。眼看着大学开学的日子快到了，大花急得像是恨不得飞到邮局去看看。怎么回事呢？难道没有考上。可是二叔查成绩了啊？通知书怎么没有自己呢？

二孬叔到镇上邮局一次次去问，邮政局的工作人员说通知书早就发下去了。当时一个乡镇也就两三个大学生，通知书应该有印象的。邮局的工作人员模糊回忆道，好像有一个叫什么"王大花"的，但是，已经发下去了。到底是哪个节点上出问题了啊。

二孬叔就去找在镇上的那个亲戚去问，怎么办啊？通知书竟然发下去了，可是他根本没有收到。亲戚说，说该不会是被人顶替了吧？该不是被村子的其他人给藏起来了吧。

"我没有得罪过什么人啊。"二孬叔抓耳挠腮地说。这个亲戚安抚二孬叔先回去，帮他查查，要是通知书发下去了，他们应该有备份，会有登记。二孬叔像是发现救命稻草似的，请这个亲戚好吃好吃了一顿。

亲戚就去邮局问了，邮局的人已经很不耐烦了，你们到底怎么回事啊？已经发下去了，这不，还有她的签名呢。二孬叔和这个亲戚有点摸不着头脑了，准备先回家，看看是不是大花已经签了。

可是，大花矢口否认，她根本没有见通知书是什么样子的，怎么会有签名呢。完了，二孬叔一拍大腿，绝对是有人冒名顶替了。我的大花上不成大学了。

村里人都听说了大花的遭遇，纷纷为她抱不平，有人提议说去镇政府告状，不信揪不出这个"顶替贼"。还有人说，去县里告，人家辛辛苦苦考上大学，凭啥被别人给顶了啊。还有人说，顶替你家大花的人，绝对有背景，你去查，人家也未必怕你。再说，现在根本不知道被谁顶替啊？

二孬叔气的只有捶胸的份，主要是大花整天抹眼泪，也不吃饭，傻呆呆地在那儿坐着。二孬婶叹气说，"这都是命啊，咱家大花没有这命啊、再说就算是上了大学能怎么办？不交学费，还得有生活费啊？能拿得起吗？要俺说，这学不上也罢，闺女，咱不上了啊。"虽然二孬叔瞪着他媳妇说，"你说的什么狗屁话，闭嘴吧你！"。大花眼睛哭肿了，可是也没有什么办法，都怪家里没有中用的人为自己拿主意啊。

三

天气渐渐转凉，秋风吹着落叶，打着卷，散落了一地，大家的热情随着天气渐渐淡了下来。

九月份过去半个多月了，大学也该早就报到了。村里的人渐渐也适应了，仿佛大花考上大学就是一个闹剧，大王寨村没这个命啊。那些说应该告状的人渐渐也闭了口，上不上大学有什么用，女孩家上那么高干什么，到最后不得嫁人啊。原来，出主意的人多，真正去办事的人少，从那时候起，大花就明白这个道理了。镇上的二叔也没有了讯息，大家都适应了这个状态。

大花开始变得不爱搭理人了，有人去她家里，她也不给人家讲话。二孬叔也不再管她，唉，都怨自己没本事啊。

大花渐渐蓬头垢面，整天絮絮叨叨的，家里人一开始没当回事，后来发现这个现象越来越严重。说出一些乱七八糟的话来，什么"我要扼住命运的咽喉""命运像弹簧，你弱它就强"，二孬叔吓怕了，这孩子别是想不开啊。

大花不吃不喝好几天，把自己锁在屋里不见人，偶尔见人就傻笑。有时候傍晚的时候，一个人在院子里站好长时间，自言自语，还在自己的课本上全写上"我不相信命运"之类的话。这孩子不是魔怔了吧？

这样不吃不喝也不是办法啊，"闺女，你想哭就哭出来，别这样吓娘啊"，二孬婶劝她，她也不吱声。她有几个不错的小姐妹初中毕业后都去外面打工了，据说南方给的工资还挺高的，想叫着大花一起去，可是大花痴痴呆呆的样，偶尔还脾气暴躁，家里的碗摔坏了好几个。

有天，轻易不出门的大花，在街上竟然脱掉自己的衣服，吓得邻居二奶奶把大花拉走了，几个光棍汉还起哄，"脱啊，脱啊。"气的二奶奶朝那几个光棍啐了一口，"滚一边去！"

有人给二孬叔说，这孩子不是疯了吧？二孬叔带着大花去医院检查，发现患上妄想症，轻微抑郁，给开了一些药物，让家里人多和她聊聊天，顺着她来。从医院回来的路上，二孬叔捶着自己说，都怪我把孩子害成这样啊。是哪个王八羔子顶替我家闺女上大学啊，不得好死啊。

大花的病越来越严重了，可是家里没钱给她继续买药，没法让她在医院里就诊，只能关在家里，一开始是奶奶看着她，可是她竟然打人，奶奶看不了她，只好锁在家里了。家里人还得吃饭，照样还得过日子。

小伙伴更不愿意和建军一起玩了，都说他家里有疯子。我很可怜大花姐，可是自己又不能帮上什么。我尽量不去提他姐姐的事。建军还是把我当成好朋友。有一次放学，建军让我跟他回家去看他昨天新逮的蝈蝈，对蝈蝈的乐趣渐渐抵消了去他家的恐惧。自从他姐姐疯后，建军很少让别人跟他回家的，可见对于我的信任。

四

冬日的天气，冷。

天阴的厉害，大街上的人也都回家暖和了，天气预报说要下雪呢。

下午放学后，我和建军边说边笑，朝他家走去。走到胡同口，迎面撞上了三疙瘩。三疙瘩是和建军家隔着一条街的邻居，按辈分，虽不同姓，我和建军应该叫他叔。当时看到他一手提着裤子，穿了一只拖鞋，胸口的衣服还被撕破了，"放……学了，建……军"。他平时说话不结巴啊。

我们当时虽然才小学，但是也隐隐约约知道些什么。我看到建军的眼中像是蹦出一团火，三疙瘩吓得头也不回地跑了。到了家，看到大花姐头发凌乱，额头上还有几行血道子，在床上瑟瑟发抖，衣服也不整齐，看到我跟建军，哇哇地想说什么，加上几分哭腔，也听不清楚。

也就是那天晚上，三疙瘩家养的三只羊全被药死了，那是他的命根子。三疙瘩，是我们村的光棍汉，爹死了，娘跑了，跟着他叔生活到现在，去年他叔也死了，快四十岁还没讨上媳妇，背上背着一个大疙瘩，像一座山，一开始叫他"山疙瘩"。渐渐叫顺了口，变成"三疙瘩"了，男女老少都叫他"三疙瘩"。三疙瘩平时还有点小偷小摸，加上穷，谁家姑娘愿意跟他啊。那天三疙瘩骂骂咧咧，扬言还要去报警。我知道是建军干的。我去吓唬他，我们也去报警，他畜生不如，对一个疯子竟然干那事。

我不知道建军是否给他爹说了，二孬叔竟然啥也没说，我暗地里称呼他窝囊废。事情过去了一些时间，二孬叔竟然要给大花姐寻一个人家。大花姐才20岁啊，她的人生本不是这样啊，假如现在上着大学，那就是另外一种人生啊。可是二孬叔坚持己见，拖媒人翠花婶，给大花寻的人家就是三疙瘩。建军就是从那时候开始恨他爹的，扬言要把三疙瘩的疙瘩给剁了。

村里人也都觉得很奇怪，20岁的闺女，虽然疯了，但是嫁给三疙瘩也是不值得的，后来大家也明白了怎么回事，也都默认了这桩婚事。

结婚那天，建军把娶亲的自行车车胎给扎了。三疙瘩和大花家隔着一条街，距离很近。那天晚上，听见三疙瘩家传来哭的声音，还有三疙瘩的叫骂声，"给老子当老婆，不让老子碰，你以为他妈的你还是大学生啊？臭婆娘。"二孬婶默默流泪，要去看闺女，被二孬叔拉住了，"去什么去，今天不能去。女大不中留，留下来是祸害啊。不能让孩子被其他人惦记啊，我们也总不能天天盯着她啊"，二孬叔也抹起了眼泪。

据说，建军那天拿了一把菜刀到了三疙瘩家，三疙瘩吓得不轻，后来也便没了骂声。但是他一有点钱就喝酒，一喝酒就发酒疯，打老婆，埋怨让他娶个智力障碍者，就知道吃，把他的酒给砸了，还不让他睡。整天晚上骂骂咧咧的。打的大花老是往娘家跑，三疙瘩没脸没皮地去蹭饭。每次三疙瘩去，建军总是不跟他碰面，找借口去我家。

后来，三疙瘩不打了，大花姐发福了，怀孕了。生了一个儿子，白白胖胖的，取名大奎。三疙瘩让我叫婶，我不叫，明明是姐，一直坚持喊姐。

五

建军虽然学习也努力，只是没有他姐的聪明劲，初中读完就没再读。

2007年，我考上了大学。10年的时间里，村里陆陆续续出了几个大学生。远不如当年大花姐当年考上大学令人振奋。

我那时晚上经常做梦，梦见大花姐张牙舞爪要杀我，我把这个梦给我母亲说了，她说大花现在日子很苦，大奎上学要花钱，三疙瘩还得了那种看不好的病，这都是命啊。

我想起报到的那天，父母送我。在路上碰到轻易不出门的大花，她对我笑了笑，笑得有些渗人，我的心一阵寒冷，她也许在某个时刻是清醒的吧。

其实，这么多年来，大花姐莫名丢失的通知书一直是我的一个心病，总觉得像是有什么义务似的，为了建军，还是？

有时候，我总觉得大花姐没有疯，会在某个时刻醒来，疯子也没啥不好，至少是不苦恼的，也不会和人记仇，活在自己的世界里。

那时候网络刚刚盛行，于是我瞒着爹写了一个帖子，《当年大学生，如今疯女人，我的伤害，谁为我买单？》，偷偷地把这件事的来龙去脉发到了网上，终于有一家媒体愿意为我说话，并且协助我查这个事情。他们采访我，想通过我采访一下当事人，自然大花姐是讲不清楚的，可是建军又不愿意接受采访，我知道他的顾虑。

然而，这一切难道不该给大花姐一个交代吗？难道为了一些所谓的名声而让真相永远深藏？媒体写了一篇报道，《疯女人的真相之当事人拒绝采访为哪般，另有隐情未可知》。我很生气，这个记者有没有一点良知啊，怎么可以这么写大花和建军。

然而，媒体把这件事情搞得越来越大，还好那个冒名顶替的人总算被找了出来，可是那个女人已然成家，工作很体面，家庭很幸福，在市里一家出版社工作，已经当了编辑部主任。媒体再次发稿，《疯女人真相之编辑部主任的借用人生》，这个编辑部主任被人肉出来，全家人的生活变成透明。

这不是我要的结果，我没有想把事情搞这么大，我是想私底下去和那个女的谈谈的，想问问她为什么窃取大花姐的通知书，可是媒体总是快我一步。

那个下午，阳光有些刺眼，可能是办公楼上全是玻璃，我终于见到了那个女人，头发梳的一丝不苟，戴一眼镜，我做梦都想骂她，如果我对三疙瘩是一种愤怒，对这个女人则是一种愤恨。是她改变了大花姐的人生。

我看到了她眼神中的木然，"这一天迟早回来的。"她倒很平静。"这都是你的功劳吧，是你惹出来的吧？其实，这几年，我过得很不好，我讨厌这个俗气的名字，我本命是王筝。我每写一篇报道，就要注上王大花这个名字，甚至我结婚也是这个名字，我孩子竟然也以为我叫这个名字，你知道我什么感受吗？我所做的一切都是为他人作嫁衣，我已经30岁了，可是我连自己的名字都不能叫。我无所谓了，这几天我的单位和家人已经看了报道，单位准备解雇我，老公也准备和我离婚，你们要是愿意告就告。这一切，你满意了？"

我不知道，当时是一种什么感觉，总觉得这个女人有点贼喊捉贼，可是这好像不是我想要的结果。"你最起码享受这样的人生了，你知道吗？那个王大花她疯了，被一个老光棍强奸了，生下一个孩子，她的人生永远无法改变了。"我的声音有点收不住，我讨厌身边这个女人。那个女人眼中的"愤恨"一点点消失，默默低下头来。

媒体一点也不闲着，曾经的那个学校也出面了，为自己犯下的低级错误在网上公开道歉，并声称要去见一见当事人，如果可能的话，他们愿意让这个女孩再去读书。

<h1 style="text-align:center">六</h1>

那天，我的村子异常热闹。

很多媒体记者，以及师范大学的校长助理、年级主任，还有社会上一些举着公平正义大旗的人一窝脑地闯进了我们这个村。当他们见到大花的时候，特别兴奋，像是见证一件历史大事，从此他们都会被刻上功劳碑，媒体又推出了一系列文章《疯女人真相之学校勇于承认错误，弥补当年过错》《请放过那个疯子，她的世界你们不懂》《女孩，请拒绝这个不属于你的一切》等等。二孬叔面对镜头躲躲闪闪，这个当了一辈子的农民，哪碰上过这个阵势？大花姐更是躲在屋里不出来，因为她一出来就会打人。而三疙瘩吓得不敢进村了，因为有人告诉他，他可能会坐牢，那一天，三疙瘩从村子里消失了。而大奎成了没爹的孩子，那一年大奎8岁。

事情的真相一点点清晰，而事态逐步扩大，扩大到让我害怕。原来，都是镇上那个亲戚捣的鬼，他确实帮大花家查到了那个顶替的人，但是他利欲熏心，没有把真相告诉二孬叔。伙同顶替者及村支书伪造了各种证件。

媒体、网络果真是万能的，事情过去了10年，当年所有的细节均被挖了出来，事情的结果是，大花姐当然不能再去学校，学校以及一些社会正义人士捐了一笔费用，一部分作为对大花的就诊费用，另一部分作为大奎的教育基金。而三疙瘩因为失踪，再加上大花家并未起诉，而免于刑罚。镇上上班的那个亲戚虽然当上了一把手也被免了职，我们那个村支书被赶下了台。

事情渐渐落入低潮，那个顶替的女人或许被炒了鱿鱼，或是离了婚，也不干我的事了。

我的父母被戳了脊梁骨，原因是我戳出了当年的众多事情，因为牵扯了很多人。我不知道自己是对还是错，最起码我没有再做噩梦。可是我每次回村，总是有些不自在，一些人对我不理不睬，不愿跟我打招呼。其实，也无所谓，我学的这个专业以后要当律师的，情和理分清一点好。

听说大花姐的病有了成效，已经能够认识家里人，能干一些力所能及的事，建军对我还是一如既往地好，我心里有了一些安慰。

七

1997年，我多想时光再回到那一刻，也许大花姐现在是个老师，那两个麻花辫往后一甩，像极了明星许晴，尤其那双水汪汪的大眼睛。

注：此文原载于2015年第1期《乡韵》

老同学

遇到小玉很意外，一直以为她在北京工作。

起初只是以为她这个城市出差，没想到她早已在这里工作安家。

同学见面，少不了寒暄一下。其实，大学时代我们是很要好的朋友。我们当时是为数不多喜欢文学而选择中文系的几个。所以，有着相同的爱好，喜欢相同类型的电影和歌曲，自然也成了很好的闺蜜。

不过，大学毕业后，她和她的男朋友一起去了北京发展，我们自然而然地分开了。后来电话号码一变也少了联系。后来我在这个地方结婚生子，一晃五年多过去了。以为就这样天各一方了。

我们相互留了号码，留了家庭住址。其实我们住的不算远。

之间，我打了几次电话，无非是想在一块聚聚，叫上几个也在这儿工作的同学。

不过，她每次都有点含糊其词，我以为她工作有点忙。

过了几日，我接到了她的电话，邀我一聚。

饭桌上，我们聊了很多，毕业后的生活，各自的老公，还有孩子。当她听到我老公所在单位的时候，眼中亮了几分。她说，我家老黄在那个下属单位。哦，很是巧合呢。以后还请你家那位多多关照啊。

我笑她的市侩。你家老黄在北京闯荡那么长时间，还用关照啊？

当她听说我仍在坚持写作的时候，竟然十分地吃惊且充满欣喜。她说自己虽然不怎么写，但是也坚持读点。

生活虽然忙碌，但是遇到一知己，这是多么快乐的事情。像极了我们大学生活抄诗写诗的日子，仿佛这五年并没有隔断什么。

她经常买了喜欢的书送我一本，我也欣然接受。当然，我偶尔也把自己出的集子回赠给她。

后来，我老公单位改革，领导派我老公去了下属单位当领导，不巧正好是小玉老公那个单位。

"这下你家老李必须要关照了啊，都一个单位了。"

"好好好，他刚到那个单位，还得靠你家老黄助他一臂之力呢。"

没想到，中秋节的前夜，小玉和她老公带着孩子，提着一些东西来到我家。我一下懵了，感觉我们之间貌似隔了一层东西。

我坚决不收，同学之间哪能用得着这样啊。

小玉摆着手，不行，老黄和老李又不是同学。

最后，推脱不了，只好收下，准备明天再给她送走。

上周下班回到家，老公黑着脸对我说。以后你和她少来往。一句话说得我莫名其妙。原来，老黄犯了所有男人都会犯的错误，举报信在我老公手上呢。

我突然觉得有点可怜小玉，到底是给她说呢？还是瞒着她。想必如果她知道，肯定会受不了的。

可是，事情还是暴露了，小玉在自己家里发现了老公的外遇。这是后来我听她说的。我怕她想不开。去她家里看她。

小玉眼睛都哭肿了，我看着很伤心。却也不知怎么安慰她。只好和她一起骂那个男人。

把小玉安顿好，我正要回家，突然看到她家客厅里我曾经回赠给小玉的书，包装完好，和新的一样。

砰的一声，我感觉像是有什么东西掉在地上，碎了……

枣 花

农历八月，院子里的枣儿正红，一个个像是镶嵌着的红玛瑙，喜煞旁人。

枣花可不想时间过得这么快，因为枣子熟了，自己的婚期也就到了。枣花不想这么早出嫁，不想这么快离开老爹。

其实，枣花已经24岁了，在村里和其他小伙伴一比，也算是晚了。可是枣花总觉得自己还没有完成对老爹的义务。

枣花有两个哥哥，算是父母的娇生女。然而，枣花对自己一点也不娇，家里的活可没少干，洗衣、做饭，地里的庄稼活也是一把好手。

大哥读了大学，在外地参加工作，成了家，回家少了，只有过节才能回来。二哥去当兵了，两年没有回来了。所以，虽然三个孩子，但是陪在父母身边的，基本上是枣花一个。

枣花出生的时候，正是阳春三月，院子里枣花开了，淡淡的清香，父亲望了望院子的枣树，就给刚出生的孩子取名枣花吧。这棵枣树是父母成婚的时候栽下的，取名枣花也是有着非同一般的意义的。

枣花很喜欢这个名字。容易叫，也响亮。

枣花要出嫁了，老爹很舍不得。枣花这些年对家的贡献可真不少，里里外外帮衬着。家里虽不十分富裕，但是也算得上等人家，家里三间大瓦房盖起来了，枣树在院子中间有点挡窗户，但是老爹也没舍得砍。

枣花大了，该找个人家了。隔壁二嫂对老爹说道。老爹怎能不知，他是不舍得枣花啊。对人家后生也没啥有求，距离家近，脾气好就行。老爹对二嫂嘱咐道。

　　还真遇到一个合适的人家，隔壁村的三娃，25岁，模样周正，勤劳善良，很孝顺，尤其可以称道的便是有个手艺，学电气焊的。嫁个手艺人曾经是多少姑娘的梦想。在镇上经营一个门市铺，生意还不错。关键是人家对枣花的品德早有耳闻，一说是大王寨村张老汉家的枣花，那三娃立马答应了。

　　枣树老了，满树的枣子压得枣树弯了腰。枣花抚了抚这棵枣树，又想起了自己的娘。多少次，枣花问起娘，老爹始终不提一句，只是说她娘去了很远的地方。

　　小的时候，看见别人在娘怀里撒娇，她就非常羡慕。可是又不敢问爹，一提到娘，爹就抹眼泪。这么多年来，爹拉扯三个孩子不容易，既当爹来又当妈。所以，渐渐地，虽然对娘很思念，但是也不敢问了。

　　关于娘，枣花有无数种猜测。娘是不是跟别人跑了。枣花有时候想。邻居三嫂就跟着一个外地的人跑了，撇下了俩孩子。但是她问过奶奶，奶奶瞪了她一眼，吓得她不敢乱猜了。

　　偶尔，邻居也说娘的一些往事。她从邻居的口中得知父母的感情很好。所以，娘离家出走也是不可能了。

　　虽然老爹给自己准备了不少嫁妆，光被子就做了六铺六盖，在村里也算是数得着的了。然而，娘到底在哪里，枣花想解开这个谜。

　　几天来，枣花一直心不在焉的。不是炒菜忘了放盐，就是把衣服在洗衣机里放了一天。老爹当然知道枣花在想什么，"知女莫若父"啊。老爹不知道该如何开口，20多年过去了，是瞒不住的啊。

　　"枣花，你坐下来。我有话给你说。"一天，老爹把枣花叫到自己跟前。"枣花，请原谅爹爹一直瞒着你。我知道你想你娘。哪有孩子不想娘的啊。你娘，命苦啊。你一岁的时候，你娘去集市上买东西，被车撞了，还没到医院就……"枣花心里像是堵着什么东西似的，扭头回屋了。老爹也抹起了眼泪。

　　其实，枣花前几天从二婶的口中已经得知，娘是生她的时候难产去世。

　　注：原载于2015年《佛山文艺》第1期，《小小说选刊》第4期、《小小说月刊》第6期转载，入选《2015年度小小说精选》

小　可

　　小可是我的小学同学。

　　在我的印象中，小可是个安静的姑娘。她总是很安静，从没有听过她大声说过话。是个特别乖的孩子，以前我妈总是拿她给我当榜样，她就是父母口上常说的"别人家的孩子"。

　　小可是个要来的孩子，我上小学时才知道。小可的爸爸、妈妈当时不能怀孕，自从要了小可后，两年后小可的弟弟出生了。从此小可的命运就改变了。虽然爸爸妈妈对她也不错，可是总觉得不如对弟弟亲。

　　小可越发懂事了，下学后从不和我们跑出去玩。她要回去帮妈妈做饭，还要照顾弟弟。小可只是个8岁的孩子啊。弟弟六七岁还在妈妈怀里撒娇，小可已经学会了做饭，还要喂家里的猪，还要给家里的三只羊割草。我有时候觉得小可太可怜了，母亲说，还是不如自己的亲孩子啊。

　　可是小可的弟弟算是小可带来的啊。要不然他们还是生不出孩子的。很多农村人就是这样，一直没有孩子，就先收养一个，没个几年，自己就有孩子了，你说怪不怪？

　　小可越发安静了，本就不喜欢说话，自从知道自己不是父母亲生的之后，就更加安静了。小可小学没有毕业就辍学了，是因为家里比较忙。爸爸去外面打工，妈妈还要忙地里，没有人给弟弟做饭，小可辍学后就专职在家给弟弟做饭，有时也会和妈妈到地里忙。我私下问小可，你不会抗争吗？小可无奈地说，妈妈说了，女孩识两个字就行，反正要带到婆家去的，弟弟有出息了家里才有光彩。小小的年纪，说出这样的话来，我知道当时在农村不止小可一个人。

我上下学，小可有时候摸摸我的书包，我知道她也想上学。

我初三的时候，听妈妈说小可订婚了，是邻村的，那个男孩比她大两岁，家里挺富裕的，就是脚有点跛。我不理解，小可人长得也不难看，又会那么多家务活，可是她的妈妈为什么会把她许给一个瘸子呢？难道就是人家给的彩礼多吗？

那一年，我考上了县里的高中，小可也就是那天出嫁的。听说娶亲车来了8辆，挺气派的。我没有去看，外面噼里啪啦的鞭炮声响了好大一会，足足有一生那么长。

高二放寒假时，我坐车回老家，竟然遇到一个和小可长得那么像的女人，她竟然叫出了我的名字，真的是小可，可是她怀里的娃娃让我觉得她很陌生，她胖了不少，变得爱说话了，她给我指了指，那个是俺对象，一脸的自豪。俺今天给娃上户口去了，没想到碰见你。她对象一脸憨厚的样子，我不自觉看了看他的腿，小可笑眯眯地望着我，我赶紧收回了眼睛。可见她对象对她特别好，小可很知足，也许家庭对她来说就是将心比心吧，感恩图报吧。

再见小可，她已经是两个娃的妈妈了，女儿7岁，儿子3岁。她不太回娘家，她妈妈经常在村里骂，养了个白眼狼。

再后来，听母亲说，小可的弟弟高中毕业后就没再读书，不是读书的料，成绩太差。就去学了电焊工，可是他也不是省油的灯。跟社会上的人一起喝酒，喝酒后去河里洗澡，然后就没上来。

小可回娘家的次数倒多起来，可是她妈妈还是破口大骂，养你这个白眼狼，有啥用。小可也不争辩，倒安慰起妈妈。

我突然觉得时间真是好东西，可以改变很多。

注：此文原载于2014年12月9日安徽《淮河晨刊》

张兆林

一个人的陶渊明

我来的时候，家里没有多少可以迎接我的东西。除了父母和几个奴婢，再也没有旁人了。空空的房子似乎显得特别宽大，不时进屋的凉风告诉我这里不是我真正的家。

我在哭声中来到这个陌生的世界，我在哭声中开始打量我的生命开始。

父亲虽已不是什么显贵，但是还是个县令。母亲是一个善良的人，慧外秀中的母亲是外祖父家良好教养的体现。

我就这么成长着，不富贵也不贫寒。在我该上私塾的时候，我开始了《四书》《五经》的学习。

虽然祖上也曾官拜大司马，但是父母亲并没有让我考取功名的想法，更何况我们这些庶民也没有多少可以爬上去的机会。所以，儿时的我，简单而快乐。

悲剧的开始往往没有任何预兆。命运伸出了手，埋下了种子，幽秘地笑着，等着开花结果的那一天。

在我八岁那年，我的父亲离我们去了，破败的家里少了一个顶梁柱。偌大的空房子只剩下我和母亲、妹妹，还有门外一些看热闹的人。

房子是官家的，我们只不过是寄居里面的过客而已。

没有男人的家是撑不住的，母亲知道这一点。在简单地收拾之后，我们到了母亲的娘家，我的外祖父家，一个还算殷实的读书人家。

收拾，也没有什么可以收拾的了。父亲走的时候，家里已经没有什么东西了，年轻而瘦弱的父亲瞪着那已经无神的双眼，似乎要把我和母亲还有妹妹带走，才能放心。父亲走了，带走就是身上的衣物和生前喜欢的几件东西，让原本已经空荡的屋内又空荡了许多。

外祖父家境要比我家好很多，他是一个饱读诗书的人，但是并没有陷入俗世的玄学中，依然是一个儒学之士。

外祖父是个不落俗套的人，我的到来给了他更多的生活内容，使我这个家境败落的公子哥并没有像其他穷苦人家的孩子一样整天在山野间游荡。

外祖父每天就是督促我去读书，读了很多，有用的和无用的。我没有觉得累，仿佛文字就是我的寄托。我在文字里找到了另外一个我，虚无而缥缈，整日在书中荡荡。

外祖父家在一个山脚下的山村，院子仿佛是大山旁一粒带颜色的石子。

我痴迷村外的田野和不远处的深山，里面似乎有着无尽的内容。

我想着我是山里的一只百灵鸟，在百花和千树间寻找自己的归宿。

我爱溪水的流淌，找不到来的家，也找不到去的处；我爱那山间散步的雾，找不到开始，也没有尽头，在太阳出来的时候，也不知道藏到哪儿去；我爱那躺在西山的太阳，似睡却努力挣开惺忪的眼，朦胧地注视着这混沌的一切；我爱那山野间的菊花，寻不着从哪里来的芬芳，也不知香归何处。

秋风萧瑟时，满地都是金黄。原本孕满的山林，变得异常空荡，游荡的秋风，正驱逐着一切，为了雪的到来似乎做着准备。怕冷的鸟，在窝里注视着外面的一切，偶尔的鸣叫仿佛告知山林并不是所有的生命都在冬眠。

香，一阵清幽的香，静淡而不张扬，在山谷里，在大树下，簇着盛开的菊花。

变了，那么的巨大，生命气息缺乏的秋天似乎怀疑自己走错了地方，明明秋风已经带走了一切，怎么，怎么还有如此怒放的花。而且，而且还有很多种颜色，虽然没有蝴蝶和蜜蜂前来捧场，但是万物的孤寂中只有菊花的孤傲。

菊花是一个不喜欢热闹的人。在春天百花盛开时，他静静地伸出自己绿绿的叶子；在夏天百果成长时，他努力伸展着自己的身躯；秋天，等花果零落成泥化为腐土，或成为填充人或动物的食物后，他把自己的脸绽露给世界，这清静的世界，一个唯我的世界。

书似乎赋予了我神奇的力量，外祖父笑着看我背诵一部又一部的书，周围的人满眼都是羡慕。

应该去考取个功名了，不然读书太可惜了。周围的人都这么劝我和母亲，外祖父没有什么建议，只是笑着看着我。

为什么要考取功名，读书是为了功名吗？我疑惑地看着众人和众人身后的山野。

书是我的世界，我的生命和灵魂在里面，为什么去和世俗的东西去搅和，白白脏了我的手。

我读书就是为了读书，没有什么功利，因为我爱，所以我读，没有什么复杂的原因，很简单的事情为什么弄得这么复杂呢，我不想线装书里承载太多世俗的东西，我要我的清明世界。

读书就是为了读书，没有别的什么目的。书中有得意者的意气风发，有落魄者的泪落涕零，有穷书生的醉酒当歌，也有耕樵渔猎的洒脱，有兰的静雅，竹的坚贞，菊的孤傲，梅的高洁。

我爱这世上的平凡一切，丝毫不爱官场的一切。整日迎来送往，跳梁小丑；满腹高深玄学，一派胡言。

玄学，好像越来越被这些富贵人家所推崇。品位什么高深的哲学意味，幽静的宇宙精神，空灵而淡泊。他们真的懂吗，好像每一个人都是大家似的，糊弄人而已，我是知道的。

我想起了山野间的菊花。

母亲去了，只有我和妹妹，寄居我的外祖父家。

我爱上了酒，不知道为什么，反正是喜欢。我爱酒后看书，我爱酒后品菊，我爱酒后看着刚入门的妻子做女红。

妹妹要出嫁了，妻子便成了是我生命中的唯一。虽然是原来两个毫不相干的人，但是现在却比什么都亲密。

我不相信是上天的姻缘，如果上天能给我们做姻缘的话，为什么他和大地从盘古开天辟地后再也没有在一起。

生命都像山间的菊花，每一个轮回都会抹去很多东西。今年的菊花去了，明年的菊花还会按时开放。香，并没有改变，但是这已经不是原来的菊花了。

妻子，就像我的菊花，在我心中是那么的芳香，但是季节的交替似乎要预兆着什么。

年轻漂亮的妻子，像一支逐渐枯萎的菊花无力地躺在床上。大夫来了几次，都是摇头，连一服药也没有开。

妻子走了，年轻而单薄的我，身边少了一个依靠，少了曾经的温存。

人都想着永远，永远是什么，谁都说不清，没有开始，也没有结束。

永远也许只是神经质的幻想，反正是原本没有的东西，杜撰一个新词，来聊以慰藉，或许可以给自己一个冠冕堂皇的理由。

妻子走的时候，我是那么的悲痛，天地万物对我来说似乎没有了任何意义。

"死生契阔，与子成说。执子之手，与子偕老。"我怀疑是不是古人只有在谈情说爱时说说，因为只有清苦的书生和贫穷的乡民做得到，偶有资财的哪个不是三妻四妾。

爱情的生命，才刚刚开始，就被黄土埋葬。我不敢回头看那个隆起的土包，泪水已经流干，回头已经没有什么意义了。

当回头没有意义的时候，我们只能往前走。

翟氏，我的新妻。

走了同样的套路后，陌生人成了我的唯一。

我真是佩服古人的智慧，再娶竟然能够编排为续弦。

琴骨和弦原本就是一个整体，弦没有了，空有寂寞的琴骨，没有美妙弦音的陪伴。

人总是追求完美，弦断了，就要一条新弦来弥补这个残缺。

续的弦，能不能给琴骨带来亲体的温馨，只有琴骨知道。

有了女人的家，总是温馨的，虽然贫寒。孩子逐渐多了起来，也许人间的烟火就在于此。

我不知道"不惑"的意思，虽然书上这么写。直到42岁那年，我逐渐地明白了。

我不愿做无主的官吏，无奈亲老家贫，29岁那年我做了江州祭酒，但因不堪吏职，不久便还乡。后又陆续做了刘裕的参军，刘敬宣的参军，41岁辞归。

大济于苍生，一直是我的夙愿。

在亲友的劝说下，同年八月我出任彭泽令。我想在这里造福于一方百姓，也不负识我之人。

妹妹亡于武昌，世上少了一个与我同血脉的人。

悲痛，追抚与妹妹一起的成长，几十年的亲情转眼阴阳相隔。

山野间，兄妹嬉戏，百鸟鸣叫，蝴蝶伴舞。

小院里，读书写字，针线女红，亲情冉冉。

花轿上，泪水涟涟，殷殷嘱托，目送千里。

两地间，飞鸿往来，家长里短，血脉浓浓。

县吏告之，督邮大人前来，我当着袍带迎之。

该死的督邮，我堂堂七尺之躯，焉能为汝低头。

弃袍挂冠，拂袖而归，我爱的山野，恋我的菊花，那是我的家园。九月，菊花还没有开放。

妻子翟氏陪伴我多年，年轻的美貌被岁月磨得荡然无存。

我躺在床上，看着我的妻子。或许，这就是"执子之手，与子偕老"的写照。

我走了，放心不下你啊，我的爱妻。你陪我走完了生命的全部，你的余生岂不是形影相吊。

拉着爱妻的手，不敢放松，生怕再也不能握住。

我想起了不久前写的《挽歌》：

荒草何茫茫，白杨亦萧萧。严霜九月中，送我出远郊。四面无人居，高坟正嶕峣。马为仰天鸣，风为自萧条。幽室一已闭，千年不复朝。千年不复朝，贤达无奈何！向来相送人，各自还其家。亲戚或余悲，他人亦已歌。死去何所道，托体同山阿。

我就是那株兰花

当叔齐与伯夷到达首阳山时，我已经在那里生活了百年。我从来没有见过这样的人，以满山遍野的蕨菜为食物，渴了就喝泉水，以山洞为家，以日升日落为时刻，游历于山涧。常披头散发，袒胸赤膊，对着大山愤愤不平，"父死不葬，爰及干戈，可谓孝乎？以臣弑君，可谓仁乎？"

周人告之，天下都已为周朝所属，食周粟怎不为周朝之臣子。叔齐与伯夷似乎猛然醒悟，遂弃那周朝的蕨菜与泉水自绝。有辞为证，曰："登彼西山兮，采其薇矣。以暴易暴兮，不知其非矣。神农虞夏忽焉没兮，我安适归矣？于嗟徂兮，命之衰矣！"。

我看见这两个潦倒的老人倒在我的一旁，山风吹过也只是带动了他们那褴褛的衣衫，花白的胡须似乎倔强地宣告着两个不屈的灵魂。任风干雨洗，血肉与白骨最终化为泥土，成为这青山绿水不变的精灵，我也就沾染了他们的灵气，在深山中静静地开放，在人迹罕至处孤芳自赏。

当年，姜尚也曾垂钓于我的身旁，虽然看似心若止水，但是我知道他内心的狂热，虽然也曾弓身于屠案宰牛卖肉，也曾卖酒乞食聊补无米之炊，那治国安邦之道岂是那直钩而上的鱼儿所知晓，那满腹的才学又能卖于哪个帝王家？

某一日，西伯侯姬昌来寻他，向他请教治国兴邦的良策，相谈甚欢。我清楚地看到姜尚的眼角流下了眼泪，抑或遇知音喜极而泣，从此在未来渭水。只曾闻征战疆场，因功封于齐，后有"百家宗师"之称。

你知道吗，我就是那株兰花。孔子周游列国时曾从我身边走过，极为潦倒。曾以青草为食，随行弟子或面黄或肌瘦，不知是为传道还是为乞食，虽偶有君主以礼迎之，也是敬而不用，但不得长远。

东园公、角里先生、绮里季、夏黄公因不满秦朝暴政，曾隐居于我的不远处，品行高洁，银须皓首，世称"商南四皓"。或研习兵书，或躬耕南亩，或闭门修读，或潜心养性。居数十年，无碍风雨，虽汉高祖曾多次敦聘出仕，四人却避而不见。太子刘盈生性仁慈，礼贤下士，为保太子位诚心相邀，四人被感动，方才出山，时已八十有余，使得汉初萧墙之乱得以幸免。

身长九尺，目若悬珠，齿若编贝的东方朔把我养在书房里，整日对我吟诗作对，虽满腹经纶却终未得志。汉武帝即位，征四方士人，东方朔上书自荐，上书用了三千片竹简，武帝读了两个月才读完，令其待诏在公车署，后任常侍郎、太中大夫等职。武帝用其策而不用其人，这使东方朔陷入矛盾之中。他知道，汉武帝每一次胜利都有他的心血在内，然而他只能隐于幕后，无法展示雄才，索性以滑稽面世，嬉笑怒骂，皆成文章。他笑在脸上，苦在心里。然书生意气，自有清高，遂以隐士自居，辩为"隐入金马门"。

我还曾在五柳先生的书房里，看着他在竹篱旁遍植菊花。

先生出身于破落仕宦家庭，少有"猛志逸四海，骞翮思远翥"的大志，怀着"大济苍生"的愿望曾数次入仕，但宦海沉浮，先生不入污流，遂"不堪吏职，少日自解归"。先生带我从彭泽到栗里，躬耕于南亩以自资，游历于山水，或教人诗书为乐，或品菊煮酒，其乐也融融，宛若桃花源。

你知道吗，我就是那株兰花。卢藏用曾隐于终南山，置我于房侧，每逢日升之时便举目望长安。卢藏用本是进士出身，终南隐居无非为高姿态等待朝廷征召。路上有自长安而来的人，便欣喜若狂，多去打听一番。当知无关己，便唏嘘而归。日久，果以高士名被聘，授官左拾遗，伴君左右，时人称之为随驾隐士。我也盆移长安，略见浮华。

卢藏用居终南山时有一邻居，司马承祯，别号：白云。唐玄宗多次征辟未果，遂修大屋安其居以校《老子》。数年后，白云先生长安面圣交差，曾与卢藏用会面。藏用指终南山曰："此中大有佳处。"承祯徐曰："以仆视之，仕宦之捷径耳。"藏用羞愧不语，白云先生携我飘然还山。

你知道吗，我就是那株兰花。本是深山的一棵草，幽香为自赏。我为世人赏，移之置高堂。虽然经历几千年，但并没有改变我本身的模样，我愿一生伴君子，或在你的案几，或在你书房，或在你的心上。

齐如林

修驴掌

老李修驴掌是出了名的。十里八村的谁家的驴蹄子钝了，都会牵着驴来找老李。

老李修驴掌有"三绝"：一是速度快，驴蹄子长得再长，到老李手里也是三下五除二，就把多余的角质皮剔除得干干净净；二是实用，修好后，厚厚的铁掌砸在驴蹄上，一年半载没有坏的掉了；三是省心，就一般人说，别说抬起驴蹄子又削又砸，就是摸摸驴腿都能惹得驴子一阵折腾，可在老李这里，脾气再暴躁的驴子也被收拾得服服帖帖。

鬼子进驻我们乡那年，老李正带着儿子小李凭着自己的手艺走南闯北。过年时节，老李和儿子回了家，乡亲们也就赶在这时候把自己的驴子赶到老李家修驴掌。

野田横二带着他的部队进村那天，老李正在街头开了场子忙活。看见这场面，野田横二停下来，把自己的马牵到老李跟前，指了指马蹄子。老李二话没说，放下手中的活，接过缰绳把马拴在了桩子上，用一个麻袋把马头蒙起来，依次抬起马蹄麻利地拾掇，一支烟工夫，三只马蹄上了通亮的铁掌。

轮到了第四只马蹄。只见老李拿出一筒冬天庄户人防皴裂用的油膏，点燃一张火纸。这时，野田横二拔出他的洋枪，他的部队也是一阵骚动。老李仍旧继续他的"工作"——用火烤滴油膏滴到了第四只马蹄上。这只马蹄因常年失修以致前头裂开了口子。等油膏完全风干，第四只铁掌钉到了马蹄上。解开马缰绳，这匹白马竟然欢快地在老李的身上蹭了蹭示意感谢。

老李把马交给野田横二，伸出他厚厚的手掌要钱。"八格！"跟在后面的鬼子见老李要钱，想要发怒。野田横二却把洋枪收回，掏出一块大洋递给老李。

老李竟然能从鬼子手中讨大洋！这件事传开后，老李的名声更大了。

转眼到了除夕夜，老李一家人围在一起吃白面饺子。突然听到一阵急急的敲门声。打开门插关，一伙鬼子挤了进来，后面还跟着地保。

地保告诉老李，鬼子看上他的手艺了，想招他到鬼子部队服务。老李坚决不同意。为首的鬼子举起枪瞄准了老李。这时老李十七八岁的儿子小李站了出来，笑着说愿意为皇军效劳。老李急了，吼问儿子平时是怎么教导他的。老李的儿子丢下句"我记得爹的话"就跟鬼子走了。

过了一些时日，老李在村里碰到了地保，地保告诉老李他儿子成了鬼子面前的红人。老李问怎么回事，地保说这些天鬼子清乡，小李立了大功，游击队的几个据点都被清了。好在游击队也好像事先知道了消息，都提前撤离了人马。

又是几个月下去了。老李不再出门揽活，只是闷在家里抽旱烟。这天地保又来到老李家。老李磕了磕大烟锅里的烟渣，对地保说，求你给小李捎个话，说家里有急事，让他一定要回趟家。

没过几天，小李就急急地赶回了家。老李又连吸了几锅烟，才对一直站在身边的儿子说，爹还留了手修驴掌的"绝活"没传给你，那就是修驴掌时如何对付发了狂性的牲畜。

只见老李把大烟锅一扔，系上灰色围裙，拿过锋利的圆月弯刀，把腿放到二尺高的木凳上，招呼儿子过来手撑地趴在地上假装牲口，并扯下自己的外衣把小李的头包了个严实。

就在小李笑着说还不如牵头牲口演示演示的当口，老李的圆月弯刀冲儿子的心口插去。顿时，鲜血顺着刀口流淌下来。

小李扑腾落地，挣扎着把头上的衣物扯开，大口喘息着留给老李一句话：快……快给牛家村开茶馆的"阿庆嫂"捎个口信，鬼子今晚去扫荡……

王晓松

神 牛

"民国"十年的一天。酉时三刻，日已西沉。

县城里的名医刘爱生，独自一人在医馆的院子中焦躁地踱步——他忽然很强烈地觉得，家中似乎有什么不对，想赶紧回去看看，但他家离县城足足有40里，不可能马上赶得到。怎么办？

就在他踱来踱去的时候，医馆院中的一头老黄牛，似乎看穿了他的心事，忽然凑上前来，在他身边蹭来蹭去。刘爱生不禁苦笑了一声："唉！骑马回去，都要一个时辰，我要是骑上你，猴年马月才能到家呢？"

苦笑归苦笑，思归心切的刘爱生，还是跨上了牛背。这时，奇迹出现了：原来看起来笨重迟缓的老牛，顷刻间变得风驰电掣起来。刘爱生只觉得耳畔呼呼生风，还没来得及多想，竟然已经来到了自家门前——只见家中一片狼藉，全家老小都被绳索捆绑着，浑身是血！刘爱生顾不上搞明白自己刚才神奇的经历，赶紧先将家人救下，一问究竟。

原来，刘爱生家坐落在村子边上，距离其他邻居都比较远，他本人又因常年在外行医卖药，家中颇有些积蓄，他的家就成了附近土匪劫掠的目标。他若再晚到些时候，家人可能就会丧命！

得知了这些，刘爱生不由得抚摸着老黄牛，感慨万千地说："你是我们家的救命恩人啊！我是积了多少德，才有了这样的造化！"从此，老黄牛不再在药房干活，而是被留在刘家的牛棚里，享受格外的尊敬和优厚的待遇，不但好吃好喝地照料，一家人在牛棚旁经过时，都不敢高声喧哗，生怕打扰到它休息。

日子似乎就这样平平淡淡地一天天流逝着。

　　有一天，刘爱生在家时，村西头算卦的王富贵来找他聊天。

　　"老刘啊，你说，这人活一世，不过百年，虽然乐趣无数，但都转瞬即逝。若是能够成仙，长生不老，该有多么好啊！"王富贵说。

　　"是啊。可是，自古以来，又有几个人能成仙呢？"刘爱生感慨道。

　　听到刘爱生搭了话茬，王富贵一下子精神起来："我倒有个法子，可以让你们全家都长生不老。"

　　刘爱生瞪起眼睛："真的？"

　　"这话我能随便说吗？"王富贵把门一关，轻声继续说，"你们家的牛是头神牛，若是炖了肉吃，必能长生不老……"

　　"哞——"王富贵的话还没说完，牛棚里的老黄牛就突然暴躁起来，大声地叫着，似乎是在强烈抗议。

　　"你的好意我领了。"刘爱生沉着脸，背过身去说，"这头牛救过我全家人的命，我要把它宰了吃肉，我还是人吗？"

　　"救过你全家已经是过去的事情了，现在这牛已经老了，不中用了，你们还得喂它吃草料，还得伺候它。你们要是怕别人说三道四，就悄悄地宰了吃，对外说牛是自己病死了。我保证把好自己的嘴，不让别人知道……"

　　"慢走不送！"刘爱生大声打断王富贵的话。

　　王富贵只好灰溜溜地走了。

　　"哎哟妈呀！"当天晚上，刘爱生在睡梦中忽然听到自家院里有人喊了一声，然后，是"咣当"一声。他赶忙起身去看，但见牛棚里金光闪闪，王富贵站在牛棚前，捂着眼睛。一旁的地上，扔着一把明晃晃的刀……

　　"刘爱生家有头神牛！"第二天，这个消息在村子里不胫而走。从此，刘家每天晚上都不再安生，天天都有人半夜"光顾"牛圈，但没有一个人能碰到老黄牛一下——不是莫名其妙地摔倒后再也爬不起来，就是忽然浑身打起哆嗦不听使唤……

　　虽然全家一直都还和老黄牛相处非常好，但这些日子以来发生的事情，让刘爱生不得不开始瞎琢磨：这头牛这么厉害，到底是哪路神仙？哪天它要是不听话了，伤害我和家人怎么办？吃了它真的能长生不老吗？"它已经老了，不中用了，你还得伺候它""你就说牛是自己病死了"……王富贵的话，不停地在刘爱生耳边回荡……

从此，刘爱生开始失眠，每天夜里躺在床上，都翻来覆去睡不着觉；每次回家，他都会站在牛棚旁出神。老黄牛依然会亲昵地在他身边蹭来蹭去，他却再也不会像以前一样爱抚牛背，而是忽而愣在那里，忽而唉声叹气，忽而焦躁地推开老牛，踱来踱去。

终于有一天半夜，刘爱生从床上爬起来，看老黄牛已经睡熟，拿了把刀，来到牛棚前，下了手。他既没有被强光刺眼，也没有摔倒，更没有打哆嗦。一切都是那么的顺利。老黄牛甚至没有挣扎一下，没有叫一声。它只是在最后时刻睁大眼睛望着刘爱生，眼中满是泪水，然后，就慢慢地闭上了。

"爸！你在干什么！它救了我们全家的命！你怎么，你怎么……"刘爱生14岁的儿子醒来，看到这一幕，惊呆了。

"啊……"刘爱生闭上眼睛，扔掉手中的刀，痛苦地吼着。"长生不老""你还得伺候它""它救过我们全家的命""你就说它自己病死了"……各种声音在他耳畔回荡。他不顾一切地冲出门去，跑进暗夜里无边的荒野中。

第二天，刘爱生的遗体在村旁的小河里浮了上来。家人安葬好他之后，在村中选了另一处地方，将老黄牛也安葬了。

不久，村中不知是谁在老黄牛坟前，盖起了一座简单的庙宇。这座被称为"牛王庙"的小庙很快香火就旺盛起来。后来，这个小村庄就被称为了"牛王堂村"。

寓言

王晓松

龙王显圣

连年大旱，土地龟裂，粮食不断减产，杨村的老百姓都要挨不下去了，于是到龙王庙求雨。大家向龙王爷塑像拜了又拜，献上祭品。眼见得折腾了一个时辰，天空依旧万里无云，树叶都一动不动，百姓心里焦躁得就像开裂的土地。

"起风了！起风了！"不知又过了多久，人群中突然传出欢呼声，这欢呼声就像此时的风一样，呼啦啦地席卷了整个空地，狂喜的气氛瞬间弥漫了整个人群。同时，天边升腾起大片阴云，很快地将天幕盖了个严严实实。

接下来出现的一幕，让所有欢呼雀跃、忘乎所以的人惊呆了——

龙王庙天空的正中间，龙王的形象出现了！

"求龙王爷赶快下雨，救救我们吧！"回过神来的人们，赶紧纷纷跪拜龙王。

龙王爷叼着旱烟袋，两手掐腰，不紧不慢地发话了：

"我即位当龙王后啊，这是第一次到人间来，应该说，是来晚了，主要是呢，平时事务较多。我感觉呢，多年来啊，你们对龙宫的祭祀和求雨，总的来说嘛，还算虔诚，各种活动呢，搞得还算认真，贡品呢，也还说得上合格。你们平时干农活，也还算得上勤勉，是不是？"

"我知道，最近呢，你们遇到了一些困难。几年之前啊，可能大家没有想到，生活会陷入这样的困境。是不是？但是呢，这个困难是这片土地上共性的问题。不光你们村存在，在其他地方同样存在。在这种形势下，附近村庄中呢，也有做得好的，也有做的差的，是不是？就看谁能够开动脑筋，应对这一轮的困难和挑战，我认为，还是你们自己要坚定发展信心啊。"

"我希望，你们下一步呢，一要有大局意识，不要只看到自己那一点困难；二呢，要把你们的祭祀、求雨等各种活动办出特色，提升你们在龙宫的影响力；第三啊，要吸引住能够想出新点子、好点子来的人才，调动他们的积极性……总之，对于你们村遇到的困难和问题，关键，还是要发挥你们自身的作用，让我们龙宫感觉到，你们村不但应该下雨，而且值得下雨。引起龙宫的注意，才更能争取到龙宫的支持。对不对？"

"感谢大家认真地来求雨！也祝你们村越来越好！我啊，还要去参加一个龙宫装修文化研讨会，先行一步哈。"

说完，龙王转身消失在满天乌云中。随后，乌云渐渐消散，风停了，太阳重新炙烤大地——仿佛刚才什么都没有发生过。

当天下午，杨村又有两户人家逃荒去了。

原载2016年12月9日《讽刺与幽默》

男孩和蚂蚁

盛夏。大雨将至。一个由一千多只成员组成的蚂蚁大家庭，正紧张忙碌地搬家。

"妈妈！看啊！这些小蚂蚁真勤劳！真是好样的！"一个小男孩趴在地上，边盯着几只匆匆走过的蚂蚁，边对妈妈大喊。

见到此情此景，有只离他比较远的蚂蚁突然不高兴了。他把背在肩上的东西一摔，朝小男孩嚷道："你为什么只盯着他们几个夸？只有他们勤劳？我就不勤劳？我就不优秀？夸我两句你很掉价吗？难道是他们把好吃的偷偷拿去贿赂你了……"

小男孩好像没有听见，抬头看看阴沉沉的天，爬起来跑掉了。

"你为什么不回答我的话？你怎么能无视我的存在？！"小蚂蚁气得直跺地。

"走吧，快干活去吧！人家又没说你不勤劳不优秀，我们一千多兄弟姐妹都一样，难道要人家把夸我们的话，一个一个对着我们说一千多遍？"这时，小蚂蚁的一个小伙伴笑着来拍它的肩膀。"难道咱们干活只是为了让人家夸一句吗？"

"可是，他连理都没有理我！"小蚂蚁委屈得很。

"对你自己来说，你当然是独一无二的，但对人家来说，你最多也就是我们这群蚂蚁的千分之一。人家可能根本就没有注意到你。你的劳动有没有价值，与他看没看到有关系吗？别在这儿跟自己过不去了，赶紧该干吗干吗去吧！"

原载2017年7月19日《德州晚报》

灯 塔

苍茫的大海上，有一座孤岛。岛上有一座高山，山顶是一座老旧的灯塔。

一艘客轮在这里迷了路，船上所有的旅客都被困在了这座孤岛上，并与外界失去了联系。所幸，岛上有足够所有人充饥的野果。

大家开始在这座小岛上活动。

有的人拼命地积攒着野果，并与他人发生争抢，大打出手。"人为财死，鸟为食亡！"他们说。

有的人，吃饱了野果，就安安静静地坐着，什么也不干。

有的人，一会儿看看花，一会儿看看草，漫无目的地在小岛上瞎逛。"在这里，我们还能做什吗？该干点什吗？能到哪里去？也就是随便地享受一下身边的美吧。"他们说。

有一个红衣少年，独自一人，在弯弯曲曲的山路上，默默地向山顶行进着。

"嘿！你不想办法多弄点野果吃吗？"一个戴眼镜的人好心地提醒他。

"谢谢你的提醒！我带的野果已经够我吃一顿了，山上野果这么多，我饿了还可以随时再采。"少年回答。

"多采一点，你手里的果子就比别人多，你可以每个野果都只咬一口；谁不服你，你也可以用野果砸他！"眼镜咬着牙说。

少年笑了笑，没有回答。

"嘿！你要到哪里去？不去仔细欣赏一下美丽的风光吗？"又有人问。

"我要在天黑前，赶到山顶的灯塔上去，看看自己能不能为它增添一点光亮，照亮别人在海上航行的路，也照亮我们自己未来的路。上山的路上，我也可以顺便看看美丽的风景。"少年说。

"别傻了！一船的人都在下面玩，有的在等待别人救援，有的都忘了自己还要回家。就凭你自己，也不一定能让灯塔有多大点亮光。你干吗独自去受这个累？""你去守护灯塔，有报酬吗？价钱要是合适，我也跟你一起去。"人们七嘴八舌其议论着。

"当然没有报酬，但我愿意这样做。我也知道自己的力量有限，但是，我能添一点亮光，就添一点。多一点亮光，航行的人的心中就多一丝温暖。"少年说。

"傻瓜！不懂得享乐！""笨蛋！不知道抓住机会，多抢些野果！"大部分人对此嗤之以鼻。少年笑一笑，继续赶路。

"那条路边风光可能更美！这条路虽然可能更近一些，可是显然不如那条好。"在一个岔路口，一位好心的长者试探着问少年。

少年笑一笑说："谢谢你！但是我的目的是赶往灯塔，只要野果够吃，能够尽快赶到，走哪条路，路上有什么，又有什么关系？眼前的路再美，也不如我点亮灯塔时心里更美。"

"我不能陪你一起去，但我支持你，小伙子！"在众人的嗤之以鼻中，长者目送少年继续前行。

红衣少年渐行渐远，逐渐消失在了众人的视线中……

张兆林

金鱼和乌龟

鱼快乐地生活在大大的鱼缸里，它有一个乌龟做邻居。别看乌龟长得不帅，但金鱼比较喜欢乌龟，因为乌龟特别会说话。

每当乌龟远远地看见金鱼，它都扯着嗓子大喊："金鱼，我是因为你的美丽而存在，让我吻你吧。"

"乌龟真是可爱，竟能当着其他动物的面向我表白爱慕之情，可我不能那么就答应它，还是淑女一点好。"金鱼未等乌龟靠近，就摆着自己漂亮的尾巴远远地游开了。

如此多日，金鱼已经完全陶醉在乌龟爱慕的漩涡里了。"金鱼，我是因为你的美丽而存在，让我吻你吧。"乌龟边游边喊。

金鱼慢了下来，它想给乌龟一个机会。但它觉得自己脸红了，不敢直视乌龟的绿豆小眼睛，便转过身来，把头扭向一边，等待美好时刻的到来。猛然间，一阵剧痛几乎让金鱼昏过去，扭头一看自己的尾巴已经被乌龟咬在口中了。

"你不是说你是因为我的美丽而存在的吗？"金鱼愤怒地质问乌龟。

"是的，我也一直都这么想，并对所有的金鱼都这么讲。"乌龟吞下金鱼的尾巴，又向金鱼靠近。

"你，你还要干什吗？"金鱼极度恐慌地挣扎着，但没有了尾巴，一切努力都是无济于事。

"我是因为你的美丽而存在的，让我吻你吧。"乌龟在与金鱼保持零距离时，又一次温柔地对金鱼说，然后死死地咬住了金鱼的头。

金鱼猛然间想起了，曾经有伙伴告诉它：乌龟是喜欢吃金鱼的。

我们世俗的人又何尝不是一群无知的金鱼呢，我们喜欢别人的恭维，我们也会为别人对自己的奉承而陶醉，但我们很少去思考别人的恭维背后有什么，但愿我们都别失去自己美丽的尾巴。

张允

自行车和电动车

狭窄的地下室里面，自行车和电动车挤在一块，一片黑暗。

"喂，你压到我了，知道吗，丑自行车！"电动车傲慢地喊道。

"电动车兄弟，这里的空间太小了，我们只是挤在了一块而已，我并没有压你啊。"靠在墙根的自行车身上落满灰尘。

"哼，谁和你称兄道弟，看你的样子，瘦得像一根电线杆似的，哪能撑得动主人200斤的体重。看我，长得比你好看，还不用主人费力气蹬，你就应该被主人抛弃。哈哈哈……"

旁边的汽车听见电动车嘲笑自行车，冷笑道：五十步笑百步。

自行车看了一眼傲慢的电动车，没有说话。

短短的几年时间，主人的体重从100多斤一路飙升至200多斤，圆圆的啤酒肚走起路来一摇一晃，他再也不想骑自行车。要不是油价上升和单双号限行，电动车他也不想碰。

突然有一天，一身酒气的主人开车回家，刚打开汽车门出来，便晕倒在地。后经过医生检查得知，主人因为经常大吃大喝，不注意锻炼身体，患上了高血压、高血脂和糖尿病，医生建议他要戒烟戒酒，合理膳食，锻炼身体，不然病情将会继续恶化。

主人看着自己肥胖的身体和病历单上的一系列疾病，不由得下决心改掉以前的坏毛病。他搬出满身灰尘的自行车，彻彻底底地给自行车洗了个澡，自行车变得焕然一新，显得神采奕奕。主人高兴地说道："我以后就天天骑自行车上班啦，哈哈！"

从此，主人的病竟逐渐好了起来，而电动车再也不像从前那么傲慢了。

石头和石子

在一座高大的院墙上，有两块大石头中间夹了一个不大不小的石子，是工人垒墙时放进去的。

两块大石头经常挤兑这块小石子，小石子对此也感到十分不爽，但是出于对整座院墙的考虑，他并没有因为屈辱而选择逃避。

一天，两块大石头闲来无事，又开始讥讽小石子："小子，看你那弱不禁风的小身板，工人怎么会把你放在这么高大的院墙上呢，哼，真是丢我们的脸！"

另一块大石头也附和道："要在这里也行，干吗非要挤在我们两个中间呢，真是耽误我们俩的好事。快趁早滚出去吧，免得我哪天亲自动手，将你压成粉末！"

一天，两块大石头联合周围的大石头，向小石子示威："臭小子，再不滚出去，我们就要将你压成粉末，识相的话，快点滚吧！"

其他大石头也纷纷咆哮道："快滚，快滚……"

小石子被逼无奈，实在没有办法，这样下去早晚有一天会得精神病。于是，小石子脱离了院墙，远离了那些大石头，过上了自由自在的生活。

大石头把小石子赶走之后，兴奋不已。然而没有了小石子，大石头之间的缝隙没有支撑点，两块大石头开始松动。终于，在一个大雨滂沱的夜晚，整个院墙被冲垮了。两块大石头也摔碎了，变成了几块小石头。

胡拉拉

山有麂麖

　　山有麂麖，时人好之，以其皮肉之珍且贵也，虽常围捕山中而难获。麂麖似鹿，长腿善跃，喜食山中草木。

　　今有麂麖，生西山林中，心性甚慎，每有风吹草动则心惊，藏之暗处，虽能明察秋毫者亦难知也，是以林中众兽皆嘲之。众兽虽嘲之，而麂麖仍不改其性。一日猎者来，众兽如常嬉戏，不知险之将至，以为猎者所捕者麂麖也。猎者布网置机，俟时而行，不及半日，山中诸兽入其网罗。

迷穀木与瞿如鸟

　　汪洋之中有山焉，其名曰浮云之山。山有无边之林，林有木焉，其状如谷而黑理，其华四照，其名曰迷穀。此木年八万余，飞禽走兽虫草莫不仰其而生，四季常青而繁盛，枝叶参天，仰之而不见其顶，若于远处观之，似巨伞覆于岛屿，航海之人观之，可知六合八方，故不迷。日与时驰，年与日去，迷穀年长而渐衰。

　　大荒之西有山名涿明，涿明之山有神鸟焉，其状如鸡而白首，三足，人面，名曰瞿如，其名自号也，栖于甘木，甘木叶若流苏，枝如碧玉，不知何时生于此，大抵有天地之时即存；有草焉，其状如韭而青华，食之不饥，瞿如以此充饥；又有草名葶苧，其状如苏而赤华，有毒不可食，而此草蔓延甚疾，大有尽吞大荒之势，瞿如不得已而徙南溟。

　　瞿如翔于沧海之中，见岛上有巨木，叶尽凋，枝如枯骨，苍茫之间，偶有风过而音甚悲。适婴勺群飞，语瞿如曰："此为浮云之山，山有迷榖之木，吾辈世代仗其而得存，今迷榖已枯，吾等难以存，有去之意。"语罢，三五成群徘徊不前。瞿如与之俱归迷榖之枝，众飞禽走兽计议当今之势。众兽见瞿如，俱告知，瞿如言己欲徙南溟，南溟者，天池也，是为天国。山狰曰："吾等生于斯，长于斯，四方沧海冥冥，难以越也，吾等遍询往而过之航者，俱未得医治之法，或语余，大荒有甘木，得之则可令枯木回春，吾等亦不必忧惧。"

瞿如私计：吾行三载方至此，越山河瀚海无数，涿明之山尽是葶苧，今不知甘木存否，若存，应亦为枯木，吾何必再伤诸兽，况浮云诸禽不能远行，今南溟将至，吾若返，则前功尽弃矣。乃语浮云诸兽："吾尝识甘木，在大荒之西，今已为枯木，恐未能有奇用，此去山迢水远、瀚海万里，恐诸君未能至也，不若同徙南溟。"诸兽甚凄然，言明日再议。瞿如知诸兽必寻甘木，必邀己同行大荒。是夜，瞿如趁诸兽酣睡而行之，向南溟。

后数百年，航者绝迹浮云之山，偶有至者难辨四方。浮云诸飞禽亦不远行，行则迷于沧海之中，后传沧海之中有浮云之山，山有迷榖之木，众人往而不得，皆因迷榖之不存，难辨四方，故往者迷于沧海，后遂无寻者。

散文

康健

古曲十韵

高山流水

　　巍巍乎志在高山，洋洋乎志在流水。以一种深入的孤寂来讯问：知音几何，醉歌可也？云水间，山的姿势近乎完美地谦卑；当下切的流水还没有断流的时候，形与象，声与影，色与香，开拓着崭新的通视走廊。让沧桑如山，让岁月如水；让苦难成山，让心志如水；让情怀为山，让琴声为水。

　　水行地中，堤岸之下，河水却浸泡着远山，水洋洋兮山巍巍。

　　俞伯牙还在田埂上忘我地弹琴呢，风突然就小下来，太阳出来了，钟子期也出现了。那一天太阳真暖和，子期打的柴都散铺在地下，俞伯牙与钟子期就坐在上面，依稀能闻得到身下泥土和松柏的脂香味。俞伯牙太高兴了，一曲高山流水虽然不适合整个先秦王族的耳朵，却一下子走进了钟子期的心里。

　　琴声倏尔，静静地铺陈着音符。于唇齿之间，于微闭的眼眸，簇生了一朵一朵思想的蘑菇，在水般的琴声中散发着红茶的素雅。

　　樵柴的钟子期与抚琴的俞伯牙，像两座叠置的大山，一左一右地对视着，沉默着，孤独着；又像溪流里的两朵浪花，一前一后地追逐着，快乐着，超脱着；以音乐的名义，以音乐的语言，条分缕析着知音的含义。

　　灵魂的鹅卵石在水的轻歌曼舞之中，锋芒老去；同样是石头，有的选择悬崖，有的选择河漫滩；知音，就是两束花，同时盛开，同时美丽，又同时凋零——共同拥有一段同频的心曲，于高山、流水间低回。

阳春白雪

　　三月阳春，琳琅白雪，质本洁来还洁去。始终以平和的等待，坐看池中云卷云舒，听凭窗前花开花落。万物之春，和风涤荡，凛然清洁，雪竹琳琅；春的脚步快快慢慢，几乎都踩到了冬的曳地长裙。

枝头的蕾，水中的月，屋后的积雪，爱情的灯火，每一个都以自己最美丽的方式而生活着，包括阳春白雪和下里巴人。所有的争执和论断都源于人，曲子本身并没有错，而高下的品评皆赖于人的好恶与心脉。

同一首《阳春白雪》，有的听出了冰清玉洁、风流倜傥，有的听出了欢快流畅、悦耳动人，有的听出了宁静致远、富贵浮华，有的听出了靡靡之音、礼崩乐坏，有的则根本什么也没听出来。

无法解释，音乐是如何的从历史的罅隙中欢快地浸润、渗透而来的，生动的音符恰如鲜洁的蔬菜、水果和粮食，共同为人类的生存而消耗着。只是菜蔬越来越新鲜，而古曲则愈显得古色古香。在一条路上能够走多远，看有谁相伴；把手伸向天空，并不等于我们要索取什么。理解是一道门槛，欣赏是又一道门槛，有些门槛我们终身也许都无法逾越。许多事情我们能看得见，但未必真切；许多东西我们能听得着，但未必分明；许多人伴随我们的一生，但我们未必熟悉，未必珍惜。

眼泪，很容易被一首清心寡欲的歌曲所点燃，就像点燃一支蜡烛，光芒在夜雨中显得内敛而淡泊。

梅花三弄

冰凉的花瓣，零度的思维，沉静的理智，张扬的爱情，都是可路遇而不可强求的。梅心的呼唤，以一个攥成小拳头样的花苞来体现，渴望成熟，渴望春天。即使寒风萧萧，即使飞雪飘零，即使长路漫漫，梅花总痴迷而热烈地守候着。驿外断桥，野径孤山，梅总是不卑不亢地押准着一支古曲平平仄仄的韵脚。从冬天的背后走出，从雪花的背后走出，让任何手指和脚步，都无法企及。

三叠咏叹的古曲与一蓬寒梅的缘分，初始于宫商角徵羽的联姻。曲子中连绵的泛音接踵在不同的徵位重复三次，似徘徊而彷徨，如哀怨而怅惘。三叠的跌宕让人回味世事的多舛，在起起伏伏的浪头浪尖上，最难把握的就是方向，最难企及的就是平安。

在冷寂无人的雪夜，没有谁会知道，一种女性的花，梅花，会被凛冽的寒风羞红了脸颊，在夜的无边无隙中，梅花——锦衣夜行；也许花瓣会在太阳出来之前被冻成瓷器巨腹上的雕琢，而芳香却暴露了梅花的属性。

梅花歌声般的清香在黑夜中仍然偷袭了我的屋子，如清泉奄有出露的岩角，手掌一般温柔地覆盖了我的眼耳口鼻，让我从此深信着这一切冬天里的童话。

梅的傲骨，温柔亦坚强，芳香仍直立，靠近梅让人无法不冷静。白雪的覆盖之下，星星点点的红梅像跃动的音节，欲说还休，欲说还休。问世间情为何物，直教人生死相许；看人间多少故事，最销魂梅花三弄。

渔樵问答

一品的百姓常常埋伏于山野之中，岸滨之地。有快乐的一问，而后是快乐的一答，简简单单的快乐便使渔人与樵夫都很满足，满身的疲惫都抛到九霄云外。青山不言绿水不语，秀丽的田园与外界，只拴了一条窄窄而狭仄的土路，只有沾满泥巴的脚丫才会出得去、进得来，不会被泥泞所羁旅。

湖的上游是溪，湖的下游是海，山是湖在远处的饰物。黎明之前最最阒无人迹的时候，一豆火苗就会在湖畔的渔家燃起，渔家左手把灯盏，右手护火苗，粼粼的灯火，以古老的方式卜测风向和天象。

樵者，樵者总是虚构一棵树，一棵大树，一棵伐不尽的大树。樵者一想起那个斫桂的吴刚就会心酸而慌乱，砍伐树木是一种罪过，是一种心灵的惩罚，樵者心里老是有这样一个挥之不去的念头。树木的伤口像一张喊疼的嘴，让人触目惊心。

网。千千结。山野的农舍，整个的村庄都包裹在一颗硕大的露珠里。树林，芳草地，整个儿的田园，整个儿的乐章都安置在一个尽善尽美的童话里。

渔者和樵者在同一首民歌中睡过去，一个做了水里优游的鱼儿，吐着晶莹的泡泡；一个做了人间奔突的鸟儿，飞掠过最嫩的树梢。

庄稼地已接近熟透，这一片浑厚的息壤，催促着果实的婚嫁。曲子里整个的音符，犹如花瓣般纷纷飘荡成农舍的颂词、田园的吟咏，这里有真实的山和真实的水。

夕阳箫鼓

夜，春江花月。

箫鼓追随，夕阳渐近。丝竹暗哑，太平一片。桃花拥簇的洞箫，七孔十目，孔孔目目都传递着竹的热情，节操的青春。是否会在那欢快的节拍之后，仍袖藏着一管焦灼的等待，等待花令之后，春耕春忙的开始。

箫，一竿清瘦的竹子，在叶脉间游移着精气，滴滴凝在叶片尖梢的锋芒上。忙碌的鼓点导引出了漫长的劳作和满怀的祈望，祈望人寿年丰，祈望五谷收成。

窗前箫竹生长，屋后社鼓铿锵。阳光透过窗棂淹进来，到处都是轻松、幸福的泡沫，心里有一万枝桃花怒放。春天的桃花依旧发，然而从河的这岸已不能够再走到河的那岸——春汛不期而至。春汛不期而至，暖融融的夕阳箫鼓被串成了春江花月夜，多了些富贵和脂粉，没有了往昔的素描和淡抹。

牧童在田畴里回望，燕子为了筑自己的暖巢早出晚归，口衔柳叶笛和桃花瓣的春天，已然轮廓鲜明。

快乐的唯一底色是本真，简洁和春天没有多少说明，箫和鼓仅仅是一个象征，美丽的春自然地高悬成一片返青的麦地。麦苗匍匐于地表，生命平行地生长，也许过于拥挤过于平淡过于贱，然而只有在这样的土地边缘，才可能触摸到大地真正的心频和真正的温度，所有朝上的目光都注定——远离真实。

春天的音乐，就由夕阳箫鼓撕开了一角，缓缓展开。

胡笳十八拍

我知道你很难过。

山一程，水一程，近乡情怯，汉音汉韵，久违了。归汉的蔡文姬，眼前是喜悦无限，身后是痛苦忧叹。

胡天八月，即有飞雪。嗜肉的习惯使这个民族剽悍而强掳，相对于安心于耕织礼仪的汉族主体而言，他们是游离的、不羁的；犹如他们胯下的坐骑，桀骜不驯、散漫自由。草原上常掠过些疾如闪电的影子，在烂漫而无戒心的格桑花上空飞过。

　　胡笳的肥酽只适合于群舞,一往直前且风风火火;而汉女只有蔡文姬一个。她试图以草、以蝶、以叶、以云、以太阳的舞姿翔于草原之上,但都没有成功。草原和天空一样,都大得无边无涯,连目光都顶托不出去这个穹庐。

　　季节河围绕着牛马川,水草在洪期生长,不动声色地感受着上游冰雪融水的针砭肌骨。泪水滑落的原因,是南方与北方的抉择。南方的高堂是否还在为那个旧时承欢膝前的小女儿的处境而黯然神伤?北方的小女儿,总让蔡文姬一次再一次地想起自己做母亲的责任。

　　不灭的灯盏下,青藤蛇一般地攀上墙角,在窗前之外闪动着觊觎的光芒;夜雨点点滴滴,似文姬不眠的心暗自垂泪。旅途延伸的痴情,让一个纤弱的女子,承担了更多的苦难和责任,在波诡云谲的封疆争执中,一次

　　又一次地绝望着。马蹄之下,总有鲜艳的花,或者娇嫩的花,在飞扬的尘泥之中,流泪般地独自芳香着,独自生息着。

平沙落雁

　　北国的天空依旧,在阳光普照、雨水抵达的地方,沙漠里的红花籽油自在的生长,像王嫱窄窄的瘦瘦的脚窝,印在细碎的砂土,以夺人的芳香和清水的美丽点燃你潮湿而寂寞的心房。

　　昭君出塞,一个美丽而凄婉的故事。十字雁阵凝在了空中,留恋着一个女人千年不散的残香。昭君手腕上的玉器碰到了琴台,淙淙作响,发出不甘心的叹息。曲子响起,细密的弓弦诉不尽昭君的心思。天生丽质,秭归香溪,王嫱飘逸的长发流泻为绵长的溪水。皇门后宫,一入似海,深锁住一个古典女子的相思与焦灼,企盼君幸,企盼君宠,美梦成空,一个欢快的小女子从此不再开口。沉默的目光,穿透红尘,穿透富丽,穿透深宫内院的奢华,栖于饭粳牛耕、炊烟牧童的故乡。

　　南归的大雁忘记了扇动翅膀,摔落在沙地上;而王嫱却不得不北行。所有的往事都带着陌生的快乐,撕啮着王嫱的肺腑。迷离的回望中,透过漫漫黄沙,王嫱分明又清清楚楚地看到自己无瑕的少年和那些快乐的伙伴。难道美丽也有过错,来逼迫一个女子安静地远嫁?天涯孤旅,翻过鸡鹿塞,单于

庭就不远了；王嫱从容地聆听着自己心碎的声音，玉石般干脆的碎裂如温柔的梦境，在不知不觉中开始，于无声无息中结束。红颜，你背负的指摘太多，那些仕族竟如此吝啬自己的同情与怜爱。

沙，经了风的淘洗，掩了王嫱陪送的嫁妆，让心灵之旅踏上了不归之路；富足而强盛的两汉呵，何以容不下一个女子？

汉宫秋月

流萤扑扇，汉宫女怨。

怨是不是一种流行，于亭台楼树、歌馆宫院中盛行。照映你愁颜的金钩，圆缺变幻，随清风而停停走走。泪水濯洗的岁月，随老去的容颜而渐渐褪色；曾经痴迷的执着，曾经热烈的梦幻，都沉淀在心底一隅，向外绝望地探望着，无力回归那平淡而热闹的市井，只能老死宫中。歌台暖晌，春光融泄；舞殿凄迷。为汉宫女，就得学会忍受愁情，忍受孤寂的折磨，任红颜老去。倚门眺望是孤独者最后的动作，一个眺望的动作，几千宫女终其一生，以青春、以热泪践行着。烟横雾斜，焚椒祭兰，金玉堆砌的楼阁并不是最好的家园。帝君是不可能幸临的，能与之对话的就只有廊腰漫回尽处的花草，我看见宫女的嘤哭坠进花蕊，你又如何让你一生的眼泪来浇灌一名叫"忘忧"的草儿。

明星荧荧，朝歌夜弦；一态一容，尽力极妍。在秋寒瑟瑟的注视里，宫墙内的一切都开始哀怨，沉重如霜，挂满了枝头檐角，莹莹如泪。一代代帝王都有这样过去；一个个朝代，也都有这样过去。是谁苦苦的相思，玫瑰一样干枯，是谁哀怨的歌声河流一样流淌，是谁禾苗一样生长。孤独的舞者身披斑斓，演绎着更为孤独的内心。一生会如一支花一样普通，那些种种的风情与美丽也许不被人注意到就凋谢了，因为花儿不能呐喊，不能选择，不能逃离。

广陵散

假若嵇康学会了谦虚，或者是曲从与谄媚中的任意一种，他就不会遭遇到司马氏的迫害。

但嵇康不会。

一曲广陵散，有征逆讨叛、壮志未酬的忧愤；不畏惧死，但留恋生；活着就可以歌、可以诉，可以怨、可以兴。而死了，坟头上很快就会长出青草和枣树，连蚂蚁都可以在头顶作威作福。在我所未能接触到的书籍里，嵇康定有着枯瘦的道貌——一个文人，文化是他的宝库；但也许会给他招致杀身之祸。

经常认为魏晋的清玄才是读书人的上品，然而那种田园与山野往往是矫饰的，是文化携同文人的逃难。恰是从此开始，文化才开始变节，以致在以后的几十个朝代里，文化都屈服于政治的淫威，成了政治的奴仆。

但嵇康不会。

嵇康是不合作的，嵇康是独立的。在他的身前身后，所有的文字都如鲜花芳草一样，可以抑扬顿挫地自由生长。他是一个远离泥泞的人，因此可以迅速自拔，可以不沾染任何污渍。临刑之前，嵇康还要求自己从容地弹奏一遍广陵散，让那个古城不断地回响着他引喉长啸的声音。在方砖的祭台上，鲜活地陈列着嵇康的不屑。

醉了可以歌，痛了可以哭；虽然我们啜饮生活的方式不同，我们交流的手势也会不同，但总有些文字，总有些故事，会从几千年前，柔软地碰撞着自己，在黑暗之中，在痛苦之中，让自己坚信：飞翔不仅仅代表着高度。

十面埋伏

公元前202年的第一场战争，也是整个楚汉战争最后一场战争；在垓下。

筝，铁骨柔情，剑胆琴心。演奏成与败、喜与悲、所向披靡与难挽颓局。挽歌响起，战胜的领袖将不再挂念黎民的饭碗，战败的领袖将不肯再渡江东。

天亡我，非用兵之罪。虞姬爱怜地看着这位末路的英雄，他的绝望、苦闷与懊怒在虞姬看来，都是那么地完美无缺。虞姬深深地爱着他的重瞳，虞姬知道先前舜也是有两只瞳仁的，只是一个是圣人，一个是她的爱人。爱人呵，就是枕边那个鼾声如雷，侧卧的姿势如同婴孩的自己的爱人。

虞姬宽容地看着项羽，周围的那些声音太嘈杂了，也太阴险了；歌声中都扭捏出楚地的腔调，那太掺假了。并且这样四面楚歌很容易让爱人警醒，于是虞姬就放下帐篷上的门帘。然而楚歌仍从缝隙处、角落里钻进来。

虞姬看着项羽在烛下的背影，又回到了那些戎马的岁月：秦失其政，陈吴首难，豪杰蜂起，相与并争；项羽起于陇亩，以三年期，将五诸侯，统百万兵，灭二世秦。然霸王之业，毁于自矜；项羽是太固执了，他固执地坚持着自己的战斗，就如同他固执地爱着虞姬。虞姬知道这一次自己的爱人可能已尽劫数了，白天的惨烈已使虞姬决定不要成为项羽的包袱，不要让项羽为保护自己而顾此失彼……

项羽早上醒来的时候，看见死去的虞姬正跪拥着自己的战袍，神色端庄而宁静。

王秀清

有湖如斯

久违了，日思夜想的湖，离开你一年？二年？不，似乎是一个世纪之久了。"是否还记得我，还是已忘了我，"歌声如咽，就梗在心头。

你是我的湖吗？或者，我是属于你的一滴水？曾几何时，我几乎读遍你的每一片波纹，每一个细浪，每一粒水珠。天晴日暖，你清清的柔柔的绿着；微风咋起，你便泛起一波一波细碎的皱褶，微微地颤颤地动；当你翻起浊浪，滚滚向前，那便是你怒发冲冠的时候了。

我曾经多少次来到你的身旁？春夏秋冬，风雨雪雾，你的神韵感召着我，吸引着我。

杨柳吐绿抽丝的时候，你像一颗硕大的蓝宝石，镶嵌在绿色的花边中，阳光抚照，满湖碧波生出无数只眼睛，一眨一眨的光彩闪耀。

夏日的傍晚，天空水一般澄澈，湖水天一般蔚蓝，水天交融，连为一体，让人油然而生起一种安详和谐的感觉。

风清月圆之夜，月朦胧，湖朦胧，人也朦胧。天地万物似乎罩上了一层薄纱，平添了些许神秘气氛。

多少次，独坐岸边，向你默默地无言陈诉，你同样用沉默包容了我所有的一切：友谊，爱情，思考，困惑，苦恼，愁闷，甚至抱怨。你一如既往地浩大而平静，一如既往地坦荡而清明，让我陡然意识到自己的渺小与卑微。襟怀坦荡如斯湖，又何必整日戚戚哀哀、怨天尤人。

在你默默地安静与清澈里，我渐渐悟出了生活的真谛：大江大河，惊涛骇浪，波澜起伏，固然壮观；小桥流水，涓涓流淌，岸上有灯火炊烟，水中伴鸭嬉鱼游，也不失为一种景致。生活亦然，指点江山，激扬文字的英雄能有几多？大多数人过着平平庸庸、忙忙碌碌的生活，能够在淡泊中品尝生活五味，于平常里不失真心，算是一种境界了。

湖水教会我思考，教会我生活。于是，我摒弃了青春的狂热与偏执，学会了冷静、忍耐与包容，学会了自尊自爱，宠辱不惊。

我爱喧闹不止的湖，也爱平静如镜的湖，有湖如斯，如师如友。我临湖自照，为的是明察自身的世俗风尘；我掬你入手，为的是洗涤内心深处的灵魂。

再见湖水，是一个春风料峭、细雪迷蒙的早晨，一切如诗如画，湖依然是旧日的湖，路依然是旧日的路，而我是否还是旧日的我？我对湖而歌：你是否还记得我，还是已忘了我……

您的名字，终生难忘

吴树梅，写下这个名字，我怀有万分崇敬。其实，他只是一个教过我一个学期的小学代课老师，但我总觉得他对我的影响应该说是贯穿一生。

我的老家是一个不足400口人的小村庄。村子小，孩子自然就少，所以，从小学一年级到五年级，我上的都是农村特有的复式班，有时是两个年级在一起，有时是三个年级在一起。老师也在走马灯似的换了一个又一个。当时很小，很多事情不知道为什么，现在猜想，可能还是因为当时有文化的人太少，适合做老师的人也就更少的缘故吧。

吴老师教我们的时候，我是三年级还是四年级，已经记不清了，能记住的是他教的那段有珠算。吴老师那时也许只有30多岁吧，现在想来，他应该是个子中等偏瘦的样子，但小时候看每一个大人都很高大，老师尤其如此。他走路很快，双臂前后摆动的幅度很大，摆着摆着，人就像一股风飘进了我们的课堂。他的板书不仅工整，而且漂亮，不是一般的漂亮，是那种一笔一画都透着深厚功力的漂亮。以至于若干年后，很多人看到我的字体都说不像女子所为，这应该是吴老师的功劳吧。老师课教得好，对工作也特别认真负责。他总是有办法把几个年级的课安排得井然有序。一个年级该上语文课了，另一个年级就温习算术，还有一个年级出去到院子里的树林里朗读和背诵，这样年级之间就可以互不干扰。除了课本上的内容以外，老师还教给我们很多课本之外的知识，比如学习珠算的时候，除了一般的加减乘除"小九九"，他还教了我们整套的"九归"。印象中，那是一套很复杂、很神秘的珠算口诀，惭愧的是，30多年了，学生智力实在平庸，把老师教的那些东西都就着饭吞到肚子里了。但值得庆幸的是，老师对待工作的那份认真负责的态度，学生却始终铭记于心，并承继内化为自己对待工作、对待生活的一种态度，并且我知道，它必将使我受益终生。考试的时候，如果做得又对，写得又好，卷面又整洁，老师就会给打200分。记得有一次考试，我不小心写错了，就用橡皮去擦，老师看到赶快走过来，轻轻地帮我吹去擦下来的尘渍。那一次，我又得了一个200分！在老师的训练下，我们的珠算学得滚瓜烂熟，一只只灵巧的小手像蝴蝶在算盘上飞，又快捷又准确。为此，老师专门搞了一次珠算比赛，邀请初中的学生观摩。那是一次精彩的表演，也应该是老师最得意的一次教学成果展示吧。

老师给我们上课的那段时光，无疑是我一生中最享受的学习阶段，学习的快乐、成长的快乐、心灵的快乐，像阳光如蜜糖充溢我少年的心房。快乐的日子总是过得很快，放假之后又开学的时候，我们坐在教室里却怎么也等不来老师的影子。我们不知道为什么，但知道老师的家就在邻村。于是，我和几个同学便去了老师家里，他的家人告诉我们老师去外村帮亲戚家砌灶台了。这时候，我们才知道老师只是我们暂时的代课老师，新学期开始，我们又要换新老师了。我们不明白，老师教得那么好，为什么不再教下去了呢？那天，我们在老师家里等了很久很久……

人，其实是非常善于怀旧的。不管是英雄伟人还是凡夫俗子，都喜欢翻翻老账，说说"我小时候……"是啊，小时候，我得到了太多的爱，有父母姐妹兄弟的疼爱，有亲戚朋友的喜爱，更有很多很多老师的关爱，因为有了这些，我就像一个快乐的精灵幸福地度过了我的童年和少年。从小学到中学，再到大学，我有多少老师一时已很难说清，但直到如今，只要想到老师，我就不能不想起这位只教了我们一个学期的代课老师。我很难说清这是为什么，但一个只用几个月的时间，就可以让学生终生难忘的老师，我想总应该是一个好老师吧。当自己也终于栖居校园，老师的名字常常启迪我思考：作为一个老师，我应该给学生留下一些什么样的回忆？

刘牧

离开母亲的日子

今天说来，母亲离开我们整整70天了。70天里，关于母亲，我说不清什么，也说不出。我觉得，如果说我们家是一处宁静、亮丽、暖人的山间风景，那么，母亲就是这处风景中的一座主峰，她的訇然倒地，带给我们的不单是那满目荒凉的凄惨、痛彻心扉的哀伤和无尽无休的思念，还有那摸不着头脑的错乱和惊愕。

母亲就这样，在我们满心里以为性格爽朗的她定会高寿的欣喜和安然里，只一瞬间，就永远地离我们而去了。自此，月儿的圆与缺，叶儿的飘与落，我们的悲与欢，她再也无法感知。

想起母亲，心口便隐隐作痛，但又忍不住不想。

有句话说，人大多是生活在别人的眼睛里。母亲就是这样的人。作为一个几十口人的大家族中的长媳，母亲做事总是力求周全，却从来不管自己有多累、受多少委屈。母亲爱大声说话，洋溢着热情地说话。无论是谁，只要进了我们家，都会受到母亲这般礼遇。家里人不知多少次地劝说过她，特别是患了冠心病之后，父亲更是严词告诫母亲大声说话的坏处，但她在待人上依然我行我素，依然有说不完的话、有送不完的路程。她总是在遭受我们批评之后辩解："人都来咱们家了，我又不是起不得床的病。"人说，江山易改，本性难移。母亲是一位再普通不过的人，她的本性又何尝是容易移易的？

　　母亲没有能力为我们置下什么家产，也没有时间为我们照看子女。但她对我们无遮无拦、始终如一、全心全意的疼爱，却是我们能够真切感知的。作为儿女，疼爱母亲是真心的，孝敬母亲也是全力的，可在这疼爱和孝敬中间总是时不时闪现出一个"我"来。这，也许即是母亲于我和我于母亲的一点点儿区别。

　　我曾经设想，等母亲清闲下来的时候，立即迎养母亲，好让她真正地享一享清福。我不知道这一天是哪一天，母亲也因奉养爷爷、奶奶而不得闲下来。心愿就这样拖来拖去，日子就这样流来逝去，直到今天，一切却都来不及了。有位友人，每年都要为给母亲治病花费大量精力财力，可他说，每一次治疗都是一场救赎，为母亲，也为自己。我真的很佩服他，也很是羡慕。也许，我们的灵魂真的需要在不断地救赎中得以升华。原来，也曾理解比尔·盖茨说过的"人生最不容易抓住的是孝顺"这句话，今天，这话在我身上应验了，我更刻骨地体味到这话里话外的含义。人生无常呀，孝顺等不得明天！

　　母亲在的时候，你或许没有什么特别的感觉，而母亲一旦不在了，儿女们的心里真的有切肤之痛、难言之悔呀！

　　爱，是深深的，绵绵的，打下烙印；悔，是隐隐的，久久的，无法更改。母亲不在的这段日子，便失去了一切娱乐的心情，即便是过大年，即便是庆典连连，即便是到处莺歌燕舞，我都难以从失去母亲的苦痛中解脱出来。没有历经过痛失亲人之苦的人，对如我这般苦楚是很难理解的，即使他已经设身处地，即使他与你心灵相通，即使他能够将这苦痛的每一根末梢都能料想得到，那也是不能。因为这是一种独特的痛，是只有与母亲共用过一颗心灵的人才有的，它让你感到"像生一样苦，像死一样苦，像梦一样苦，像醒一样苦……"它似痛似悔似苦似难，它包容了世间的一切苦衷，又宛若这凄苦从未出现过，它像一场梦，像一阵风，像一场融化了的雪，若隐若现，似有似无，有令人不能承受之重，也有让人不能承受之轻。

　　我从理性上知道，母亲音容不再，但失去母亲的苦楚已经将我深埋。我常常一个人呆坐，常常一个人到田野里游走，我将手机设置到振动上，也不愿见到热闹场景。还有时，我长时间遥望着浩繁的夜空发问：苍穹万里，母亲，您魂归何处？你真的不想我们了吗？我们真的永世不能相见了吗？

母亲，已经70天了，每夜我都做好多的梦，但唯独不见您的影子。在为您送行的日子里，婶婶们一再对着您的灵柩叮咛，说不要让孩子梦见您。想来这是婶婶们怕我们梦里见到娘亲，徒然增加更多的哀伤吧，但无论怎样，我都有些怨恨婶婶了。母亲，您可知道我是多么多么的想您，在每一夜，每一刻，在每一缕思维里。我不愿看您的照片，因为那上面是一位不能言语的母亲，它薄如纸，轻如烟；我想见到能说话、大声说话的您———即便是梦中，即便是匆匆一面。

记不得是多久前的一天，我突然意识到：离家越久，回家的路越长，但不论多久多长，家门始终是游子的渴望，它永远面向着儿女们归来的方向洞开。殊不知，如今这回家的路不仅漫长，也令人断肠；那本应洞开的家门不仅紧闭，而且也失却了往日的温度。我记得，那是您最后一次送我们离家，您一再叮嘱，带上的包子要尽快吃，咸鸡蛋也不能久放。我记得，那是我第一次走进没了您的家，望到空落落的院子，我的眼泪一下子就落了下来：难道这没娘的家也可以称为家？我记得，那是我第一次离开没有了您的家，四周一片死寂，我不敢回望，也不愿回想。虽然您每次送我时伫立的身影已永远镌刻在我的脑海里，但此时此刻您的身影却是那么的遥远、模糊而不真实，我当时只想将平生的所有愿望都赎做一个：每次离家都有娘送我。

凝望母亲远去的背影，我想，一位母亲就好似一片海洋，她微波不惊也好，她汹涌澎湃也好，我们都难以洞察她的富饶、博大和瑰丽。母亲无法同海洋相提并论，可她对世间的爱怜和我们的恩情比海洋要深。母亲比不得花朵，但她用自己的热忱绽放了一生；母亲称不得丰碑，但她用全部的真诚铸就了一座高峰；母亲也算不得楷模，但她用无我的作为给我留下用之不竭的为人准则。

痛定思痛方会长歌当哭。今天的这些，可说是我对母亲的一点思念，也可算作我对自己魂灵的一次放飞。我懂得，天下母亲都将别子而去，天下子女的丧母之痛都是相似的；我也相信，我总要走出这段感受不到阳光的日子，但说起来容易，可做起来又是何等的艰难呀。母亲，请给我一点时间，沐浴着您那灿烂而温馨的笑容，我定起身跋涉，前行不辍。

（注：此文作于2007年清明节）

齐如林

为忙碌的心灵找一个客栈

　　每个人的内心都会有一个角落，专门存放尘封的记忆。

　　有一种记忆，永远是清朗悠长的，不论欢欣还是困苦，都是我们心中的珍藏——那就是童年印象。

　　漫步初秋的小城，偶然间看到一家新开的人文书店，踱到新书架旁，我的目光定格在一本叫作《童年》的书上。打开扉页，一股油墨香气扑面而来，我把鼻子贴在页面上，久久地嗅着，不忍离开。呈现我面前的这本书，是流淌在时间河流中的童年记忆，胡适、沈从文、冰心、郁达夫、梁实秋、林语堂、丰子恺、梁漱溟、季羡林、汪曾祺、萧乾等文化名人的关于儿时的点滴故事，映现出时代的变迁、文化的更迭、家庭教育和学校教育的丰富内容，以及成人之后念念不忘的纯挚童心。

　　林语堂曾这样回答女儿"为什么儿童可爱"的疑问：因为童真是最可贵的，这世界很复杂，大人多半已经失去天真。是啊，在一个个和时间赛跑的日子里，每个人都在为满足生活的欲望而精疲力竭地奔波，我们犹如上了弦的闹钟，从走出第一步起，就一分一秒地走下去，根本没有停住脚步回望来路的空闲。而当拿到这本《童年》，沿着书的边缘行走的时候，你会不自觉地感受到，那些诗意和纯真，那些文化大家们创作出的打动心灵的音符，藏在岁月的繁茂枝叶里，召唤着我们相伴同行，滋润着我们日渐干涸的童年记忆之河。

　　一个人童年的经历，往往决定着他一生的脾性。眼前这些名人的传奇人生，以及他们笔下的其他作品，也似童年酸酸甜甜的糖葫芦，在我们的眼前形象可感地穿成串。沈从文就写到他童年是怎样的顽皮，不安分守己，时常逃学出去玩，但他的功课却不曾拉下。用笔者的话说就是"我在读一本小书的同时又在读一本大书"。这里的"小书"当然指的是书本、课堂，而"大书"，我想应该是故乡的风土人情、社会百味。所以，从小挚爱自己家乡的沈从文，几乎所有的作品都在倾力表达那个水一样柔软的湘西。

因了这些名人，《童年》也呈现出厚重的历史感和教益性。细细读来，其中既有童真童趣的会心与快乐，更有人文历史的厚重，大家思想的熏染。入选这本书的作者，大多在文化领域有着独特的建树和远播的威望，在他们的童年记忆中，或多或少地散布着传统文化与"新文化"的少儿启蒙理念。而这些，又为现在的孩子的父母们提供了值得参照的镜子。也正是因为拥有了这份与生俱来的激进，在大时代的洪流里，在启蒙与救亡中，在"束缚"与"压制"中，他们最终成为新旧思潮碰撞与融合催生出的"新文化"的开拓者和传承者。

让人喜出望外的，还有书中恰到好处的插图，这些都是经过时间检验的经典画作，如齐白石、丰子恺等人涉及童年题材的作品，还附有民国时期的庙会实景等民俗图片。

如编者在后记中所说，此时此刻，"童年的印象如一幅幅褪色的画面在眼前变幻，那些重叠的画面大多单调寂寞，值得留恋或说难以忘怀的是童年的冬天仿佛总是大雪漫天飞舞，趴在窗台上仰着脸看屋檐上透明的冰凌在阳光下一滴一滴地融化……"

翻阅《童年》，别有一番滋味在心头。原以为，繁忙的工作早已冲淡了我的记忆、埋藏了我的乡愁，都市的点点滴滴早已迷茫了回家的路。可是，当我捧起这本书，随着主人公重拾旧时美丽的光阴时，才发觉关于童年的隽永记忆，可以为我们忙碌的心灵遮一片最美丽最舒适的客栈。

此文原载于《中国教育报》2006年10月26日

用你的姿态生活

　　是春末夏初的夜晚，一阵风啸引我起身开窗向外望去。先才雨时的雷声仍隐隐回响，仿佛来自脑际某个相似的夜晚。记忆、梦幻、想象等语词开始翻滚。我望见了如风飞逝如水奔流的散文和诗歌。所有美丽的、辛酸的、快乐的、沉重的，一样样珍藏从天而降，使我重返梦想。

　　寂静的夏日，胡同最南头，一群老人在聊天、下棋、吸旱烟……

　　有知了的后窗，从早叫到晚；瓜农的叫卖声，永远让孩子神往……

　　太阳刚刚向西倾斜了十几度，父亲母亲们便身披干净的毛巾下地，摆弄那寄托希望的田地、禾苗……

　　从小到大父亲经常跟我提起麦地里的一口老井。"那时你才4岁半，麦收了，大人们热火朝天地收割，没时间照顾你，就把你放在地头的荫凉地里。谁知一转眼工夫你爬到了邻家麦地的井台上。我和你娘那个怕啊，不敢大声喊也不敢快跑到你身边，怕你受到惊吓掉到井里。慢慢地挨近了，你看着我们笑呵呵地围着井台打转……"

　　恐怕农村孩子都有类似的经历。所以，在读了朱朱的《井台》后，感觉是那样亲切——风湿、低洼之地／既不是江南，也不是塞北／草堆囤积着小火，野鸟们的蛋壳……井台最沉寂／废木条钉成的圆盖子／好像一扇终年关闭的门／一块搁在上边的石头重如铁锁……

　　夕阳西下，炊烟升起在庭院，被风挥洒成粗大遒劲的字体。中心小学的几间平房，挤出越来越多的孩子。他们疯跑着回家，尽情地享用一天中最为快乐的时刻。废弃的宅院，是他们的乐园——捉迷藏、跳大绳、过家家，还有的三三两两地坐在地上，吵闹着划拳，一笔一画地写下"天下太平"。

开始有饭菜的焖香悠悠长长钻到鼻内。孩子们因母亲的召唤散开了。记忆中，饭桌上的菜大部分紧挨着自己的碗筷，没等张口，碗里已经有了油的印记。这就是父母么，把所有的肉块集合到孩子的碗里？

很光荣的是，还没到上学的年龄，我就知道把好东西让给父母特别是父亲吃。隐约地记得，母亲每顿饭总是煮一个鸡蛋，不是我吃就是父亲吃。

奶奶说我从小就听话，她摸一晌牌我就老老实实地在她怀里躺上一晌。也不睡觉，眼睛总是看着天空。我最不爱听大人们讲我的这段经历——让自己都怀疑是不是小时候曾经得过痴病。

知了逐渐歇息了。蛐蛐的声音开始占据主要声界。偶尔有几只手电筒在树园子里亮起。院子里，有人支起了蚊帐，伴着徐徐的凉风，摇着无边的蒲扇，安然地入睡。

星星和月亮、早霞和夕阳依次在梦中出现。微蜷的身体在坯炕上翻来滚去，醒来才发现头和脚已经换了方向。

天不亮，就会闻到馒头和玉米粥的香味，揉揉眼睛，看见窗外袅袅升起的青烟，知道新的一天又开始了。那时候，谁家起的早起的晚，爬到庭院里的麦秸垛上一目了然。

上学后，就总是起在大人前头了。算不清多少个早晨和晚上，顶着星星、登着笨重的自行车来往于自认为是通向未来的街道。清晰地记得，上初一那年，大雪下了整整两周，积雪近一尺厚，没法骑自行车，就穿着长靴步行上学。一天放学路上，我一不小心滑进了六七米深的沟渠，摔得不怎么疼，却吓得魂飞魄散。回到家，一句话还没说，就放声大哭起来。父母劝我给老师请几天假，等雪化得差不多了再去，可午饭后，我又固执地踏上了熟悉的上学路。

爱因斯坦在《我的世界观》中写道："我从来就不把安逸和享乐看成是生活的目的本身——这种伦理基础，我叫它猪栏的理想；照亮我的道路，并不断给我新的勇气去愉快的正视生活的理想，是善、美、真……"

不知道有着鸟啼、蝉鸣、蛙唱，有着任劳任怨的百姓，呈现着最具体的付出和收获的乡村能否称得上真善美，但是，正是一个个在这个世界上看起来微不足道的小小村庄，影响着千万个她们曾经全力哺育的孩子，让这个孩子以此为终生追求的基点和终点。

——从出生那一刻起，有一点已经注定，那就是这个孩子要用他的姿态生活……

钥匙洞

记得从上幼儿园起，父母下地时就把家里的钥匙放在门外墙爪的土坯缝里。放学后，如果家里还没人，我就从土坯缝里拿出钥匙，搬些砖头之类的东西，垫在脚下把门打开。

随着我个头的增高，放钥匙的土坯缝也在不断升高。

上初中后，每次放学回家，我总是先从土坯缝里掏出钥匙打开门，把书包放到屋里，然后到地里帮父母干活。

读高二时，家里换了砖房，大门也修葺一新。可父亲没忘嘱咐垒墙的师傅，在门外墙爪上留出几块能活动的砖块，以备抽出砖来把钥匙放进去。这样不管我什么时候回家都能拿到钥匙。记得那时通常是每个月过一个周末，但父母还是坚持每天都把钥匙放到砖洞里——"万一哪天你突然回来了呢？"父母最担心的就是这个。

后来父母告诉我，每天下地回家，他们都希望门已经被我打开了。而向砖洞里放钥匙，也就成了盼着儿子回家的心之所托。

很多时候，我从土坯缝或砖洞里拿出钥匙开门时，总会被乡亲们看到，但父母从未叮嘱过我要防着他们。甚至后来，周围的邻居也都知道了这个"秘密"，用个农具什么的也直接掏出钥匙到家里取。但这么些年，家里也从未丢过什么东西。

女散文作家乔叶的散文《把钥匙挂在心口》，说的是现代人每日匆匆忙忙，手里拿的、袋里装的、包里放的名利太多，所以钥匙常常不知丢失在哪里。要是把钥匙挂在心口，钥匙与心一块跳动，就不会丢失了，无论什么时候回家，都能打开锁，进得门。

而对于我来说，土坯墙上的那个钥匙洞，从土坯墙里掏取钥匙的那段岁月，默默盘算着等我回家的父母，已经永远地在我心口挂上了一串钥匙，让我的心跳与它一起感应，让我永远不会忘记回家，永远不会失落家门。

赵丙秀

思想者

依稀记得那些年月，每每踱步经过母校艺术学院楼前，便会驻足沉思。

他是一个强有力的男人。弯着腰，屈着膝，右手托着下颌，默视着眼前发生的一切。从他深沉的目光和嘴唇咬着拳头的姿态，从他把强壮的身躯抽缩成一团的那种紧张，我已然确定他在思考什么，这种全神贯注，这种"绝对"冥想，似乎要告诉我他"极度"的心情，却欲言又止，无数次让我在好奇中挣扎、深思。

奥古斯特·罗丹确定了他的安静与沉默，确定了他的庄严与肃穆，也确定了他的独特和神奇。

独立于斯，赤裸一身，线条饱满，十分健美。在我看来，这不单单是艺术创作形式的需要，却亦是他欲想摆脱一切外物体对其思想和肉体的附着于束缚，而更是需要通过这种赤裸一身的表达方式达至与自然有更亲近、更贴切、更和谐的交流与交融。他不仅仅是一被创造出来的艺术个体，在某种意义上，他已经成为一种思想的代言人。他渴望着脱离犹豫与痛苦，他渴望平等与自由，他努力审视着宇宙中的一切，追寻着如何认识自己存在的意义和价值，虽然奥古斯特·罗丹只能让他以这种静止的庄严存在，而正是这种静止的庄严与其本体所深蕴的内涵却让我感觉他在激励着推动着诸多的人去追求和寻觅一种属于自身的价值与意义、自由与平等、庄严与肃穆。

奥古斯特·罗丹作为一个生存个体留给人类的不算太多，可作为一位艺术家，在我们看来，单单有《思想者》，足矣！《思想者》这部作品是罗丹整体作品体系中的典范，也是对他充满神奇的艺术实践的体现和反映，更是对他所建购并整合人类艺术思想——罗丹艺术思想体系的见证。"思想者"作为象征性艺术体早已深深刻在人们的生命意义里，其一招一式却更是神来之笔，而又正是其作为人们生命思考的代言人，却使人们不停地驻足与回眸，给人们留下更多的思想空间和深刻启示。这也正是罗丹告诉我们的太多太多。

不要使一种因岁月积累而理论化的信念艺术载体再因时光的流逝而失去其固有的精神光泽，起码他是一种精神信念的艺术象征，因此，作为象征的客观题一旦失去其象征本体的特点，又何谈其象征意义，而我们所能做的，也许就是以现有的时间和机会预救一种可能发生的未必良善的结果，却不是用未来的悲哀情绪为本来蕴涵着美的艺术体因尽失其本体特点而致使其艺术性荡然无存的悲剧而惋惜、叹息。

在某种思想意识领域里，他是崇高的象征，他是信念的载体。在他看来，这个世界本就是如此的状态，而在这种状态中，本就需要一种思想或信念支持。他不曾欺骗过自己，因为他知道，企图在幻想中以自认为正确的理念欺骗一种既定的现实并不是多么明智的选择，而造就现实世界以虚假形式存在本身就具有造就个人世界虚假的倾向性，他不就白白的思想那么多年。周围的一切都是真的，这一点他未曾置疑，斗转星移，春夏秋冬，他能感觉到一切来自自然的神力。鸟儿驻足他的肩膀或飞过他的头顶，蚂蚁、甲壳虫爬过他的身体，他能体察到这来自自然生灵的鲜活气息；天真的孩子在他的脚下亲密的对话，慈祥的老人在他的身旁倚靠停歇，他能感觉到这来自人类的自然灵魂。他明确他所能感受到的世界的一切都是真的，这是他亲身体会过的，这个世界是有一种思想或信念存在的。而他自身被人们视为非一般意义的象征体，被视为某种思想或信念的象征，这一点是他未曾思想过的，尽管他是一个"思想者"。

然而，他思想过这个世界的曾经也许虚假过，或者将来会以虚假的形式存在，或者虚假得面目全非。他自己的曾经也许失落过，或者将来会因虚假而失落，或者虚假得认不出自己。因而，他自己便失去了辨别是非真伪的能力，到那时，他将仅仅是一块冷漠的雕塑。他的眼里没有了飞过的鸟儿，没有了爬过的蚂蚁甲壳虫，没有了玩耍的孩子，没有了倚歇的老人，没有了——

独立于斯，他开始痛苦地质疑。曾经何时，是否在深深感受着大自然风霜雨雪；曾经何时，体内是否还流淌着温热的血液；曾经何时，能否带给人们无限的思想启示；曾经何时，还存在于这个世界吗？可是，思想再多又能如何，几多人能体会自己的感受。其实人们根本不知他在思想什么。

于是，他开始怀疑自己存在的意义，存在就是要思想吗？

斗转星移，春夏秋冬，他周围的一切都在改变，这种改变只是形式的改变，其实质却还在演绎着永恒。日行月移，花开花落，其间永远存在一种信念——将永恒永远演绎。高山流水，群雁徙飞，这是大自然馈赠给人们的礼物——把美丽留在人间。

他若有所思，左右徘徊；他左右徘徊，若有所思。他茅塞顿开，万事万物之存在皆有缘由，皆有各自的主宰。他之所以被创造，本来就有存在的意义。他应该是人们思想的启发者和寄存者，他存乎于万事万物存在的意义里；他是诸多信念的栖息地，他是诸多信念的结晶体，他是诸多信念发生的契机。正是这种思想或信念，使他勇敢立身于超凡境界。而他所思想的境界是一种超凡洒脱的境致，一个无缘无由的理念空间。而对一种境界的体悟，需要他把思想信念与实践行为放进同一试管，加入思想的催化剂，用永恒的理念加热，经住时间的考验，从而产生一种极致境界。如此如此，他要在这种境界里创出极致的极致。如此如此，他深刻体会到自己存在的意义。

他是一个"思想者"，他有自身存在的意义和价值，他明白主人所赋予自己的深刻内涵。他要带给人们许多东西——思想、信念的感悟，他要带给人们永恒的启示，启示人们去创造人间的和谐与美丽。

他是依靠思想存在的，他是创造思想的思想者，他创造了思想者的思想。赤裸一身却何妨，只要信念冲淡了精神的虚空；永恒的姿态又如何，只要思想充盈了理念的境地。他并不是一种多余，他不仅是作为艺术存在的个体，他是来自自然启示万物的"和谐神"，他是来自人间净化灵魂的"思想者"。

回首，注目他强有力的手，更加坚定了我们改造世界的信念；再回首，倾心于他充满全身的精力，感受他喷薄欲出的能量，更加坚定了我们要勇敢面对当代世界那些受尽的压迫与凌辱，做一个有无穷力量的永生战士。

独立于斯，他是静止的存在，他又是灵动的存在，他静止的沉思是暂时的，而他的灵动潜在强壮体魄中，却孕育着无穷的精力，演绎着思想的永恒。

孔垂亮

忆地瓜

阳台箱子里一个地瓜差不多两个多月了。还是秋末冬初的时候，孩子在朋友郊区的田地里挖来的。其他的地瓜，慢慢吃掉了，唯有这一个，又大又圆，鼓鼓囊囊，比个排球小不了多少。每隔一段时间，我都拿出来看看，它的颜色由红变黄，由黄变干。除去表皮明显丢失了水分，其他却一点没有疤痕或损坏。拿在手里，粗糙的外皮周身散发着泥土的味道。这味道，让我忆起儿时地瓜陪伴的岁月和有关地瓜的幕幕往事。

老家在冠县梨园的东北，距离不过三里地。属于历史上的黄河故道，沙质土地，非常松软。用村里人的话说，就是地不壮实，漏水漏肥。所以每年的小麦、玉米、棉花等农作物都产量不高。不过这种土质，正好适合地瓜和花生的生长。记得小时候，常听父辈们讲，他们的苦日子都是靠地瓜支撑着过来的。年轻时候别说白面了，玉米面都不够吃。都是把地瓜切片晒干，磨成地瓜面，掺和着充饥度日。我印象里小时候每年夏收过后，站在村边，一眼望去，满地都是绿油油的花生，玉米很少种植。然后就是地瓜了，有人家一种就是好几亩。家家户户都种地瓜，但一般还是在河堤或者偏远的自留地种的比较多。少的一分多地，也有两分三分，甚至半亩的。

至于为什么在自留地种地瓜，我后来才明白。地瓜是耐旱的植物，且不需要太复杂的管理。只要瓜苗成活，以后就基本不用管了。河堤的自留地高出地面很多，虽然靠河，因为地少，浇水基本都是人力肩挑，很是费力。偏远的自留地引水更是困难，都是每家一小块，种地瓜省心省力。有的人家从种到收，只去地里两次，一次插苗种植，一次秋季收获。付出不多，收获很大，这样的好事谁不喜欢？

仍模糊记得，当年老家胡同的北头有一小片空地。春天快要过去的时候，有人就在那建了大棚。把在地窖里埋藏了一冬天的地瓜挖出来，整整齐齐放在棚里，盖上潮湿的沙土。塑料薄膜压得严严实实，让地瓜在这个温暖的棚内发芽长叶。麦收过后，掀开棚膜，满眼的地瓜苗，青葱翠绿。株株紧挨，招展挺拔。至于价格那时不是我的关心，只记得很短的时间，这些瓜苗就被邻里乡亲抢购一空。然后，我们这帮盯了好久的孩子就争抢着钻进棚内，寻宝一样地徒手乱挖。我们当然不是挖苗，肯定是寻找没有发芽的地瓜。因为这个季节，除了大棚内，其他任何地方都没有地瓜了。谁如果万分幸运地在大棚内发现了地瓜，就如起获了足以兴奋五天的天大的宝物。那种满足的快感和内心的甜蜜，真的难以形容。

不过，栽地瓜苗是个简单有趣的活。村南河堤东边有我家一分左右的自留地。提前一天把地掘好翻平，母亲把湿漉漉的瓜苗放在水桶。我们俩就一人挑着扁担，一个扛着铁锨，穿过两道长长的胡同和白杨树遮天蔽日的村南大路，在桥的尽头左转，踏上一条绵延的小道。小道窄得只能通过一辆地排车子，左边是小河，右边是河堤的自留地。靠近小河的一边马蜂菜、灰灰菜、蒺藜秧等野草丛生，铺满整个河坡。走到接近小道的尽头，就是我家的自留地。母亲用铁锨照量着距离，挖好一个个苗坑，我拿着水桶去河边提水。河坡太陡又滑，每次最多只能提半桶。尽管异常费力，有时不小心脚下一滑，水全撒了，半截裤子和布鞋都被湿透，也丝毫不受情绪和体力的影响，仍乐此不疲。在母亲挖好的苗坑里，我拿舀子逐个加水，母亲就在后面紧接着插苗封土。把一棵棵小苗插直加土，封成小土堆圆鼓鼓隆起的样子。小土堆中央的地瓜苗骄傲地挺立，在微风中可爱的摇摆。细心的母亲怕第二天毒热的阳光炙烤瓜苗，流失了水分，往往就近折点野生北瓜秧的宽厚叶子。让我一早罩在地瓜苗上，傍晚时候再取下来。如此三两天过后，地瓜苗就完全恢复长好了。

纤细的地瓜苗在温润的沙土地里渐渐生根，在和风细雨里长出片片新叶，茎蔓越来越长，叶子越来越多，慢慢覆盖了整个地面。放学后去河边割草或者周末去地里干活，顺便路过这里的时候，我就选一棵长势最好的地瓜，好奇地扒开它周围的泥土。一开始发现是细线一样的根须，再过些天就有手指般粗的了。刚入秋天，果实虽小，其实这个时候，地瓜已经展现它的魅力和美味了。哪里呢，地瓜梗。至今我都不知道，我们那里为什么大多都不吃地瓜叶。估计是叶片太厚太老，嚼起来干涩没味道。尤其老人，更愿意去掉叶子，留下新鲜的细梗。然后冲洗干净，过一遍热水，晾凉后撒上盐，其他什么东西都不放，腌制两天味道就很鲜美。如果讲究点的，就再加些辣椒、蒜瓣、大料、酱油之类的，那种爽脆、清香和浓浓的味道，轮番袭来，就让更让人垂涎欲滴了。有天放学后回家，两根地瓜梗，就伴我吃了一个大馒头。

深秋季节，清晨的露水雨滴一样在草尖、枝叶上晶莹透亮。我手拿镰刀，在沉沉雾霭里穿行，细听草丛里蛐蛐有节奏的鸣叫，一路步行去割地瓜秧。割掉秧子，是收地瓜前的最后一道程序。浓密的地瓜秧俨然一个整体，根本无法区分是这一棵或那一棵了。我从每一棵的根部下镰，凭感觉先割掉第一排，然后卷起茎叶，像翻卷地毯一样，往前推移滚动，依次第二、第三排。地毯越卷越重、越来越厚，等到了最后，几乎卷不动了。这些割掉的瓜秧也是一种宝贝，晾晒几天，干酥透彻。拉回家里，用铡刀一铡，就是牛羊们可口甜美的食物。

割掉了瓜秧，这回就真的该挖地瓜了。挖地瓜是个费力的体力活，仅凭我和母亲的力量远远不够，这时候父亲、哥哥全家上阵。父亲和哥哥力气大，负责抡起三齿把地瓜从土里掘开，母亲和我在后面把一棵棵地瓜彻底抖掉泥土。这些埋藏在地下的果实，第一次见到世面、见到阳光。一簇簇地瓜像一串串铜铃，根根相连，成熟丰满，在河边的大地奏响起成熟的旋律。大的小的、红的黄的，一堆堆躺在沙土地上，在夕阳的照射下鲜润可爱。迫不及待的我，往往选一个不大不小的，随身一擦，就大口吃了起来。那种甜脆的味道，至今回味无穷。这些地瓜拉回家去，小的就蒸煮着慢慢吃，大一点的就放在地窖，成为冬天的美食。

此后无论上学工作，一直偏爱地瓜。可能是小时候养成的胃口爱好，也可能是地瓜真的对胃口好。地瓜虽然经济价值不高，一两块钱一斤，但营养丰富，抗癌、健胃、通便，对身体确实不错。每次去菜市场，看到中意的地瓜，我总会毫不犹豫地买上一袋。前几天的一个晚上，梦到自己像小时候一样，地瓜收获过后，拿着铁锨和竹篮，又去地瓜地里翻开泥土寻找遗漏的地瓜。

离开家乡20多年，斗转星移，时代变迁。那条河还在，只是窄了；那片地还在，已有别人耕植。每到秋天回家，路边看去，都是大片的玉米。花生基本没有了，地瓜也很少见到踪影。在国家扶贫政策的助力下，如今村庄整洁，道路宽阔，基础设施原来越好。大片的土地经集体流转，种上了油菜、樱花、苜蓿、核桃等等，小桥流水，诗意画廊，展开了乡村旅游的新画卷。这些画卷，就是如今村里的孩子们长大离家20、30年后的美好乡愁和难忘记忆。这些乡愁和记忆，就像我此刻回忆地瓜，回忆童年，回忆那个时候在那个村子里无拘无束的岁月。

麦　子

前几天路过某县的农村，在颠簸不平的乡间土路中，隔着灰色的玻璃车窗，又一次见到久违的麦苗。这些朴实的麦苗，在春风里波荡起伏，如同老家的兄弟向我挥手致意。这一大片麦苗，远远望去，犹如一块巨型的地毯平铺在地；近处细看，一簇簇，一行行，黑绿黑绿，几乎遮住了地面的黄土。记得春节过后，还是满地枯黄瘦骨嶙峋的样子，没想到这么短时间就生长得如此繁茂。

天气转暖，万物复苏，这是季节的安排。看着湿漉漉的地面，我明白，更是得益于水的滋润。远处的农民，正手持铁锨弯腰打垄，麦田里泛起耀眼的粼粼水光。记得很小的时候，父辈们就说，在麦子返青、拔节、灌浆的紧要时节，最不可缺少的两种东西，一是水，二是肥。只要水肥跟上，麦子绝对丰收。

那时候，村外的田地里是清一色的麦苗。一条不宽不窄的河流从村南穿境而过。每到这个时候，村民们每天起床后都跑到河边去看来水了没有。焦急的村民甚至沿着河岸往上找寻十几里路。后来知道，我们村是这条河的下游，要等上游那些村庄的麦子浇完后，水流才能到达我们这里。

这个时候，这些朴实的乡亲们往往耐不住性子，叽叽喳喳议论纷纷。有的说，咱村里这段淤的太高水过不来，得赶快挖河了；有的说，等水过来了咱得打个坝子，先把咱村的麦子浇完了再让河水往下流。说干就干，一帮老爷们立马回家拿了铁锨甩开膀子开始挖。坝子往往打到一半，被邻村下游的群众发现后就开始了吵闹嚷嚷，后来双方手持器具，战争一触即发。其实，这所有的一切，都是为了麦子。因为麦子，是乡亲们全家一年里吃喝拉撒的唯一保障和全部指望。

天刚蒙蒙亮，我和父亲把柴油机、水泵、皮水带、尼龙带、传送带、斧头板子、铁锹等浇地用的工具，一件件装上地排车。父亲在前面弓着身子拉，我在车后使劲撅着屁股推。爷俩一步步走出胡同，走过老井，走过学校。村南路边的棵棵杨树，毛毛虫样的白蜡狗随风招展。随着地排车子吱扭吱扭的响声，走过了那座大桥就到了河边。卸下这些机器设备，就开始了安装抽水。随着机器的黑烟和轰鸣，冰凉的河水顺着长长的水渠缓缓地流进了麦田。做过近二十年民办老师的父亲这时候可能往往有着内心的骄傲，因为一个个路过的年轻人，总要停下来，热心地招呼，"二叔，需要帮忙说就行！"

浇过水的麦子，就如饥饿了一冬天的孩子，终于畅快地吃了顿可口饱餐。第二天再看，个个精神百倍，腰板挺直。绿里透黑，黑里发亮。暖暖的春风吹过，温热的阳光抚摸着他们稚嫩的头发和身体。我甚至怀疑晚上的月光和星星也是他们无话不谈的朋友，如果没有这些朋友的帮助和鼓励，小小的麦苗怎么能长得那么快。

黄色的沙土地里，与麦苗争相生长的，还有杂草。周末写完了作业，我就扛着油亮的锄头赶往麦田除草。从家到麦田，要穿过两个胡同、一条大路。胡同里每家的房子，我都熟悉。一路上，我和遇到的爷爷、奶奶、大爷、大娘、叔叔、婶子们熟练地打着招呼，每一个人都笑呵呵回应我的小名。如今，那些房子几经翻新，再也找不到踪影；那些爷爷奶奶辈的人都相继去世，所剩无几。

印象最深的，是一种名为米蒿的小草。这种草和麦苗一样的颜色，枝叶修长美丽，比麦苗长得还快。我沿着一行行的麦苗，仔细寻找，毫不留情地把他们一一铲掉。除累了就直起腰板，抬头四望，邻地的某个大娘就冲我招呼，"三儿，又来薅草了啊！"他们总赞美我的能干，其实我还是个孩子。之所以能老老实实待在地里，没有什么勤劳和高尚的理由，仅是因为父母的吩咐和安排。

春日煦暖、春风和丽、春雨润泽，在春天，万物都茂盛异常。麦子就这样疯长，好像转眼间就长到拔节、抽穗、灌浆。高高的麦子，几乎遮住我半个身子。在一望无际的麦田里，一颗颗麦穗顶着长长的针尖，摸上去坚硬里带着柔软。这时候，父亲顺着麦垄，用小铁铲在两行麦子中间的空地上均匀地铲出一个个小坑，我紧跟在后填进一粒粒饱满的花生种子，然后用脚一驱把土推进坑内，再使劲踩两下，就完成了花生的套种。

十几天后，麦子变黄，花生破土发芽。夏天的热浪袭来，就进入到麦收时节。俗话说，争秋夺麦。这个季节里，不止骄阳似火，还有不可预知的暴雨。一个"夺"字，概括了农民为了麦收那最为焦急忙碌的心态。打场、晾晒，收拾好石磙、车子、排叉、麻绳、镰刀等必备的家伙。在地头揪一颗麦穗，放在掌心，轻轻搓开，吹去麦芒。随便咬开一粒麦子，咯嘣脆响。乡亲们就甩开了膀子，持镰收割，正式拉开了"夺麦"的大幕。

作为一个十多岁的孩子，其实，我最不愿干的就是割麦、抱麦、捆麦和装车。在密不透风的烈日下，尽管头戴草帽，全副武装，麦芒的那种痒痛至今难以言表。长期弯腰的姿势，扎手的麦秆，割不到一半我就扔下镰刀，席地休息。抱麦子和捆麦子的活，扎得浑身刺痒，我总找这样那样的理由推脱躲闪。

一车车麦子拉进麦场，堆成一座座小山。早晨或者傍晚，我喜欢坐在麦场的一角，在稀稀落落的树荫下，傻傻地看着这成堆成山的麦子。待到第二天，天气晴朗，和大人们把他们一一摊开，暴晒轧场。一两头老黄牛拉着石磙，吱呀吱呀一圈圈在厚厚的麦秸上碾过。我喜欢站在麦场中央，手持长长的绳子牵着老牛，一手拿着长鞭吆喝。利用绳子的长短收缩，控制老牛和石磙的走向，以便整个麦场的麦子都能碾压均匀。

经过了轧场、翻场、起场、扬场等一道道工序后，就可以见到黄澄澄的麦粒。这些麦粒饱满、结实、均匀，犹如黄土地里结出的粒粒珍珠。好大的一堆麦粒堆积一起，我把脚丫埋进麦堆，温热沉重，舒服无比，感觉这些麦粒就如亲切的乡亲或贴心的伙伴。晚上，在知了有节奏感的鸣叫声中，皎洁的月光朦胧似雾，阵阵凉风吹起，我躺在平坦的麦场，一遍遍数着星星，陪着这些麦粒入眠。

这些麦粒，再经过几天的晾晒，就被送往临近乡里的粮所，成为国家的公粮。剩下的，回家入缸，成为我们一家一年中生存必备的口粮。那些压扁的麦秸，堆积成垛。用铡刀切割后，成为老牛每天夜里的食草。麦子就这样，完成了他的成长和使命。

我知道,如今的麦子,仅就是一种作物。播种、管理和收割,也都是程序化的机械操作。村里有专门浇水的人员,收割机一小时就收割完毕,秸秆粉碎入土麦粒装车回家。如今的孩子,再也不会有如我当年的那般回忆和滋味。麦子对如今的农村农民而言,最大的谈资和关注,可能就是收成和价钱。他们一定不会知道,那些年陪着麦子长大却不得不离开麦子的孩子,如今依旧时刻怀念那些儿时的麦子。

就如,我在遥远的他乡见到麦苗,就想起儿时种麦收麦的历历场景和切肤感受。就如,我周末回到老家村里,再也看不见村南的大桥、路边的杨树和胡同里熟悉的老人。我知道,离家的时间愈长,我和那个村庄的距离越来越远。因为麦子,它又让我穿越,让我感动,让我怀想。在我心里,那片土地、那些庄稼、那些熟悉的不熟悉的乡亲,纵是遥远却又那么的亲近。

老 井

闲暇独处时候,想得最多的还是故乡。尽管如今的老家已是远近闻名的美丽村落,但站在村头路旁的花海和清澈的河边,我总会不由自主地想起儿时这里的样子,我清晰地记得这一片地里曾经种过的花生和玉米,记得村南路口的那棵白杨树,记得村里离我家不远处的那口老井。

其实那口老井就在村里的中间,离谁家好像都不远。我想可能是当时挖井时候尽力照顾到每一户人家,距离相近,不偏不倚。仅仅这一口井,老祖先就诠释了"以和为贵"的大道理。这口老井到底多少年了,我问过村里的很多老人,没有人说得清楚。井边四周围栏上一道道凹陷的深痕,我仿佛看到历史的烟云下无数条井绳的穿梭舞蹈。这是岁月的印痕,也是生命的印痕。因为这口老井,因为这甘甜的井水,滋养了全村老少世代的生命。

记忆中的老井,在村里大路的南边,坐落在一处凸起的高台。井边是一棵枝繁叶茂的杨树。这杨树如同老井的兄弟和伴侣,一个深植地下、一个仰望高空。一年四季不弃不离携手相拥,你成全我,我庇护你。犹记得,燥热夏日的中午或傍晚,在这树下,面对老井,悠闲的老人自在地斜靠在竹椅上,惬意地享受着舒服的阴凉。时而敞开了喉咙，向忙着打水的乡亲，聊几句家长里短的亲切话语。大树、老井、老人，虽然过去了二三十年，这样的场景浓墨山水画般烙印在我永远的记忆。

老井的水源源不断，似乎从没有干涸的时候。井边四周是四块条木围成的正方形围栏，木头宽厚结实纹粗理糙，踩在上面提水没有丝毫的晃动。往下看去，井的四周是砖砌的结构，一层一层直铺井底，砖的颜色或黑或灰或绿，块块沁浸着湿润清新的水汽。放学后好奇又胆小的我们，望一眼深邃的井底就旋即跑开，现在想来井深也就约10米左右。这口井的水清澈甘甜，没有丝毫浑浊的杂质。忙碌了一晌的乡亲，疾步来到井边，随手打起一桶井水，埋下头去咕咚咕咚喝得痛快淋漓。这一阵凉爽倍至醇如美酒的井水进肚，劳作的疲惫顷刻间烟消云散。我知道，井下其实还有青蛙，夏天路过这里，时常听到低沉起伏的蛙鸣。尤其晚上，一个人自在地走在当街的土路上，朦胧的月光碎银一样罩满了整棵大杨树，这浅浅的蛙鸣和着附近牛羊鸡狗的吠声鸣叫，将静谧的乡村夜晚演绎得异常生动和神往。听人说井里还有蛇，我没有见过，估计是大人恐吓调皮的孩子远离老井以防万一落水的警戒吧。不过，即使落水也未必要命。记得有个年轻的妇女，因为家庭矛盾一时想不开，真的"扑通"一下义无反顾地跳井了。家人和邻居急忙赶来，拿了粗实的绳子，找了胆大的小伙，急匆匆将他拴牢送下井去，不久还真把妇女救了上来。有老人说，这井是村里的保护神，她会想方设法地保佑我们每一个人。

这老井真的如一位仁爱慈祥的老人，经风历雨毫无怨言地为每一个生活在这里的子孙供养着源源不断的水分。春天的阵阵风沙袭来，老井的水依旧清澈；暑气蒸腾的热浪袭来，老井的水依旧凉爽；五谷丰登的金秋袭来，老井的水依旧醇厚；刺骨凛冽的寒冬袭来，老井的水依旧温暖。这一桶桶甘甜的井水，随着岁月和季节的转换轮回，早已融进了小村里每一个人的血液和骨骼。无论岁月多久，无论离开多远，每一个游子的身上，都雕记下终生褪之不去的井水印记，这印记应该就是挥之不去的浓浓乡愁。

离开家乡不久后，村里就安装了自来水，周边农田的机井也越来越多。老井慢慢用的少了，渐渐水也少了。村里的土路被加宽硬化，路边的房子相继翻新，井旁的大树也没了踪影。后来再去，老井的位置成了一片空地，井口都已被封掉。老井就像陈年古董一样，完成了她的历史使命，黯然淡出了人们的生活和视野。

两年前，因为美丽乡村的建设，屈沉寂静了10几年的老井再一次被瞩目。这件沉睡多年的古董，被予发掘和打造。美丽的墙画、大理石的井台，新置的辘轳，老井的周围成为现代村庄旅游的美丽装点。这装点时尚、干净、大气。但一次次端详过后，却总体会不到儿时记忆里老井的滋润和灵气，寻不到那些在梦里追忆过无数次的悠闲时光。

但是，万物有代谢，人事有更迭。眼前家家流淌的自来水应该比老井的水更有利于人的健康，村里宽阔洁净的柏油马路比泥泞崎岖尘土飞扬的土路更有利于人的出行，家家户户高屋亮瓦花草遍地的庭院比那低矮围墙畜禽遍地穿风透雨的土屋更有利于人的心情。这是社会的发展和人类的进步，大浪淘沙，烟云滚滚。有些东西、有些事情，无论怎样，过去了，就是烟云，成了历史。历史永远属于昨天，不可复制也无法重现。我们该做的就是把握此刻，珍惜现在。珍惜家人，珍惜自己，珍惜工作、珍惜朋友。怀着对过往的感激和怀念，创造今天的进步、快乐和幸福。

就如这口老井，她还在那个位置。如果有灵性，我想她也是幸福的。因为她看到了子孙后代的延续，看到了村庄的美丽变化，看到了乡亲们惬意的生活。

岳新敏

金不如土

老爹经常说，金不如土。

我经常笑他，金子多金贵，土值几个钱呢？老爹就瞪我，我也不以为然。

近几年，村里的年轻人大都去了外地打工，要不就是在附近的工厂上班，地里一般都租给他人了。爹年纪大了，我也想让他把地租出去，来我这享福。爹不以为然，农民不种地还是农民吗？种着地心里踏实。现在粮食价格持续走低，有时候忙一年都不如功夫钱，还得浇地、施肥、拔草等等，浇水的电费，肥料钱，这些都是不小的开支，我一说不让他种地，他就跟我瞪眼，你小子懂啥，我愿意种。千金难买老人愿意，吓得我也不敢吱声了。父亲的倔强，并没有随着年龄的增长稍微收敛，反而变本加厉了。我也不再劝他，我知道他心疼他的地，看着自己种出来的粮食，心里踏实。

父亲除了种地外，还有一个身份，就是我们村的电工。他为人热情仗义，喜欢揽事。为此，我和娘不知说过他多少回，他一点也不曾改掉。有次，我们村留守老人张大娘的灯坏了，半夜里给父亲打电话，他本可以推脱，第二天去修。可是他接到电话后，二话不说，起床就走。我娘心里骂他比国家总理还忙。他也不吱声，他是怕老人万一开不了灯，年岁大了，儿女都不在身边，一个人摸黑，要是真摔着就事大了。因为他是电工，吃饭时经常有电话打来，谁家浇水潜水艇不通电了，或者趁着中午家里都有人去收缴电费，有时没人，还要自己垫一部分。为此，娘跟他生了不少的气。可是爹心里却很敞亮，村里的人都对爹竖大拇指。可是爹年龄渐渐大了，不能再爬上爬下，今年村里决定任用一批年轻人，我和娘听了都为爹高兴，这样就不用为他担心了。可是爹默默地抽烟，我看出他的背影很落寞。

弟弟大学毕业通知书下来了，是重点大学，我们全家人都很高兴，想喊着他的班主任以及其他任课来个谢师宴。可是爹却想在家里举办，我都提前订好饭店了，感觉爹太抠了。谢师宴上，爹亲自下厨做菜，让我刮目相看，他以前当过兵，干过一段时间的炊事班。弟弟的班主任看着眼前的菜，不由得对父亲连声称赞，认为爹的厨艺比饭店的厨子还好呢。爹举杯对老师们说，俺家鹏儿能有今天，真是多亏大家了，俺们都是大老粗，不会说啥话，可是就是无论走多远，都不能忘了老师，因为这一切都是老师给的……父亲显然有些喝醉了，可是我觉得他很可爱，眼角有些潮湿，老师们也被我爹的真诚所打动。要知道，我弟弟在小时候因为一次高烧，得了间歇症癫痫，一开始老师都不想收他，是爹给老师下了跪，所以弟弟今天考上大学非常不容易，爹特别感恩老师的付出。

爹说，金不如土啊，我点点头，这次没有反驳他，我看出他很高兴。

注：此文刊于2016年3月18日《聊城晚报》

倔强的萝卜

凌晨4点，父亲便起了床，然后摸黑来到地里，开始采摘沾着露水的萝卜，再将它们小心放到三轮车上，开往市里的农贸市场。

去年萝卜价格不错，今年地里全种了萝卜。

6点半，到达农贸市场，父亲终于可以歇歇脚了。他从口袋里掏出两个冷馒头，开始充饥。大约1个小时后，其他的菜农陆陆续续到来，这时候买菜的人也开始来了。

有认识父亲地和他打着招呼，父亲憨憨地笑着。

父亲是一个菜农，冬天也不肯歇息，种了大片的萝卜。本可以在附近乡镇上卖的，可是父亲觉得市区只比镇上多出20里地，没啥，还能有个好价钱，就是卖不完还可以给我送过去。

以前家里穷，父亲就是靠种、卖蔬菜供我读书上大学的。后来我在市区买了房，安了家，父亲便每隔一段时间都来给我送一回菜，说自己种的菜，吃着放心，第二天便又匆匆离去。

今年媳妇怀孕时，父亲隔三岔五来给我送菜。要知道父亲距离我家大概有60里地，骑着电三轮不是个短距离。我让他别这么麻烦，他不听，说什么一定让未来孙子吃上无公害蔬菜。

有次，生意不太景气，父亲的一车子萝卜，剩下了半车，他要给我留下，媳妇无意中说了一句，吃不了，整天吃萝卜吃得都腻了。父亲低下了头，像是个做错事的小学生。

第二天早上天还没亮，父亲便起床了，然后趁着我们熟睡之际，除了给我们留足吃的，悄悄地把剩下的萝卜分到各家各户的门前。睡梦中听到关门声的我，赶紧下床穿上衣服，本想追上父亲，只见父亲拿起塑料袋，一个袋里装着四五根萝卜，挨家挨户敲门，还让他们多多关照我们这一户。不知道父亲的行为，多少人赞成，反正还是剩下了不少。我看到父亲的脸上显出落寞的眼神。

以后的一段时间里，小区的人大概都认识我们了。有的说，大爷好久不来了，那萝卜种得真叫一个棒啊，是正宗的水萝卜，脆生生的，生吃都很好。

父亲好久没有来了。因为给家里的冬暖式大棚放栅子的时候不小心滑了下来摔了腿。然而，他心疼的却不是他的腿，而是那半地的萝卜。在他看来，这萝卜比命还金贵呢。愁得他吃不下饭，睡不着觉。

母亲打电话过来，让我帮着想办法。我只好骗他说，别着急，找到买主了，我有个同学在超市，专跑采购的。

周末，我找了几个哥们一起回家，把剩下的萝卜拔了，然后分给小区的各家各户。我相信，父亲就算知道了真相，也会同意我这么做的。

原载于2015年12月28日《劳动午报》

父亲的照片

一天，一位杂志编辑打电话过来，说我那篇关于父亲的文章，准备采用，不过要附上一张父亲的照片。

这有什么难处，答应晚上给他发过去，于是我开始搜寻全部相册。可是不找不知道，一找吓一跳，原来，我的电脑、手机里还有相册里竟然没有一张父亲的单人照。我开始傻眼了，难道父亲在我的生活里如此真空？

我翻来覆去地追问，我怎么从来没有想过给父亲拍张照片呢？在我儿时的印象中，父亲是严肃的，呆板的。他年轻的时候当过兵，生活中也有当兵的影子，不苟言笑，感觉他不容易接近，尤其是犯错的时候，他的一个眼神就足够了。

父亲在我的记忆中是一个坚强的人。我从来没有见过他流过泪，包括生活最艰难的时候，那时候我们姐弟三个都在上学，父亲做建筑工给我们挣学费。他每年都要出去打工，一年中只有过年的时候才回家。我那时候还小，不懂事，每每回来便缠着父亲要这要那。邻居小花有一个好看的发卡，而父亲竟然没有给我买，我发脾气不理他，甚至拒绝和他一个桌子吃饭，等我第二天早上醒来的时候，父亲已经离开去北京打工了，而我床头边有一个漂亮的发卡。母亲说，这是父亲连夜到镇上买的，30多里的路，难以想象，寒冷的冬夜，他竟然骑着那辆破旧的自行车，只为给女儿买上一个发卡。我的眼泪止不住地流下来。

那年冬天，父亲做建筑活时，从二楼的脚手架上摔了下来，那时我正读高二。父亲叮嘱母亲不要告诉我，怕我担心。可是放假的时候，当我一进家门准备把催缴学费单递给父亲的时候，只见他躺在床上，腿上打着石膏，额头上渗出轻微的细汗，有气无力。一刹那，我感觉天都塌下来了。我实在不忍心拿出学费单给父亲的伤口撒一把盐。弟弟妹妹还小，不能辍学，我告诉父亲不想上学了，反正也考不上大学。可是父亲眼神迸离出愤怒，用他那没有力气的手打了我。"不上学有什么出息，如果你争气的话，就好好学习，农家孩子只有这条路。"我一辈子也忘不了父亲的那种眼神，每当我遇到挫折不想坚持的时候，我总能想到他那种眼神，于是又有了坚持的力量。后来，是细心的母亲发现了我的学费通知单，把钱悄悄放在我的书包里。终于，付出获得了回报，我考上了一所二本学校，在当时对于我来说已经是个奇迹了，我也好像从那天起突然长大了。

父亲走路有点跛，是那次留下的后遗症，不能再干繁重的活。年近60，已是花甲之年，却不肯"退休"，当然，农民是没有退休年龄的。干不了重活，他就开始跑点零活，为附近工厂买买菜，看看大门什么的。每当看到父亲走路的姿势，我的心就很痛。我所走的每一步，都是父亲用他的全部换来的。所以我从敢停歇，以至于同事都说我是"拼命三娘"，他们不知道父亲的付出又何止是我的努力所能换回的。

而今，我们姐弟三人都走上了不同的工作岗位，只能用每年的工作先进来回报父亲。结婚后，我的生活重心放在家庭和孩子上，和父亲交流的少了，相册里放满了孩子的照片，而所有照片却没有他的身影。

"爹，我要给你拍张照片，一张你自己的单人照。"我拨通了父亲的电话。

此文原载于2015年10月31日《沂蒙晚报》

李艳霞

又是槐花飘香时

　　走在路上，忽然传来一阵清香，这香再熟悉不过了，是槐花的香气！我忙向四围绿的枝头找寻。这时候的绿煞是好看，特别是在碧蓝的晴空下，那种嫩，那种翠，明人心目。叶嫩花初，花初的春光是好的，这叶嫩的浅夏时节也是好的！

　　隐隐地在绿的掩映下，我看到了那一嘟噜，一嘟噜的白花，准确地说，还是一串串的花骨朵，像是一片片白色的小帆还没有张起，像是一嘟噜一嘟噜的白娃娃还没有长胖。虽然小帆儿还没有张起，虽然小娃娃还没长胖，可是，那香呀，那香是足以醉人了。这时候的槐花香是清芬的，待到槐花开好，那香是甜腻腻的，甜得化不开。

　　这么香甜的槐花却从不自骄自傲，相反的在贫穷的年代它是成为人们果腹的食粮。开在这青黄不接的时节，当时饥饿的人们看到这开花的枝头，嗅到这醉人的清香该是如何的惊喜呀。

　　挨饿的滋味我没有尝历过，可是我还是能清晰的记地跟在奶奶身后捋榆钱，采槐花，掐地瓜叶子的情境。奶奶穿着浆染的蓝布衫子，乌亮的头发盘一个很大的髻，奶奶的头发一直是乌黑的，到去世白头发都没有几根。奶奶裹过的小脚走路有些颤。

　　记地跟着奶奶采槐花的情境。我替奶奶提着紫藤条的篮子，奶奶手里拿着一根青竹竿，竹竿上头牢牢稳稳地拴着一把镰刀。奶奶仰起头举起镰刀够槐花，阳光透过叶缝洒在奶奶的脸上，奶奶的眉里有一颗痣，像斯琴高娃老师那样子。那时奶奶面部的表情没有愁苦，也没有微笑，我感觉到的是一份对待生活的认真和肃宁。

奶奶逝去已经20多年了。还记得奶奶蒸的槐花窝头的味道，蒸的槐花菜的味道。还记得奶奶说的槐花虽好吃，但不能多吃，吃多了会胀腿的。记的那时全家都吃槐花窝头，却给我单独蒸了一层白面一层玉米面的两掺卷子。

虽是清贫人家的孩子，但也是爷爷奶奶爸爸妈妈呵护疼爱着长大的。所以不傲然也从不卑贱，识得自我尊重，也知对人世间万事万物持敬重的态度。

在我记忆里，还有一缕槐花香不能忘。

上高中时，在学校操场的南头有一棵大槐树，每到这个时节也是开得满树满枝的花，整个操场都笼罩在香气里。那时的操场还不是塑胶跑道，青青的草总是到处地冒出来，与其说是操场还不如说是一片芳草地。

在吃罢晚饭后的黄昏，总是喜欢拿了政治，那个时候理科生也是要学政治的，或者英语或者语文到操场上去背。坐在操场南头大槐花树下的草地上旁若无人的读。有时也约了女伴一起沿着操场散步，说说少年的心事。

那个时候的孩子，不像现在的孩子有许多的衣服，更别说名牌了。即使是女孩子一年中每一季如果有两件以上的衫子换，也是非常值得艳羡的。经常是套棉袄的外套还可以接着套毛衣穿。可是到了槐花开的时节冬衣是再不能穿了，身材也有发育，去年的衫子也不太合身了，一般是要买件新衣衫的。不管是如何物质贫穷的年代，爱美都是少年的天性。高中已经到了爱美的年纪，这衣服一般都是自己精挑细选的。

槐花开时换了新衣衫。不知那时和我一起在操场散步的你，你还记得吗？记的那时候我们理科生也要背政治，记的操场南头的那棵大槐树，那槐花的香气，还有那在槐花的香气里穿着新衣衫在黄昏的芳草地似的操场上散步的我们吗？

人的情绪总是起起落落的，并不是记忆里所有的槐花开时都逢在心情好的时候。记得前几年工作忙碌，孩子又小，各种琐琐碎碎的事情，忙得焦头烂额。情绪极不稳定，总是容易急躁，受一点点打击，又很容易消沉。

有一天坐在老家的庭院里，随着一阵清风，飒飒地落了一地的槐花，像飘落的槐花雨。那时我想：来世，如果真有来世，我再托生在这最深的红尘里，一定不娶不嫁，只做无牵无绊的自己。那一日提笔写下了：槐花雨后是清凉。心里有一种莫名的触动。

随着年龄的增长，不知从何时，这骨子里慢慢地添了清冷的元素。宜急宜躁情绪化的那个自己渐行渐远。在书桌前定心坐下来的时间越来越长。现在回头看看，那跟在奶奶身后的我，那在绿荫的操场散步读书的我，那坐在落满槐花庭院的我，是我又非我。

感觉当下的我是最好的我，足够了。在这绿意的窗前，可以安心静神得去读书写字；在一双双渴求知识的眼睛前，可以做到问心无愧；在儿女面前，可以是不落伍的祥和的妈妈。夫复何求呢。我知道人到中年要懂得惜福和知足。

看一季的花，爱一季的叶，听一季的雨，赏一季的雪。于日常一饭一蔬以欢喜为怀，于世上万事万物以慈悲为怀。我不知道明天的我会修行到那里，但我知道明日的我又非是今日的我了。我只向着晴朗，清明一路修行，任随年华老去，修我一世端庄。

不觉在窗前吟成一绝：

叶嫩光鲜绿到檐，案头书卷足沉潜。

今看昔我还非我，几度槐花依旧甜。

杨玉霞

玉米地里的月亮

那天晚上月亮很大，我看着看着睡着了，就在玉米秸子垛上睡着了。

家里农活总是很多，母亲要在晚上去地里打玉米叶子。

地里玉米一棵一棵站着，在秋天的细风里窸窸窣窣地响着。我坐在田垄中间，母亲用小镢头刨了十几棵玉米，腾出一小块空地，把放倒的玉米秸捆起来，然后让我坐在上面。我知道，到打完玉米叶子，就可以进到地里掰下熟透了的玉米啦，到时这样的空地上就会堆上一小堆玉米棒子，有的是青绿的，有的是灰白的，还有一些翠绿皮子的可以回家放进大锅里煮着吃。

我坐在玉米秸上，看见母亲渐渐隐没在田垄上又高又密的玉米棵子中，只有若有若无的叶片的哗啦声。每隔一小会儿，母亲就会在某个地方喊一句：妮，在那儿哦……或者喊：妮，别睡着啦……我就会大声应一下：哎，知道啦。那时候我正在看月亮呢。

那天晚上的月亮又大又白，围着一小圈灰白的光晕，母亲说过，那是风晕，明天得起风。一颗星星离得月亮很近，好像就要挨在一起了。还有一些星星，零零碎碎地洒在黑的天上，就像是一个人洒下的图钉，亮得那么尖锐。

这时候，除了风声，我还听到了很多声响，就像是大地打开了他的音响盒子，蝼蛄在土里爬动，一只蚂蚱扇动绿而薄的翅膀，一只蜻蜓在叶片尖儿上歇着他细细的脚……露水落下来了，就像微小的雨，叶片晃动的声音开始黏滞起来。

我能听见远处村庄隐隐约约的狗叫声，越来越少，最后渐渐沉寂下来。开始路上会有偶尔的脚步声，或者自行车轮子裹挟尘土和风的沙沙声，然后也渐渐安静下来。最后，只有不远处母亲劈下玉米叶子的声音，偶尔走近时候的脚步和喘息声，除此之外，就只有露水在小心的滴落……

然后，我就睡着了。那时候，月亮正好在我仰脸望到的天空正中，就像银白的丝绸覆在我身上，就那么睡着了……

不知道过了多久，母亲轻轻推醒我，妮，咱回家了。她提着几穗子玉米，她们应该是绿皮子的，明早就会漾着玉米的甜香了，我就这么想着，一咕噜起来，跟着母亲深深浅浅的往前走。穿过田垄，还没有打完的玉米叶子刺在脸上和手臂上，刺刺的痒疼。穿过光杆子的玉米的时候，稍微一碰撞，细长的秸子像撑不住胖而壮的玉米棒子似的，摇晃得几乎倒下去，母亲就放慢脚步，有时用手轻轻扶一下玉米棵子，好像扶一下自己的孩子。

我们来到大路上，月光下变成银带子一样的大路上。我和母亲一路走回家，有的时候母亲会拉我一下，避开一个小泥坑，母亲说路上明的是水，暗的是泥，这时候我闻见母亲身上的气味，甜而软的气味，她的衣服是湿的，一定是露水打湿的，还有玉米叶子的汁液。

那个夜晚，我9岁，母亲30岁，她穿着月白的褂子，蓝黑的裤子，提着几穗子我最爱吃的煮玉米。

今天，我36岁，朵朵4岁，母亲57岁。她在电话里说，等我假期回家时，玉米早就收完了，不过她早就挑了绿皮肥壮的玉米棒子，已经冻在冰箱里等我回来吃了。

我又记起那晚银白的月亮，还有母亲月白褂子上甜而软的气味。

李明蔚

又到清明

梨花淡白柳深青，柳絮飞时花满城。

惆怅东栏一株雪，人生看处几清明。

这是北宋文豪苏轼《东栏梨花》诗中的句子，观察细致，情景交融。他告诉我们，这温馨美好的韶光固然令人陶醉，但人生几何，切莫因为沉湎于此而忘记了珍惜时光。每年清明，面对自然界的季节轮回，我们都应该多一些对生命价值的感悟，让岁月芬芳，让灵魂春色永驻。

清明节不仅是我国的二十四节气之一，也是我国民间重要传统节日。说起清明的来历，大约始于周代，迄今已有2500多年的历史。在古代，清明节前后总伴有很多活动，如寒食赐火，清明扫墓，踏青郊游、插柳、放风筝、荡秋千、斗鸡、射柳、打马球、蹴鞠、拔河等。这些活动随着岁月的更迭交替，社会的嬗变，有的习俗已被淘汰，有的仍传承延续至今，并赋予了新的内容。

国人赋予清明节的第一要义，其实并不是赏春而是祭祖扫墓。清明扫墓的风俗，追根溯源，汉代已有，盛于唐代。"清明时节雨纷纷，路上行人欲断魂"，杜牧诗中描绘的就是这种凄清景象。历代诗人为清明扫墓，都留下过不少脍炙人口的佳作。如张继的《闾门即事》："耕夫招募爱楼船，春草青青万顷田。试上吴门窥郡廓，清明几处有新烟。"再如黄庭坚的《清明》："佳节清明桃李笑，野田荒冢自生愁。雷惊天地龙蛇蛰，雨足郊原草木柔。"明朝的高启《送陈秀才还沙上省墓》："满衣血泪与尘埃，乱后还乡亦可哀。风雨梨花寒食过，几家坟上子孙来。"这三位诗人，或欣逢顺世，或漂泊乱世，但到了清明这一天，都不忘祭扫先人墓庐。

确实，清明节，是思念前人的特殊日子。微风吹动了头发，也吹起了绵长的思绪。眼前晃动着鲜活的面容，耳畔回荡着悠长的回音。我不太相信灵魂和心灵感应之说，却期盼在清明这一天开通两个世界对话的通道，让思念的梦境成为会话的现实欢会，让天地间洋溢亲情的欢颜。

清明节有着不可忽视的文化文明价值，通过节日、聚会、风俗习惯的传承，它凝聚民族精神，传承中华文明的祭祀文化，抒发人们尊祖敬宗、继志述事的道德情怀。在新的历史时期，继承清明节丰富的文化习俗，弘扬其深厚的文化内涵，无疑是传承优秀传统文化的应有之义。从这个角度说，传承好清明节文化，对推动文化大发展大繁荣也具有重要的现实意义。2006年5月20日，文化部申报的清明节经国务院批准列入第一批国家级非物质文化遗产名录。2007年12月7日，国务院第198次常务会议通过关于修改《全国年节及纪念日放假办法》的决定，规定清明节放假一天（农历清明当日）。从2008年开始，清明节正式成为法定节假日，放假一天。毫无疑问，清明节成了炎黄子孙共同的文化图腾。

习近平总书记在十九大报告中指出："深入挖掘中华优秀传统文化蕴含的思想观念、人文精神、道德规范，结合时代要求继承创新，让中华文化展现出永久魅力和时代风采。"中华传统文化既包括：古文、古诗、词语、乐曲、赋、民族音乐、民族戏剧、曲艺、国画、书法、对联、灯谜、射覆、酒令、歇后语等文化形式，也包括传统节日等文化活动。清明节与端午节、春节、中秋节并称为中国四大传统节日。清明节作为我国历史悠远的节日，凝结着中华民族的文化血脉和思想精华，蕴含着慎终追远、缅怀先人、孝顺父母等深厚的文化内涵。汲取中华优秀文化的思想精华和道德精髓，有利于增强人们的文化自信、文化自觉。

李兴来

秋日的沉思

清晨，我静静地坐在湖边，望着满城的黄叶，听湖水拍击着堤岸。

温柔的夜色，带走了一身的疲倦、劳累和悲伤；初起的太阳，将希望和温暖播撒人间；可恼的秋风，却不断撕扯着我心底淡淡的忧愁。

春夏秋冬，不经意的碾过，几度花开花落，绿了芭蕉，红了樱桃，长大了孩童，却催老了少年。

岁月，在我的身体和心灵留下了多少积淀，刻画了多少沧桑。蓦然回首，昨天已在缥缈的烟雾中淡化成虚无；明天，依然在不远的空灵里招手。

生命，在遗忘、失落和希望、追求中摇荡。

我捧着厚厚的诗选，却没有记住一个字。在似是而非的昨天和明天里，我不断地失落自己。在追求希望的征途上，交叉的歧路迷失着我的方向，遍野的鲜花诱惑着我的欲望，牵绊着我的脚步。

扑啦啦的水鸟拍打着耀眼的阳光，惊醒我的思绪。

路上行人步履匆匆，机车轰鸣穿梭，今天的世界依旧重复着昨日平凡的故事。

短 章

(一)

秋夜，我彷徨在悠长的柏油路上，林立的路灯黯淡了夜空的星辉，城市的尘嚣掩埋了我的身影。

我缓缓地走着，在冰冷坚硬的公路上没有留下丝毫印迹。

耸立的高楼遮断了我的望眼，我看不到星星和月亮，也看不到脚下的路通往何方。

城市的人来来往往，汽车呼啸飞驰，处处弥漫着灯红酒绿的沉醉。我走在繁华的街道，却挥不掉内心深深的孤独。

纷扰的世界迷乱了我的眼睛，我在非我的世界里迷失了自我。

(二)

曾经的日子，漫步在乡间幽僻的小路，呼吸泥土的芬芳，沐浴着月光和星辉，听鸣虫在草丛里唱歌。

或默诵徐志摩的诗歌，或聆听小溪流水的倾诉，或摘一朵不知名的小花，在手里细细地把玩。

有时会惊起几只麻雀，唧喳着飞起，又落在不远的庄稼地里。

我在清新、幽静的大自然里汲取着养分。

泥土养育了我，也滋养着我的生命。

这里，远离了世俗的纷争和都市的喧嚣，一切都归于沉静，灵魂也这沉静中升华。

垂钓的老人

黄昏，融融的落日徘徊在山巅，与大地做着深情告别。

微风中，高树轻轻挥舞着树叶，把欢唱的鸟儿捧在手心。

载着落叶，载着哀愁，溪流在山石中穿梭，潺潺地奔向远方。

老人，甩一把钓钩，划过一道优美的弧线，溅起一串美丽的音符。

无 题

十月，秋风吹卷落叶，在楼前肆意地飞舞。

那旧时在楼前筑巢的燕子，已经匆匆地去躲避寒冷。

菊花，依然在风霜中倔强的支撑，不肯低下高贵的头颅。

麦 苗

北风掠过平野，为寒冷做着前驱；

低垂的柳枝慢慢地枯短，轻抚着花白的须发，无声的叹息。

雪花从天而降，猖狂的掩盖了山川大地；

麦苗伏在积雪下面，偷偷地孕育着生机，等待阳春驱赶寒冷。

杜甫印象

八月，秋风吹过大地，裹挟着簌簌的黄叶，和层层的屋茅，飞过江郊、转沉塘坳。

一个衣衫褴褛的老人，倚杖而立，在秋风中，在雨庐下，发出了一声深沉地叹息。

屈原印象

江风拂过，舞动岸柳柔枝，荡漾起粼粼的波纹。

三闾大夫，踯躅在汨罗江畔，在夕阳的余晖里，低声地吟哦；那灰白的胡须，在清癯的脸上轻轻颤动。

渔父，鼓枻而歌，在历史的天空里，划下了一串永恒的音符。

梨　花

清明新雨后，满树的梨花，像出尘的仙子，粉红脂白，袅袅婷婷，含羞地投出一瞥娇柔的目光。

轻风拂过，摇曳地枝条，在春风中舞动诱人地身姿。

芬芳的香气，在空气中弥漫，浸润着我干涸的心灵。

桃　溪

　　微风拂过，桃花轻轻低下羞赧的脸庞，妖娆的笑容倒映在缓缓地清溪水里。

　　新燕蹁跹，掠过桃花枝头，在澄净的天空里划下一道优美的弧线，消失在溪水的尽头。

　　我轻嗅着弥漫地花香，任凭汩汩地诗情在惬意的春风里流淌。

心　痕

　　东风乍起，吹皱一湖春水。粼粼的波纹，荡漾着我的心情；柳絮，胡乱地飞舞，搅扰着我的思绪。

　　纸鸢，承载着童年的梦想和寄托，在夕阳残照里幻化成漂泊的身影。

　　我，漫步在长杨里，暂时逃离都市的喧嚣，轻嗅着青草的味道，品味着孤独的宁静，让身体融化在泥土的芬芳里。

随笔

赵国强

拿《红楼梦》说事儿（1—9）

前　言

　　《红楼梦》是我国最具文学成就的古典小说及章回小说的巅峰之作，是中国传统文化的集大成者。其文笔万法具备，其内容包罗万象，其人物及其言行，甚至可以使任何年龄阶段甚至任何身份的读者，都能够从中找到自己影子，并且会时时发现书中人物、故事及其哲理在现实中的种种投射。在《红楼梦》的阅读和品味中，我常常为这些似曾相识的影子和投射而会心微笑和感叹，并渐渐产生了将红楼中的事儿，与现实中的事儿联系起来的冲动。于是，我开始了对《红楼梦》的再次品味和思考，开始了《拿红楼梦说事儿》的笔耕之路，以期把这些"事儿"与读者朋友分享，若能唤起读者朋友的会心一笑或思考，我意足矣。

玉者，欲也

　　《红楼梦》用一个神话故事开篇。女娲氏炼石补天之时，炼了顽石三万六千五百零一块。娲皇氏只用了三万六千五百块，只单单的剩了一块未用。谁知此石自经锻炼之后，灵性已通，因见众石俱得补天，独自己无材不堪入选，遂自怨自叹，日夜悲号惭愧。

　　顽石本是顽石，多少年来默默无闻，自立于大荒山上，无欲无求，一旦经过锤炼，有了"灵性"，也就开始有了欲望。"见众石俱得补天，独自己无材不堪入选，遂自怨自叹，日夜悲号惭愧。"这使我们想起多少现实中的类似实例。一个人在没有"镀金"之前，方能淡泊心志，默默于自己的位置，默默于自己的事业，默默于自己的生活，默默追求着自己的梦想，可一旦机缘巧合，或通过奋斗，使自己身上有了一层"光辉"后，则往往自觉身价倍增，不能再混迹于芸芸众生之中，开始追求更高的身份、待遇和名声，"追求"不得，就往往"寤寐思服、辗转反侧"，或者像这大荒山上的石头一样，"自怨自叹"，甚至"日夜悲号惭愧"。这样的例子不胜枚举。

所以，《红楼梦》一开始就给了我们一个有关"欲望"的道理：石头本无欲，一旦成了玉，则有了"欲"。

且看那石头如何表达自己的欲望：一日，正当嗟悼之际，见一僧一道远远而来，坐于石边高谈快论，说到红尘中荣华富贵。此石听了，不觉打动凡心，也想要到人间去享一享这荣华富贵，便口吐人言，极其谦逊地请求那一僧一道，"萌发一点慈心，携带弟子得入红尘，在那富贵场中、温柔乡里享受几年，自当永佩洪恩，万劫不忘也。"这一僧一道好言相劝，但禁不住石头"苦求再四。"只好答应，石头听了，"喜不能禁""感谢不尽"。于是，这石头就随宝玉的降生而进入尘世，经历了一番由"烈火烹油，鲜花着锦"之盛，到"好一似食尽鸟投林，落了片白茫茫大地真干净"的家族兴衰历程，最后又回到了大荒山上。由石头变成玉再由玉变成石头，这就是《红楼梦》又称《石头记》的来历之一。

从古至今，社会上似石头这样，眼看"补天"不成，就走向"在那富贵场中、温柔乡里享受几年"的道路，为此"苦求再四"者不少，他们一个个像贾雨村一样，"因又思及平生抱负，苦未逢时，乃又搔首对天长叹，复高吟一联曰：玉在椟中求善价，钗于奁内待时飞。"整个一副买卖人的嘴脸。

正因为他们的目的是"红尘中荣华富贵"，于是，得之者自然欣喜，不得者，则自恃经过"锤炼"，"灵性已通"，不仅"自怨自叹"，甚至拿自己的"灵性"交易几番。正像近人胡菊人先生在其《红楼、水浒的小说艺术》中评论的"那块石头一样，没有被用，就觉得自己无处安顿，连自己是啥东西都不知道了。"

当然，《红楼梦》中的石头是被女娲氏无意中选中的，当今一些"石头"的情况不尽相同。如今的社会环境和要求，时时逼迫着一块块石头，不辞辛苦，奋力拼搏，跳入"炼炉"去经受锤炼，使得一些本来安心默默矗立在大荒山上的石头们"心猿意马"起来。他们经过了一番锤炼，"灵性已通"，自然反过来要求"入选补天",所以说,今天的"石头"们,因"不堪入选"而"自怨自叹",以致"日夜悲号",也不能完全责怪他们。

其实,相对于《红楼梦》中的"石—玉—石",中国自古就有关于"看山、看水"的"人生三重境界"之说,对于今天的"石头"们有着很好的借鉴意义。人在涉世之初,万事万物在我们的眼里都呈现本原状态,山就是山,水就是水;然而,随着人的成长,现实中有太多的诱惑,似真又幻,说假还真,于是,在人们眼中,山不是山,水不是水,开始在现实里迷失了方向,随之而来的是迷惑、彷徨、痛苦与挣扎;只有在我们成长过程中,不断的自我反省,自我观察,对世事、对自己的追求有了一个清晰的认识,才知道自己要追求的是什么,要放弃的是什么,这时,看山还是山,水还是水。既然我们已在现实的"炼炉"中进行锤炼,那么"灵性已通"的我们,就应该站在人生的最高境界,及早看清"山水"真面目,不为名利所累,清楚自身的"欲望"之为何,人生目的如何才算有意义。了解了这一点,哪怕是作为一块为人生路途上的人们遮阳挡风的石头,只要能真正发挥自己的能力,实现自己的人生追求,那也是人生的最高价值。

真假难辨亦可辨

《红楼梦》的梦中之梦里,在那"太虚幻境"门口有一副对联,叫作"假作真时真亦假,无为有时有还无"。加上曹雪芹设计了甄士隐(真事隐)、贾雨村(假语村言,或假语存)两个人物,又给读者弄了一个"甄家与贾家",致使《红楼梦》产生200多年来,在人们眼中是真真假假、有有无无,真假不辨,有无难分,直搞得后世研究者们五迷三道,争论不休。

以蔡元培为代表的"索隐派",以胡适为代表的"自传派",以王国维为代表的"文学评论派",及其他们的追随者们,前仆后继,相互论战,极大地促进了红学的研究,但却公说公有理,婆说婆有理,你方唱罢我登场,真假、有无难辨清,到头来不知为谁人做了嫁衣裳。

王希廉在其《红楼梦总评》中说:"读者须知,真即是假,假即是真;真中有假,假中有真;真不是真,假不是假。明此数意,则甄宝玉贾宝玉是一是二,便心目了然。"道理玄之又玄,其实给我们说明了一个道理,对于《红楼梦》的研究，不可过分穿凿，任何一位读者，都可以根据自己的人生经历和认识，来评论它，研究它，只要能说出自己的道理，并能够自圆其说，我们都可以理解他。正如鲁迅针对《红楼梦》所言："单是命意，就因读者的眼光而有种种：经学家看见《易》，道学家看见淫，才子看见缠绵，革命家看见排满，流言家看见宫闱秘事……"比如，对《红楼梦》中的贾宝玉，如果你是一个满脑子"缠绵"的"才子"，你自然是看到了许多贾宝玉的"缠绵"或"小情调"，这时，也许你就上了当，因为在这里，贾宝玉恰恰用"缠绵"或"小情调"诉说着一个有关"生与死"的人生哲理，而"缠绵"或"小情调"可能恰恰是一个表面现象。这其中，"缠绵"和"哲理"孰真孰假，各有认识，这也正是《红楼梦》的无穷魅力之所在。

我们生活中的许多东西也像《红楼梦》的作者、内容等一样，"真假"不辨，"有无"难分，难以说清，这本来就包含着一个常讲常新的具有哲理性的命题。但我们却可以从对联中阐释的"假、真、有、无"的哲理中，获得认识和思考复杂人生的深刻启迪。人的一生中，不同的阶段，总要有不同的目标和追求，为之而努力和奋斗，这也是人生的价值所在。但在这一奋斗过程中，总会有分辨是非曲直的时候，这时我们不能陷入虚无主义的"真假""有无"观念中，困难分是非，而不分是非，应该时刻有自己的观点和立场；但同时，也不可对自己的观点和立场，采取唯我独尊、自筑藩篱，故步自封、抱残守缺的态度，否则，会使人生的道路越走越窄。

如今，信息技术发达，在我们的生活中，有许多讯息突破传统的传播方式，每天大量地涌入我们眼中，真假难辨，众说纷纭。一个消息传来，有人激动，有人激愤，有人迷惑，有人躁动。一般来讲，一条讯息的出现，都有着它背后的用意和目的，每当此时，从人们自身来讲，首先要正确控制自己的"欲望"，不可先入为主，冷静、认真地分析其用意和目的。其次，要通过不断加强学习，提高自己分辨事物内在运动规律的能力，运用自己这种能力，以不变应万变。正像郑板桥《竹石》诗中所说："咬定青山不放松，立根原在破岩中。千磨万击还坚劲，任尔东西南北风。"第三，在为人处世方面，我们还要保持一个宽容的胸怀，对于别人限于不同能力的不同认识，我们应给予一定的理解甚至认同，只要不侵犯某一阶段公认的"原则"，大可不必去非要争个"我真你假"。

真真假假，有有无无，构成了世界，充斥在人生，台湾作家高阳对《红楼梦》的研究观点，有时可以作为我们的另一种借鉴。他认为，《红楼梦》既为索隐，亦为自传，更属于文学上的创造，是三者兼而有之。这貌似调和主义的观点，谁又能说不是一种"真"和"有"呢?

"智通寺"的警示

在《红楼梦》开篇不久的第二回，出现了贾雨村闲游智通寺的一段情节。对于这一情节，大多读者有所忽略，有的对"身后有余忘缩手，眼前无路想回头"的对联有所心动，但也随着故事的发展渐渐忘却了。但也有的评论者，结合智通寺这一小小情节，以及贾雨村的最终结局，赋予它特殊的意义和作用。

贾雨村告别甄士隐后，进京考中进士，升任知府。不料因"有些贪酷之弊，且又恃才侮上"，终被革职，开始了"担风袖月，游览天下胜迹"的生活。一日，贾雨村"信步至一山环水旋、茂林深竹之处，隐隐的有座庙宇，门巷倾颓，墙垣朽败，门前有额，题着'智通寺'三字，门旁又有一副旧破的对联，曰：身后有余忘缩手，眼前无路想回头。"贾雨村见此，觉得这两句话，"文虽浅近，其意则深。"因而盼望能遇上一个"翻过筋斗来的"过来人或智者对他有所启示。进到庙里，不料他所看到的却只是一个"既聋且昏，齿落舌钝，所答非所问"正在煮粥的老僧，贾雨村怅然而出。

不意"都中准奏起复旧员"，贾雨村经贾府保荐，谋职上任，再度开始享其荣华富贵，由此拉开一部红楼盛景的大幕。但贾府最终由盛转衰，贾雨村也因"犯了婪索的案件，审明定罪，今遇大赦，褫籍为民"而来到"急流津觉迷渡口"，遇上甄士隐，在甄士隐一番启发引导后，"心中恍恍惚惚，就在这急流津觉迷渡口草庵中睡着了"。

学者胡万川就根据以上情节，将《红楼梦》与《枕中记》进行比较研究，认为"智通寺"的情节，以及贾雨村的最终结局，其手法正是暗用了《枕中记》的"黄粱梦"这一故事。老僧煮粥的场面，正是"黄粱梦"中店主人蒸黄粱饭的隐射，那"既聋且昏，齿落舌钝"的老僧所代表的是"黄粱梦"中的道士吕翁，那"身后有余忘缩手，眼前无路想回头"的对联，则象征了吕翁对卢生的劝解。这老僧正是那"翻过筋斗来的"，只不过贾雨村未能体认而已，由此展开的整部红楼梦，就是"黄粱一梦"中的全部影子。这样的对比应当说有一定道理。但这样对比的目的，无非是向我们揭示《红楼梦》也像《枕中记》一样，其主题就是"人生如梦"，而"智通寺"就是要警示人们人生不过是一场梦而已。

相对于"人生的价值和意义"来说，"人生如梦"无疑是一个负能量的话题。自古至今，"人生如梦"是很多作品的主题，也是很多人人生失意或事业遭受挫折、一蹶不振时的口头禅，同时也是许多人回首自己人生历程时发出的感慨。概括起来，这其中有一个重要的关键点，那就是，当人们把自己的一生仅仅当作个人私事时，当他把追逐个人名、利当作自我追求，或者这种追求不能一帆风顺，遭遇人生落魄阶段时，往往就会发出"人生如梦"的悲叹。

周国平在论人生时曾说："在无穷岁月中，王朝更替只是过眼烟云，千秋功业只是断碑残铭。此种认识，既可开阔胸怀，造就豪杰，也可消沉意志，培育弱者。"一个心中只把一生当作个人私事的人，体味到的往往是在这样的无穷岁月中，自己存在的微不足道和了无意义，自己的所有努力和奋斗不过如"投石填海"而已，于是他们开始意志消沉、看破红尘，发出无奈的悲叹。当一个人发奋努力，而这种努力只是为了个人的名与利时，成功之前，他会感叹奋斗的痛苦，即使获得了所谓的成功，他也会如叔本华悲观主义的"钟摆理论"所说的一样：可怕的空虚和无聊就会袭击他。他感觉到依然是人生苦痛，所以，他们发出"人生如梦"的感叹不足为怪，更何况其中有些人并没有取得他们心目中的"成功"，或者正在遭遇人生低潮呢？

而有的人则相反，他们深感岁月的无情，深感时不我待，从而明确人生目标，奋起直追，历经磨难，越挫越勇，哪怕在历史长河中激起一朵浪花，只要它能够给世间带来美好，也能体会到自己人生的意义所在，也会感叹人生的充实与幸福。

保尔·柯察金关于人生的名言众所周知："一个人的生命应当这样度过：当他回忆往事的时候，他不致因虚度年华而悔恨，也不致因碌碌无为而羞愧。"他还说过："人生最美好的，就是在你停止生存时，也还能以你所创造的一切为人们服务。"对于这样的人，一生也短暂，人生也如梦，但这种梦却是幸福的。

"智通寺"不过是关于"人生如梦"的一个警示，是一个消极的人生符号。

如果它还有积极意义的话，倒是那副对联对那些贪欲多求、巧取豪夺、翻云覆雨、自私自利者大有裨益，不过还需将其改为"身后有余知缩手，眼前无路早回头"。

贾府也有"庸懒散"

"庸懒散"是一种不积极的生活和工作态度，它不仅存在于现实生活中，也存在于诸如《红楼梦》的人物中。在"冷子兴演说荣国府"中，冷子兴作为"旁观冷眼人"，把贾家荣国府、宁国府的重要人物进行了品评。其中，对贾赦、贾珍和贾敬、贾政的评论，使我们看到了贾府"中坚力量"中存在的"庸懒散"现象，与我们周围一些人身上存在的"庸懒散"现象极其相似。

根据冷子兴的介绍可知，贾氏家族发展到第三代，在宁国府"贾敬袭了官，如今一味好道，只爱烧丹炼汞，余者一概不在心上""一心想做神仙"，又将族长的位置让给其子贾珍，因"敬老爹一概不管""这珍爷哪里肯读书，只一味高乐不了，把宁国府竟翻了过来，也没有人敢来管他。"在荣国府，"长子贾赦袭着官"，"次子贾政，自幼酷喜读书，……其为人谦恭厚道，大有祖父遗风，非膏粱轻薄仕宦之流"。

可见，袭了爵位的贾敬推卸族长责任，不务正业，一味玩乐，过着"清心寡欲"的生活；而从能力上看唯一能担当起贾氏家族发展责任的贾政，则是"虽然贾政训子有方，治家有法，一则族大人多，照管不到这些，二则现任族长乃是贾珍，彼乃宁府长孙，又现袭职，凡族中事，自有他掌管，三则公私冗杂，且素性潇洒，不以俗务为要，每公暇之时，不过看书着棋而已，余事多不介意。"

之所以如此，原因在于贾氏家族"功名奕世，富贵传流"已历百年，贾家子孙已经养成了贪图享乐、腐化奢侈、纸醉金迷、声色犬马的生活习惯。于是，贾敬虽进士出身，却远离是非、不染尘世、貌似清高，将家族兴旺的责任推了个一干二净，以实现其"成仙"的个人私欲。他将爵位和族长的责任交给了流连于声色犬马的儿子贾珍，使得贾珍更加有恃无恐，为贾氏家族的儿孙们做出了极坏的榜样。

这贾敬的行为，与当今个别公务人员对工作避重就轻、得过且过，能推则推，能躲就躲，一味贪图清闲追求超脱，可谓是毫无二致。

荣国府的贾赦，作为贾府的长房，又"袭着官"，完全有义务肩负起贾家事业的责任。可他借口贾母对贾政的偏袒，"高卧"享乐，胡作非为，对不成器的后辈肆意纵容和误导。

相比之下，眼下个别干部，自己不承担工作和责任，却对努力工作的人"鸡蛋里头挑骨头"，这也干得不是，那也干得不好，挑拨生事，误导情绪，与贾赦一样的成事不足、生事有余。

最典型的是贾政，他无论从才识和能力上，都具备承担管理责任和使家族进一步兴旺的条件，但是他却以"族长乃是贾珍"，"凡族中事，自有他掌管"为借口，推脱责任，并把家族事业看作是"俗务"，不但"不以俗务为要"，而且还存在着"族大人多，照管不到"的懒惰心理。对家族上下贪图享乐、腐化堕落、伤风败德的事情，他明知而不闻不问，看似谦恭仁厚，实则庸俗迂腐、不负责任。这又与一些干部放弃责任和原则如出一辙，他们工作有方，管理有法，但却借口自己不负总责，凡是自有主要责任人去想、去干，从不主动提出建设性意见和建议，矛盾上交，责任下推，貌似尊重领导、维护团结，实则缺乏勇气和担当。

文学是现实的投射，社会成员的"庸懒散"几乎是所有历史阶段都会出现的现象。表面看来，"慵懒散"产生的原因无非是工作管理、岗位职责、监督渠道上出了问题，实则是一些对团体、部门和岗位责任人，因承平日久，在思想上对应有的理想信念产生动摇，为公众服务的责任意识逐渐淡薄，在精神上日渐产生懈怠所致。

贾氏家族"中坚力量"中弥漫着的浓重的"庸懒散"气氛，加速了贾氏家族的由盛转衰直至最后的败落。"欲知目下兴衰兆，须问旁观冷眼人。"针对贾府"庸懒散"的状况，冷子兴给出的结论："主仆上下，安富尊荣者尽多，运筹谋划者无一，其日用排场费用，又不能将就省俭，如今外面的架子虽未甚倒，内囊却也尽上来了。""谁知这样钟鸣鼎食之家，翰墨诗书之族，如今的儿孙，竟一代不如一代了！"这样一番评论，对今天的人们，尤其是存在"庸懒散"现象的"中坚力量"们，不能不是振聋发聩的当头棒喝。

贾宝玉的奇谈怪论

贾宝玉有一个奇谈怪论，即"女儿是水做的骨肉，男人是泥做的骨肉。我见了女儿，我便清爽；见了男子，便觉浊臭逼人。"这句话历来引起许多人的不同理解。冷子兴就说："你道好笑不好笑？将来色鬼无疑了！"贾雨村则认为："若非多读书识事，加以致知格物之功，悟道参玄之力，不能知也。"

有人说这是贾宝玉的女权主义思想的体现。但同是贾宝玉，却又说出"女孩儿未出嫁，是颗无价之宝珠；出了嫁，不知怎么就变出许多的不好的毛病来，虽是颗珠子，却没有光彩宝色，是颗死珠了；再老了，更变的不是珠子，竟是鱼眼睛了。分明一个人，怎么变出三样来？"他甚至还指着几个女管家恨恨地说："怎么这些人只一嫁了汉子，染了男人的气味，就这样混帐起来，比男人更可杀了！"从这些话看，无论如何是谈不上尊重女性和具有女权主义意识的。可见，让宝玉感觉"清爽"的"无价之宝珠"，是未出嫁的女孩，而不是全部"女人"。那么，宝玉为何将"女儿"与"男人"（包括嫁了人的女人）严重对立起来呢？

在《红楼梦》中，"女儿"们是生活在大观园中的，大观园是贾府中一个特殊的独立部分，更是与整个外部社会环境相对独立的世界。大观园内的"女儿"们不与外面的世界有所接触，她们清纯、诗意，自然也是清爽的。而大观园之外的社会环境，则是男人们主宰的世界，男人们或混迹于官场，或用计于商界，或用心于生计，无不纠缠于利害之间，是非之中。而这一切在贾宝玉的眼中自然是"浊臭逼人"的。而贾府中那些女管家、女仆人们，由于嫁了人，被以男人为代表的现实社会所熏染，因此也就变成了"死珠"和"鱼眼睛"了。这不是对女人的蔑视，而是对污浊社会的控诉。

由此看来，所谓的"女儿是水做的骨肉，男人是泥做的骨肉。"并非简单地将"女儿"与"男人"对立起来，而是将他们分别代表的纯真与世故对立了起来，将清与浊的世界对立了起来，将大观园这个"理想国"与当时的现实社会对立了起来。曹雪芹正是借贾宝玉之口，实现了他对当时社会的有力控诉。

然而，"人的本质不是单个人所固有的抽象物，在其现实性上，它是一切社会关系的总和。"人一产生就是社会关系中的人，大观园中的"女儿"们也不例外。她们的一切令人"清爽"的活动，从一开始就是建立在贾府的种种充满着"浊臭逼人"基础上的，离开了贾府及其外部社会环境，大观园这个"理想国"是一天也维持不下去的。所以，贾宝玉心目中的"清爽"世界，最终变得"蛛丝儿结满雕梁"则是一个必然。

无论物质生活，还是精神世界，一切寄生的事物，无论它看起来多么美好，都终将随着它赖以生存的东西的败落而消亡。就个人而言，一切美好理想的实现，都必须经过自己脚踏实地地奋斗和拼搏，双脚踏在浸透着自己心血和汗水的坚实大地上，才能心旷神怡地欣赏人生的美丽。"仰望星空，超越现实的束缚找寻梦想。脚踏实地，用自己的双手使梦想照进现实。"应该是我们遵循的生活态度。而曹雪芹笔下的贾宝玉为了不与他感觉"浊臭逼人"的现实同流合污，最终走出了荣国府，不过，作为毫无生活能力和基础的贾宝玉，一旦离开大观园这个"理想国"，也只能在茫茫雪原中走上一条遁世之路了。

"门子"的悲哀

"葫芦僧乱判葫芦案"因曾经选入中学课本而被人们熟知，是说贾雨村攀附复职后，补授了应天府，一上任就遇到一起人命官司：薛宝钗的哥哥"呆霸王"薛蟠为争夺被出卖的女婢甄英莲（真应怜）而打死了小乡绅之子冯渊（逢冤）。贾雨村本欲"秉公办理"，却受到出身"葫芦庙"小沙弥的门子的"点拨"，为巴结贾、史、王、薛"四大家族"，而胡乱了结了案件，让薛蟠逍遥法外。但从回目"葫芦僧乱判葫芦案"来看，本篇内容的中心人物，应是出身于"葫芦庙"里的小沙弥的官衙差役——门子。

"这门子本是葫芦庙内一个小沙弥，因被火之后，无处安身，欲投别庙去修行，又耐不得清凉景况，因想这件生意倒还轻省热闹，遂趁年纪蓄了发，充了门子。"而贾雨村作为一介"穷儒"时，曾在"葫芦庙内寄居"，因而被这门子认识。门子后来混迹于官衙，熟悉官衙内幕和人情世态，养成趋炎附势的奴才性格，对贾雨村级尽巴结、献策之能事，以使自己以后能够随贾雨村"鸡犬升天"，遂尽心效劳，导演了一出"葫芦案（糊涂案）"，但这一切其实正中贾雨村下怀，贾雨村假意热情，与门子"携手"而称"故交"，其实对门子因"故交"身份而表现出的随意，对贾雨村"当日贫贱时的事"的了解，以及对贾雨村此案中见不得人的勾当的合作，心中逐渐对门子产生震惊、忌恨、厌烦和恐惧。因此，阴险狡诈、老谋深算的贾雨村，最终还是处心积虑地"终于"抓住门子一个"错误"，将他"远远的充发了"。一心巴结、奉承、讨好上司，最终却落个如此下场，对门子而言，岂不悲哀！

之所以会出现"葫芦僧乱判葫芦案"这样的一幕，是因为无论贾雨村还是门子，他们都是一心靠攀附权势，巴结奉承，以图飞黄腾达的人，为了个人功名利禄，他们不惜徇私枉法、奸诈取巧、见利忘义，甚至恩将仇报。贾雨村，姓贾名化（假话），字时飞（实非），他曾高吟："玉在椟中求善价，钗于奁内待时飞。"又吟诗道："天上一轮才捧出，人间万姓仰头看"，其一颗热衷于功名利禄，寻找飞黄腾达机会待价而沽之心，昭然若揭。这样的人，一旦步入官场，必然会有"贪酷之弊"。而门子虽出身沙弥（和尚），受过息恶行慈的教诲，但他在庙中修行，却"又耐不得清凉景况"，羡慕官衙差役"这件生意倒还轻省热闹"而当了门子。可见，这门子虽身处清静之地，心却在世间"热闹"之处，更是将官衙差役看作"生意"。如此之人，走进官衙，岂有不巴结奉承、为虎作伥、狼狈为奸以图私利的。

在现实生活中，也有一些现代"门子"，他们唯上是从，见风使舵，只对上负责，不问基层疾苦；为了个人利益和奉承上司，不惜损害公众利益，甚至制造冤假错案，引发许多社会矛盾。其原因就在于他们满眼名利，满心物欲，惠及百姓、造福一方的思想严重缺失。

对于如何做好一名好的官员，范仲淹曾有个形象的比喻："思天下匹夫匹妇有不被其泽者，若己推而纳之沟中。"意思是说：我若当政，倘若有百姓未能得到实惠反而受到损害，那就等于是我把他推到沟壑之中。范仲淹从小胸怀大志，誓以天下为己任。宋《能改斋漫录》记载了他一件佚事：26岁的范仲淹到庙里求神问卦，咨询能否当宰相，签词表明不能；他又求一签，咨询能否当医生，结果还是不行。于是，他掷签于地，慨然长叹："两样都不能，我将来如何实现平生之志呢！"别人感到奇怪，问："男子汉大丈夫，立志想做宰相，可以理解；可是，你怎么又想做个医生呢？"范仲淹叹口气说："我立志向学，当然希望将来得遇明主，报效国家。能为天下百姓谋福利的，莫过于做宰相；既然做不了宰相，能以自己所学惠及百姓的，莫过于做医生。

身处底层而能为老百姓解除疾苦的，还有比当医生更好的职业吗？"同样是有志于官场，范仲淹想到的是通过做官"被其泽"于天下，为天下百姓谋福利，哪怕做个医生，也要为百姓解除疾苦。他能成为北宋著名政治家、思想家、军事家、文学家和教育家，绝非偶然。相比之下，那些古今贾雨村、门子之流，最终落得个"因嫌纱帽小，致使锁枷扛"和被"远远的充发"的结局，也是理所当然了。

世事洞明皆学问

《红楼梦》第五回中，贾宝玉随家人去宁国府赏花，"一时宝玉倦怠，欲睡中觉"，秦可卿将宝玉等一簇人引"至上房内间，宝玉抬头看见一幅画贴在上面，画的人物固好，其故事乃是《燃藜图》，也不看是何人所画，心中便有些不快。又有一副对联，写的是：世事洞明皆学问，人情练达即文章。及看了这两句，纵然室宇精美，铺陈华丽，亦断断不肯在这里了，忙说：'快出去！快出去！'"这形象地反映了贾宝玉的思想和性格特点。

《燃藜图》是一幅劝人勤学苦读的图画，反映的是汉代儒生刘向夜坐诵书，神仙持青藜杖，吹杖头出火为刘向照明的故事；对联则说明了洞悉世事就是学问，熟练应付人情世故也是文章；画与对联相辅相成，是劝人为了"仕途经济"而学习的楷模和格言。这对于厌恶通过八股考试获得功名，从而在仕途上飞黄腾达的贾宝玉来说，自然也是感觉"浊臭逼人"。但是，如果将"世事洞明皆学问，人情练达即文章。"这副对联，从《红楼梦》的具体情节中抽出来，其个中哲理，则令人玩味。

洞悉世事，掌握其规律，处处都是学问；恰当处理人与人的关系，熟知其道理，则生活就是文章，这应当说是千百年来人们凝聚成的处世哲学的形象概括。《论语》中，孔子弟子子夏说："贤贤易色；事父母能竭其力；事君，能致其身；与朋友交，言而有信。虽曰未学，吾必谓之学矣。"在他看来，一个人能够看重贤德，不为外表所迷惑；侍奉父母，能够竭尽全力；能够全身心忠于君主；同朋友交往，说话诚实恪守信用，这样的人，尽管他自己说没有学习多少知识，就已经有学问了。可见，关于何谓"学问"，儒家文化中早已给出了答案，那就是：仅仅获得一定的知识，甚至知识渊博也未必称得上是有学问，学问来自社会生活和德行养成。

著名学者南怀瑾曾说："至于学问，……做人好，做事对，这就是学问。那么学问从哪里来呢？学问不是文字，也不是知识，学问是从人生经验上来，做人做事上去体会的。""所谓做学问，是要从人生的经验中去体会，并不是读死书。假使这个人知识渊博，只能说他'见闻广博'，不一定能说他有学问。""学问之道在自己做人的根本上""是注重现实人生中的做人处世。"

当今社会，信息极度发达，交流日益广泛，更加注重协同与合作，其对世事的把握和人际关系的处理至关重要。据资料反映，人际关系处理因素在事业成功中所占比例高达80%，可见其在人生进程和事业发展中的重要性。因此，在人的一生中，对于世事、时势的把握，确实是大学问，和谐处理人与人之间关系，确实是大文章。

事实上，贾宝玉对于"世事洞明，人情练达"之人，也并非全部反感的。比如，对王熙凤的丫鬟平儿，贾宝玉就认为她"是个极聪明极清俊的上等女孩儿"，对于平儿处在恶劣环境中却能平心静气地接受环境，心平气和地为人处世，平淡而机灵地经营生活，丝毫没有沾染上贾琏、王熙凤之流的恶习和世故，深表赞赏，并且"因自来从未在平儿前尽过心，深为恨怨。"

至于作品中的《燃藜图》和"世事洞明皆学问，人情练达即文章"的对联，在那个时代，自然带有那个时代的特征，那就是：劝人一心死读书，将其作为以八股科考获取功名的敲门砖；而"洞明"和"练达"则将对"世事"和"人情"的把我推向极致，赋予了老于世故、明哲保身、圆滑混世的含义。这才是对"仕途经济"及其反感的贾宝玉"心中便有些不快"和叫喊着"快出去！快出去！"的原因，并不代表贾宝玉，或者曹雪芹对于"世事洞明皆学问，人情练达即文章"的完全否定。

焦大与赖大

宁国府的老奴焦大，是《红楼梦》中偶尔一现的人物，而凡知《红楼梦》者，却无不知有焦大这个人。"只因他从小儿跟着太爷们出过三四回兵，从死人堆里把太爷背了出来，得了命，自己挨着饿，却偷了东西来给主子吃。两日没得水，得了半碗水给主子喝，他自己喝马溺。不过仗着这些功劳情分，有祖宗时都另眼相待，如今谁肯难为他去。"正因为焦大有如此经历，当宁国府大总管赖二派他夜晚去送人时，引起了他的不满，醉骂起来。焦大先骂大总管赖大，接着更骂宁国府主人，"益发连贾珍都说出来"，乱嚷乱叫说："我要往祠堂里哭太爷去。那里承望到如今生下这些畜生来！每日家偷狗戏鸡"等等，将宁国府的丑事揭了出来。"众小厮听他说出这些没天日的话来，唬得魂飞魄散，也不顾别的了，便把他捆起来，用土和马粪满满的填了他一嘴。"焦大就是这样一个人，他虽对宁国府恩情巨大，但却仍是一个处于宁国府最底层的老奴仆，他目睹如今主子的种种劣迹，时时想起他们祖辈建立家业的不易，故而心有不满，常常"一味吃酒，吃醉了，无人不骂。"

相比之下，赖大是赖嬷嬷之子。赖嬷嬷是服侍过贾府老主子的老仆人，凭着饱经世故和风霜得来的聪明，左右逢源，赢得了贾母等信任，又得到贾母的"赏脸"，使赖大做了荣府大总管。赖大继承了他母亲的聪明和左右逢源的特点，作为总管，曾经与贾珍、贾琏等人一起安插摆布筹建大观园，盘算出入账本，点人丁、开册籍、监工等等；主子们外出，"荣府只留得赖大"主管事务，深得信任。就是这个荣国府奴仆出身的管家，自己家不但"楼房厦厅"，而且也拥有一个所谓"破花园子"，"虽不及大观园，却也是十分齐整宽阔，泉石林立，楼阁亭轩，也有好几出惊人骇目的"。赖大的儿子赖尚荣不但捐了一个"州县官"，而且是一个从小"花的银子也照样打出"像他一样的"银人"的人物，其家境富有可想而知。但不知其原始积累是如何得来，然而可以肯定的是，凭着赖大之母的奴仆身份是完全不可能做到这一步的。按照《红楼梦》"伏脉千里"的写作手法来判断，那只有一种解释：这是赖大作为多年的荣国府大总管，并且参与建设大观园过程中一步步积累起来的。

一个是创立家业时期拼命"从死人堆里把太爷背了出来"的焦大，一个是凭着母亲"服侍过贾府老主子"的赖大，其现状却有着如此的天壤之别。这只能说明贾氏家族对创业艰辛的淡忘，以及对享受从前辈那里承袭下来的荣华富贵生活的特别关注，同时也说明了贾家已经处于这样一个境地："主仆上下，安富尊荣者尽多，运筹谋划者无一，……如今外面的架子虽未甚倒，内囊却也尽上来了"，衰败之象已经产生。这也验证了黄炎培先生"历史周期律"的正确性："一人，一家，一团体，一地方，乃至一国，不少单位都没有能跳出这周期律的支配力。大凡初时聚精会神，没有一事不用心，没有一人不卖力，也许那时艰难困苦，只有从万死中觅取一生，既而环境渐渐好转了，精神也就渐渐放下了。有的因为历时长久，自然地惰性发作，由少数演为多数，到风气养成"。因此，"一人，一家，一团体，一地方，乃至一国"，要想在自己现有的基础上继续前进和发展，就不能忘却创业的艰辛，就必须破除自身的惰性和奢靡，聚精会神地用心做好自己的事情，才能跳出"历史周期律"，进而走上一条康庄大道。

当然，仅从职业发展的角度来说，"焦大"式的人物的落魄，有着他们自身的原因，也能给今天的我们提供一些启示。焦大自恃劳苦功高，常常居功自傲，动辄叫喊"焦大太爷跷跷脚，比你的头还高呢。"或者对贾家的后代们嚷嚷"不是焦大一个人，你们就做官儿，享荣华，受富贵？你祖宗九死一生挣下这家业，到如今了，不报我的恩，反和我充起主子来了。"等等。虽然焦大一颗忠诚、耿介之心，然而，在种种看不惯的现实面前，他陷于"一味吃酒，吃醉了，无人不骂"的境况之中，就只能是一味躺在功劳簿上倚老卖老，落个被人"用土和马粪满满的填了他一嘴"的尴尬下场。

刘姥姥的"谋事"观

在《红楼梦》中，刘姥姥是一个距贾氏家族"千里之外，芥豆之微，小小一个人家"的守寡老妇，然而，刘姥姥"三进荣国府"贯穿于整部作品，在作品中占据着十分重要的地位。她一出场，就以其"谋事"观显示出她历经生活沧桑之后的眼光之老辣，见识之不凡。

刘姥姥因年老随其女婿狗儿一家生活。"因这年秋尽冬初，天气冷将上来，家中冬事未办，狗儿未免心中烦虑，吃了几杯闷酒，在家闲寻气恼"。刘姥姥看不过，就劝女婿狗儿："咱们村庄人，那一个不是老老诚诚的，守多大碗儿吃多大的饭。你皆因幼小的时候，托着你那老的福，吃喝惯了，如今所以把持不住。有了钱就顾头不顾尾，没了钱就瞎生气，成个什么男子汉大丈夫呢！如今咱们虽离城住着，终是天子脚下。这长安城中，遍地都是钱，只可惜没人会去拿去罢了。在家：跳塌会子也不中用。"

刘姥姥一段话，至少有三层含义：一是劝人"老老诚诚"生活，首先面对现实，不要好高骛远；二是生活要有计划，不能"顾头不顾尾"；三是生活要有办法，空想和着急没有什么意义。可谓质朴中包含生活哲理。

谁知"狗儿听说，便急道：'你老只会炕头儿上混说，难道叫我打劫偷去不成？'刘姥姥道：'谁叫你偷去呢。也到底想法儿大家裁度，不然那银子钱自己跑到咱家来不成？'狗儿冷笑道："有法儿还等到这会子呢。我又没有收税的亲戚，做官的朋友，有什么法子可想的？便有，也只怕他们未必来理我们呢！'刘姥姥道：'这倒不然。谋事在人，成事在天。咱们谋到了，有些机会，也未可知。'"

刘姥姥与女婿狗儿的对话，反映了两种"谋事"观念的碰撞：一个是思路不宽，想法不正，妄想指望"收税""作官"的亲戚朋友主动给予施舍，而这又是不可能的，结论是没有"什么法子可想"；另一个是要"想法儿大家裁度"，谋事在人，"谋到了"，就可能有机会。于是，刘姥姥提出去贾府"走动走动"寻找机会的思路，又是刘姥姥克服掉犹豫和徘徊，表示"倒还是舍着我这副老脸去碰一碰。果然有些好处，大家都有益，便是没银子来，我也到那公府侯门见一见世面，也不枉我一生。"这一切都充分显示出刘姥姥宽广的思路和正确的"谋事"观。

人生在世，不如意事常八九，生活和事业的发展也常有徘徊不前，甚至处于低谷之时，是自绝出路，"在家闲寻气恼"，是指望天上掉馅饼，"收税的亲戚，做官的朋友"主动将"银子"送到手上，还是面对现实，开动脑筋，认真谋划，突破藩篱，创造机会，这是考察一个人是否具有创新意识和成功素养的重要标准。前两者陷于急躁、牢骚、等待和幻想之中，而机会也在这急躁、牢骚、等待和幻想之中失之交臂；后者则认真分析所处环境和条件，创造机遇，寻求突破。道理很简单，但现实生活中，却往往前两者居多，后者较少，究其原因，在于责任意识的强弱不同。人们要无愧于心的自立于所处的环境，无论对个人、家庭，还是对部门、团体，都应该拥有一种强烈的事业心和责任感，将这份个人成长、家庭幸福和部门、团体事业发展的责任牢记在心，才是激发我们创新思维、寻求突破的动力。当然，从根本上说，强烈的事业心和责任感最终要来源于坚定的理想信念，来源于良性的制度激励和监督，这是一个人事业心和责任心的不懈动力。

刘姥姥正是怀着全家生活幸福的梦想，以"咱们谋到了，有些机会，也未可知"的理念，抱着"果然有些好处，大家都有益，便是没银子来，我也到那公府侯门见一见世面，也不枉我一生"的泰然心态，立即行动，以她的质朴和智慧，获得了贾府的认可和资助，同时也以她善良的心灵和知恩图报的行为，在贾家败落，许多人落井下石的情况下，为救赎贾府后代尽了自己的力量，为贾氏家族的最终结局留下了一个光明的希望。

蔡先金

行者守心

近些年，诗的社会生态环境如何，我真的不太知晓。我只知道20世纪的后半叶，诗歌热潮曾经出现过，可谓热得一塌糊涂。

无论诗歌是热还是冷，我只是想用诗的方式，来表达自己的一时意绪而已，别无他图。但是，当我想写诗或者写了一首诗的时候，我就感到一种欣慰，因为我老是担心自己有一天再也没有了诗的灵感。

诗，是我心灵休憩的小站，也是休闲的枝条上开出的透明小花。世界如此忙碌！在这忙碌的世界中，我还能偷得片刻闲暇，过上一种短暂的具有诗意的精神生活，这是多么美好的一件事情啊，又何乐而不为呢？一直干燥的天气，总希望来上一阵小雨，小雨一来，何不快哉！

凡为栖居，皆有诗意；凡人所在，皆有诗心。写诗，其实没有那么高尚与伟大；读诗，也并没有那么敦厚与风雅。我们每个人都可能是诗人，在平凡中显示出非凡的意义；我们每个人都可以是读诗人，在一般日常生活世界中享受到诗的审美。你我都可以做一名无名的诗人，也可以做一位有名的读诗人。无名诗人的诗可以很鲜活，有名的读诗人也同样可以很愉悦。鲜活的是诗人的生活，愉悦的是读诗人的感觉。你是诗人，只是你愿意不愿意将你的诗句说出来或写出来而已，那可能是一个非常好的诗句。你是读诗人，只是你喜欢不喜欢在何时何地朗诵诗句而已，那可能是一场悦耳动听的诗会。每个人都具有生命力，每个人都具有欣赏美的权力，这些力量早已压过了很多著名诗人的诗句。当每个人说出的话语，只要值得玩味，值得阅读，就有可能是美妙的诗句！写诗，如此而已！读诗，如此而已！

每个人生来就是一首诗，意味无穷。我们既然要诗意地栖居在这个星球上，那么就应该去做一位真心的具有生活诗意之人吧！一旦有了诗意，生活就会大不一样；一旦成了一位"现实版"的诗人，每天的生活就可能会灿烂辉煌。

人，还存在；诗，还存在；诗集，就应该存在了。

这就算是我为自己写的诗所做的所谓辩护词吧！也许这会惹得大家哂笑，不笑不足以慰藉！也许这会带给大家些许心动，不动不足以共鸣！

但愿这些挂在时间边缘上的点缀性诗句，能够呈现出些许生活的熠熠光辉！

但愿这个世界道心伴诗心！大道之行也，天下诗意盎然！

齐如林

文以载道

多元的时代，多元的价值观，多元的道德标准，多元的生活方式……现如今，提倡"多元"已然成为一些人宽容一切的借口。文学亦然，纷繁复杂、多元杂陈，一个似乎包罗万象，又似乎什么东西都没体现的文学世界呈现在我们的面前。毋庸讳言，文学的多元化没有什么错，甚至是时代进步文艺繁荣的一个特征，但是，多元必须建立在一定的"内核"之上，就像我们的民族文化，再多元也要保住老祖宗传给我们得以证明我们是炎黄子孙的文化基因，文学也必须坚守它所应有的原则和底线。

鲁迅说："文艺是国民精神前进的灯火"。不论时代发生多么大的改变，文学都应理直气壮地强调它的思想性、目的性，坚持"文以载道"，这便是文学的原则和底线。一个能被称之为"作家"的人，是必须并注定要完成探讨命运的使命的。调侃也好，悲悯也好，其心中必须自有承载。

这种承载必须是真实的，发自真实的情感、源自真实的灵魂。时下的文学作品太过苍白，不仅在于思想内容的缺乏，更在于这种真实的缺乏。我们所看到的底层文学很多是由住在花园小区里的作家们"做"出来的，我们所听到的愤懑的呼喊，很多是由为金钱而积极写作的人们发出的。文章不可"做"，因为一"做"，不但必然要出现矫揉之状，忸怩之态，而且犹如园中瓜蔬变成罐头，失去了那份鲜美。文学的鲜美，就在于是作者笔下倾泻而"流"出的。无论人生、社会，家事、国事，个人际遇、民族命运，归入文章，无非一个"真"字——真的生活，真的性情，如花之在树，草之在野，根深叶茂，生机勃发。

提起"文以载道"，很多人便想起虚伪、矫情的文字，想起"瞒和骗"的文学，但那不能说是"文以载道"的恶果，而恰恰是作家背离了"文以载道"的坦途，走向了它的反面。因为文学"载道"的任务，就是要以独到的目光审视世界，以智慧的启迪透过纸背寻找到真相，关于生活、生命和自我的真相，让人们不再迷失。或者有人说，只"载道"势必抹杀文学"抒情""传情"的直接目的，但纯之又纯的作品在现实中是没有的："已是黄昏独自愁"，那愁，发于内心而来自外物；"躲进小楼成一统"，这躲，明显的是对黑暗社会的不满和反抗。况且，若说"传情"之文与"载道"之文相左，岂不知所有的人总要有所追求，有所进取，此中之情当然有所趋向，有所选择，这不是又回到"道"上来了？

余华在谈及《兄弟》的创作体会时说："写作就是这样奇妙，从狭窄开始往往写出宽广，从宽广开始反而写出狭窄。这和人生一模一样，从一条宽广大路出发的人常常走投无路，从一条羊肠小道出发的人却能够走到遥远的天边。"是否可以这样理解，这条狭窄的创作和生活之"道"，正是文学所应具有的鞭笞假恶丑，努力使人性的善良、崇高与美好得到张扬之"道"；而淹没在时代流行与时尚、金钱与功利的"阳光大道"，却会把文学带入不得"超生"的危险境地。

文以载道，文字当永以真实的特质抵制喧闹的物质生产和消费对人们精神的侵袭，以感人的力量唤起人们心灵中对真、善、美的皈依，永远激励读者向上向前。这才是文学之道。

当文学的轻岚四处升漫

一

一直萦绕我心头的是，应当如何看待校园文学，校园文学应该书写出什么样的天地。

工作后，几乎每天都在接触大学生的文学作品，却极少见能让人眼睛为之一亮的作品。题材大都囿于爱情、乡愁、四季，对象一般是白云、小草、露珠、星星，指向大多是故乡、母亲、友爱和聚散，格调是孤独哀伤或幸福甜蜜……这样的海量作品，起初感觉还有点甜味，接着变觉得有些腻人，进而是枯涩，最后近乎麻木。

精巧有余却严重缺钙，仿佛得了一种软骨病，这是大学生文学写作的通病。诚然，校园文学的独特之处，就是以心灵的独白，让人真切感受到一种生命的直率和梦幻的色彩。但当几乎所有的文学作品一同呈现梦呓式的笔调时，就不能不让人担心校园文学的生命力了。我想，出现这种现象的原因，除了常说的传统文化底蕴不足、知识面不广之外，最为重要的还是缺乏社会责任感、历史使命感。尽管社会阅历不足，却故步自封，囿于自己的小圈子，不去关注时代和社会。同时，一些同学对时下一些文学弄潮儿的作品奉之若神，并模仿其风格进行写作，致使文章肤浅，缺少深度。

真正的英雄，是从枪林弹雨中冲杀出来的。真正的好作品，应是从世俗社会里陶冶出来并引领社会的。犹记2001年自己在第六期《九歌》卷首语里所写："对于经历过五千年风雨的中华文明而言，她要韬光养晦、蓄势待发，必然要选择一群苦难中长成的多钙质的民间歌手。我们不敢说单靠几本九歌能匡正时谬、重塑民魂，但我们可以以一片赤诚之心，躬行在新时代文学的河岸上，奉献一个纤夫全部强健而坚韧的伟力，以我们全部的血肉和骨骼，构筑校园文学的光华。"我们不能要求大学生立即喊出振聋发聩的声音，但一扫校园大学阴柔之风，写出有力量、有深度、立足于社会的作品，当是我们每个爱好、关心校园文学的大学生不可推卸的责任。

二

威廉·福克纳说，他一辈子都在书写那个邮票般大小的家乡。现如今，威廉·福克纳的家乡已经在文学的世界里得到了永恒的放大，成千上万的读者因他的作品而受到那个家乡的浸润。这是对超越时间与记忆的文字力量的最好阐释。

对于更多的人来说，青春岁月里痴迷于校园文学并非为了心中的作家梦，而是为了把青春岁月里的生命之诗留住，为了让美丽的东西为自己停留的同时，并感染前后相继的同梦人。正是在追梦的路中，我们认识了美、真和善，发现了自己的心灵，明白了情感的分量和爱的意义，并由此萌发了对生活的挚爱之情和对人性的赞美。这是对蒸腾着青春与力量的校园文学的最好注解。

事实上，真正意义上的大学，必然同时存在两种"气场"，那就是追求科学精神气场和崇尚人文精神的气场。在我们的学校，九歌文学社、校园文学研究会和百合文学网，还有其他很多的属于大学生自己的校园文学阵地，便是让人文精神的气场充盈于莘莘学子周围的发源地。

当一所大学的校园里，无声无息源源不断地流淌着文学的河流时，我们就会感受到文化的轻岚四处升漫开了。那时，你我都会心神俱醉，并为自己属于或曾经属于这样的一所大学而骄傲……

人生的诗与学问的真

柏拉图说过：书就像肖像。在一本书里，有那个作者的精神面貌。金克木先生的《人生与学问》一书便是如此，或短或长的文章，通畅中蕴含深奥，随意中透出匠心。一位学者的渊博和理性，一位思想家的敏锐和机锋，一位诗人的激情和想象跃然纸上，力透纸背。

印象最深的是书中一篇题为《诗与真》的小品文。作者借用歌德的自传题目《诗与真》，谈到在古今中国人的观念里，真和假是对立的，很少人把诗和真并列。而曹雪芹是个例外，"假作真时真亦假，无为有处有还无"——他以太虚幻境为基调和背景，创作出传世巨著，和真并列的、无韵律的诗篇《红楼梦》。"真"是不懈追求，"诗"是表达方式。心怀"诗与真"审视人生与文化，可谓独到传神。

传统文化离我们越来越远了吗？曾几何时，国人不无忧虑地提出这样的命题。《人生与学问》剖析了藏于浮华深处的真相。传统是什吗？是从古时一代又一代到现代的文化之统。这个"统"有种种形式改变，但骨子里还是传下来的"统"。我们都知道，甲骨文是目前所知中国最早的文字之一，内容主要是商王的占卜纪录，当时的人们什么事情都要靠烧灼甲骨占卜一番。如今，甲骨占卜很古老了，早已断了，连卜辞的字都难认了，可是传下来的思想的"统"没有断。抛出一枚硬币，看落下来朝上的面是什么，这不是烧灼龟甲看裂纹走向吗？

文化之"统"未断，真正值得忧虑的命题是如何在承传中获得新生。"从宇宙看地球，从世界看中国，从外界看自己，正好同从地球观察宇宙，从中国看世界，从自己出发看外界，是并行的两道眼光。"金克木先生用这两道眼光，探索文化难题，提出怀疑与创新才是建设强大文化的正途。"不识不知，顺帝之则"，不会产生什么文化，除非有上帝创造。提问题，答问题，才有思想，有文化，有科学、哲学、艺术、宗教。泱泱文明古国，要想重振文化雄风，必须在汲取中外古今优秀文化成果的基础上，于融会贯通中升华出新的力量。

解决文化难题，还需要"真"学问。比如文中涉及的人类学，作者便甚为推崇。没有一个人只能是一张白纸或一台机器一样的生物的人，而是从生下来就要接受无形的社会传统教育的社会的人。人都是戴着眼镜看事情的，看法指导行为。人类学者就要分析研究这些不同眼镜的镜片，并且归纳出类型，总结研究人类的行为、思维规范，为个体的解放和社会的进步提供理论依据。

做学问求真，是求真理；做人求诗，是求真我。《人生与学问》中更是处处闪烁着人生哲理,"世界上的人,不论生活圈子大小,眼光远近,地位高低,恐怕是不安的多而安的少。不过有的人是自安于不安,不觉得。也有人喜欢别人不安,唯恐天下不乱,可并不想乱自己,结果却往往事与愿违。"从容直白的只言片语,敏锐地道破生活的真相,"相对无言大概可以保持友谊。怪不得有人说:妙论是银子而沉默是金子。原来沉默不仅是寂寞的伴侣,也是对付寂寞的办法。能用呐喊对付寂寞的恐怕只有鲁迅那样的人了。"

来固欣然,去亦无憾。回顾少年,金克木先生反引龚自珍的诗句"少年哀乐过于人,歌哭无端字字真",称作自己是"少年惯做荒唐梦,不哭不歌字字虚。"评说老年更是洒脱,"非儒、非佛、非仙,廿四番花信关心,天上传呼,我欲乘风归去;是梦,是真,是幻,八十载春光弹指,人间如寄,谁能系日长留?"想来金克木先生作为著作等身的著名学者、诗人、散文家、翻译家,如此评价自己、看待人生,真是达到大境界了。

晶莹而华美的阅读

你可记得,家乡上空那片蓝色的天空,曾给予你无限的遐想;河面的小舟迎着岁月的风雨,曾给予你遥远的希冀;两只脚深扎古老河流的小桥,曾给予你负重前行的启迪……这些,作家苏童都记得。在散文集《虚构的热情》里,苏童以深沉的文字和灰白的图片,带领着我们进入风尘仆仆的往昔,一起走进了那些曾被我们忽略掉,抑或刻意压在心底不敢触摸的记忆和感念。

"黑色的老'凤凰'说:你走慢一点,想想过去!橘红色的'捷安特'却说:你走快一点,想想未来!"(《自行车之歌》)"直到现在我的记忆中还经常出现打谷场上的那块银幕。一块白色的四周镶着紫红色边的银幕,用两根竹竿草草地固定着,灯光已经提前打在上面,使乡村寂寞漆黑的夜生活出现了一个明亮欢快的窗口。"(《露天电影》)……不禁惊诧于苏童的感受能力和表达能力,从他的文字中间,每个人都能不断触摸到曾经隐隐于心的声音,或是藏于内心的话语。虽深沉但不失明快,虽沉重但能带给人生命的真切。

而当种种感动被充分地表达，除了因情感上的共鸣而产生流泪的冲动，还有胸臆得以抒发的快感与轻松。

这些有着沧桑美感的文字，因为表达出共有的潜意识而引发了我们的共鸣。而这些潜意识，很多时候比很轻易就被表达出来的表层情感更为重要。如果说惯常的情感表达贴近肌肤，那么这些潜意识的书写就更加深入内心、贴近心底的声音。这些声音有时候是睹物思情的突然爆发，更多的还有长久压抑于心的冥冥之音。比如作者在《雨和瓦》中的感悟，"假如有铺满青瓦的屋顶，我不认为雨是恐怖的事物；假如有母亲曾经在雨中为你缝制新衬衣，我不认为你会有一颗孤独的心……"

忙碌于近乎沸腾的社会氛围中，被欲望裹挟的我们渐渐失去了追问心灵的勇气和能力，越来越多的人有了精神惶恐的失重感。《虚构的热情》这样的书籍，正是安顿内心、激发热情的良剂。但这里的文字没有丝毫的说教感——真正美好的文字，总是从安顿自我出发，并非刻意产生教益，却因心灵的真诚沟通而使面临着相似问题的读者生发感悟，使读者在对精神家园的渴盼和寻找中，认识真、善和美，发现自己的心灵，明白情感的分量和爱的意义。

很多读者遇到苏童，都会提出小说里的故事是哪里来的问题。苏童说自己总是以"虚构"两个字来"搪塞"，但总对一般意义上的虚构二字无法完全表达自己的意思而苦恼。当读过《虚构的热情》里面的文章，细细品味苏童带来的青春的忧郁、生命的躁动与理想的影子之后，我突然明白，苏童所谓的虚构不仅是一种写作技巧，它更多的是一种创作热情，以及热情背后对世俗生活的沉淀与提炼。我想，苏童的这种虚构，正是为了更深切地进入更多人的生活，感受和表现更多孤立无援的精神领地，并用一把文学的钥匙，打开和温暖成千上万颗孤寂的心灵。

苏童说："为读者描绘一个哲理与逻辑并重、忏悔和警醒并重，良知和天真并重，理想与道德并重的世界，让这个世界融合每一天的阳光和月光，是作家的唯一选择。"从他的《虚构的热情》里，我们读到了阳光下露珠的晶莹和月光中沉静的华美。我想，读者的感动，也正是苏童持续不断地拥有虚构热情的源头吧。

康健

飞 天

马克·奥里尔·斯坦因。敦煌莫高窟。1907年5月21日。春意正浓，然而花已落尽。

英国的斯坦因有着鹰一样的思维和见识，他是世界上伟大的探险家，而且是世界上更伟大的商人。他甚至不会估计到他购的物品在他死后会增值几千万倍。

1900年到1916年斯坦因三次闯入我国新疆腹地，恣意发掘并盗走了包括藏在敦煌密室里的我国大量珍稀文物。当那些卷轴经书以几十大车为单位时，我知道流失的，已超乎有形的财富与无形的信仰。于是飞天飘动的羽衣裙袂，再也不能为一个衰弱的民族遮羞。历史再悠久，也不过是茶余饭后的谈资；国土再辽阔，也不过是军阀乱世的演兵场；人民再勤劳，也不过是在增加王陵里的殉葬品。

我倒不愿意有人醒着，而让他独自承受这种历史日积月累的重负。汉魏的赋，唐的诗，宋的词，当一切文字都用来构筑一个王朝的童话时，所有的歌功颂德都不过是悬于庙宇的高声唪经。

1907年5月21日。春意正浓，然而花已落尽。余秋雨言："他要拦住那几十辆大车，要保护那些珍罕的文化遗产，祖宗之物不可贱卖，祖宗之法不可辱。"我先前也想，如果是我，我宁愿跪着，也要阻住这个民族流血的伤口。然而当现在我们的敦煌学家在研究我们的敦煌学，却不得不奔波于国外一个又一个的图书馆、博物馆时，我又恨，恨不能把那几十大车的卷帙焚烬，再把斯坦因打个稀烂，让他们升起冲天烈焰，来暖和一些僵硬的心。那些星点分布于各国博物馆的几十大车卷帙，早已不是一个民族的荣耀，而是耻辱。

我想望我沉重的笔尖会如犁铧，然而在这块土地上掘地30尺我都不会如那些欧罗巴人富有。瑞典的斯文赫定在古城楼兰在塔克拉玛干，英国的斯坦因在新疆在敦煌莫高窟，他们在中国历史的长廊里，挥动着锹头镢头碰出了灿烂的火花，却留给中国研究学界一个暗夜。

我见过守护敦煌莫高窟密室的王道士的照片，很和蔼的样子，灿烂的笑脸开放在1907年5月21日灿烂的阳光里，和每一个普通的中国老百姓没有什么两样，也许他还窃喜给了斯大人坦因以"无微不至"的关怀，自以为好客而热心，但他手中紧攥着的，必然是斯坦因所施舍的几枚廉价的银圆。王道士的照片由斯坦因所拍摄，我不知道在闪光灯闪烁的时候，这种强光是否让王道士稍感不安、惶恐或者眩晕？！我却眩晕了。

于是我印象中的敦煌鸣沙、古城古堡、洞穴废墟、民居村落、墓葬坟丘，以及一抹丹青半爪鸿泥，都因为飞天颜色的被氧化，而渐渐褪色，了无踪迹。

秦治洲

垂钓大学

一

人生其实很简单，童年也好，老年也罢，"做人就做向日葵，又简单又有毅力，在阳光下灿烂一辈子"，此不失为一种幸福。

大学永远不同于中学。打开大学之门的密码钥匙只会是"芝麻"，绝不会是大麦，更不会是烟草和口红。大学不是游戏的过山车，静坐的象牙塔，她是勇者攀登的火山，智者沐浴的喷泉。理念在周身游走，才能成就象征的神秘，古典的雅正，浪漫的丰姿绰约。在这里，真正的大学生，激情与理智一道上涨，光荣与梦想一起远航；在这里，优秀的大学生创造着属于自己的权利和历史，驶向真理的鹄的。

这个世界，不会有守株待兔的学习，耽于黄粱一梦者，只会刻下岁月的伤痕。不会有拔苗助长的成功，耽于肥皂泡者，只会收取竹篮打水的空欢。不会有亡羊补牢的生活，残酷的竞争天空下，安逸糊涂只有一个淘汰的结果。

就像每年的毕业生招聘会，的确一片热闹、喧腾的盛景，但那些经得起冲洗的底片，往往以耐洗或确美取胜。

二

大学三大部件也：曰自然、艺术，曰名师、望生，曰体制、文化。三者交辉，则业成而名至。大学的天空美丽而动人，一山一水有品格，一草一木显精神。学子逢聚，同沃学园。躬行立功者，沉思精言者，修身养德者，以是有话语权。性之所至，才之所达，演绎个个入境，非情雅意高、心定志远之士，不能别开生面也。

天之道，无生有。常无以观其妙，常有以观其徼。大一至大四，一脉相承，大有天地。动脉、静脉、毛细含血不匀。大一吸氧，稍事蠕动，由中学至大学，暗亮过渡，有无限可分之色；大二干湿，大三浓淡，相互铺排拢靠，由淡到浓，由干到湿，亦有无穷可分之亮度。大四精气神聚，任督脉冲，循环往复，善始善终。至于投身社会，报效祖国，动静二脉，颖脱鲜活，心室心房，出风显韵，是谓可立可破，人物自成也。

大学的本质，在于把一群年轻人聚在一起，让他们的创造力互相激励，产生使终身受益的智慧。她给我们阳光，给我们雨露，给我们诗意栖居的家园。每一个热爱生活的人，勤于学习，善于发现的人，相信都能在这里寻到属于自己的一份美丽。

高品质的大学生，高品质的人

生活在越来越开放自由的经济社会的当代大学生，没有资讯封闭的精神苦闷，没有太多传统文化的记忆，没有多少刻骨铭心的政治、历史负累，他们的成长与中国的黄金发展同步，独生子女的背景又令许多人享受了集约的宠爱。不可否认，他们确实在许多方面超过了前辈或父辈，比如思维独立，敢于说出自己的想法，懂得用法律保护自己，在信息时代里如鱼得水等，即便是父母，有时也不得不向他们请教。许多人也为此自我感觉良好。要么沾沾自喜，强调自我表现，活得颇为踌躇满志、意得自满；要么打着怀疑、追求和创新的幌子，对前辈们、权威们不以为然，对社会暂时存在的问题指指点点，对一些崇高神圣的东西嗤之以鼻。

坐下来凭心讲，这种自由新锐、青春照人的力量表象背后存在着众多"虚妄的欢乐"和"黯淡的现实"。虽然不排除众多客观原因的限制，但主观不努力永远是个人发展的大忌。许多人对自己的生活目标和在这个飞速变革社会中的位置感到迷茫，在时间与空间的坐标里一度随遇而安，随波逐流，随心所欲，糟蹋大好的时间和生命。其中许多人还没有多少可以炫耀，可以拿到桌面上来同这个竞争日益激烈的社会叫板的资本，时代偏见、个人短视和肤浅在我们身上随处可见。许多人缺乏强烈的历史使命感和社会责任感，缺乏远大的理想和持久的激情，许多人角色意识、忧患意识和公心意识不够，时间观念、规则观念、民主科学法治观念淡薄。如此生存和发展状态，一名大学生很难在四年中建立拥有对这个飞速变革的社会或时代足够的应答、挑战和建构能力，一旦对接便很可能在激烈的竞争中穷形尽相，形销骨衰。被迫调整或妥协后的结果可想而知，要么随遇而安、知足常乐，要么乏善可陈，流于庸常。

一个人最高的品质追求，不在于日常经验的累积和人生的点滴进步，而首先在于思维的卓越，行动的丰润和人格的高尚，在于对使命、责任、荣誉、正义的无止境追求，在于对道德、法律、民主、科学、真理的原则性坚持，在于对祖国、人民和生命的高度负责。

当代大学生应随时随地清醒地认识自己，定位自己，书写自己，使自己及早有效地踏上"自我教育、自我保护、自我完善、自我发展、自我滚动、自我累积、自我增值"的良性轨道上来。每个人从大一到大四推进的书页上，每一页都能看到自己进化的记载。凡事预则立，不预则废。既要为好学又要做好人。做人就要做高山，做天空，做大海；就要像那条能够从南极洲穿越一万公里到达北极圈让人感到莫名其妙却令人敬重的鱼，像那只飞来落去振羽散美的澜沧蝴蝶，像那只在暴风雨中叫喊着飞翔着的黑色精灵海燕；要像雄鹰一样搏击长空，骏马一样嘶鸣天地，孺子牛一样鞠躬尽瘁；永远坚信"只要有上帝，我们就可以拍到他的照片"，"实践'三个代表'的最好方式莫过于忠实勤恳地工作"，"命运只对真正伟大、高尚、美妙的人们微笑"是一个个亘古不变、辉耀千古的真理。

像普通人一样，在向着理想与信念前进的途中，高品质的人同样会历经稚幼薄浅带来的尴尬，欲望诱惑带来的失位、挑战竞争带来的挫折；面临过思想的迷惘、情绪的低落与行为的失措。但高品质的人总能及时清醒、振作，理想不灭，激情不褪，斗志不减，暴风雨洗礼后的灵魂更加清醒，更加坚韧，更加高贵绵长。他们咬咬牙，把生活的琐屑抛在身后，将苦难和痛苦深埋在心底，即便是那些命运动荡坎坷之人，别人也从他们身上触摸不到多少哀怨沮丧的眼神和愤世颓废的信音。呈于我们面前的一直是一个英雄擦干眼泪后的刚毅与从容。他们真真实实的喜怒哀乐和呕心执着的跋涉历程构成了令人尊敬的品质和风景。

高品质的大学生，高品质的人，眼光敏感，思维敏锐，行动敏捷；高品质的大学生，高品质的人，富贵难淫，贫贱难移，威武难屈；高品质的大学生，高品质的人努力拥有"俯仰天地的境界，悲天悯人的情怀，大彻大悟的智慧"，始终怀着对祖国对人民的热爱，对科学对人文精神的尊敬，努力做"一个高尚的人，一个纯粹的人，一个有道德的人，一个脱离了低级趣味，一个有益于人民的人"，一生做着有作为、有创造的事业，追求着辉煌、诗意的人生，努力上无愧于天地良心，中无愧于祖国人民，下无愧于父母和自己。

（2005年8月作）

许静

让生命怒放

"我想要怒放的生命，就像飞翔在辽阔天空，就像穿行在无边的旷野，拥有挣脱一切的力量……"这富有穿透力的歌声，仿佛是在酷夏中迎面吹来的一阵清冽的风，让心在喧嚣浮躁中宁静下来。是的，如歌里所唱，成熟的生命状态就应该这样：独立而明亮，饱满而辽阔，保持着一种怒放的姿态。

让生命怒放，离不开信仰的支撑。信仰是人对某种思想的信服和尊崇，并把它奉为自己的行为准则。塞缪尔·斯迈尔斯说："能够激发灵魂的高贵与伟大的，只有虔诚的信仰。在最危险的情形下，最虔诚的信仰支撑着我们；在最严重的困难面前，也是虔诚的信仰帮助我们获得胜利。"信仰越笃定，精神力量越强大，越能激发人的主动性和创造性，越能鼓舞斗志、使人振作奋发。正是对共产主义的坚定信仰，中国共产党人在革命低潮时能够沉着镇定、力挽狂澜；在实践探索遭遇挫折时能够总结经验、从头再来；在执政新时期能够谨记谦虚谨慎、艰苦奋斗，从而带领人民从一个胜利走向另一个胜利。信仰之于人类，犹如太阳之于万物，给生命的成长指明了方向，是生命怒放的动力源泉。

让生命怒放，离不开崇高的思想境界。在历史的天空，生命怒放留下一段芬芳让人仰慕还是留下一股恶浊让人鄙视，取决于思想境界的高低。高尚的思想境界是着眼于整个社会的利益，为社会的进步奉献自己；低下的思想境界是囿限于一己私利，甚至为此损害别人乃至社会的利益。只有立足于历史发展的高度，辨清时代主流，使个人价值与时代使命紧密结合，使自己成为推动历史车轮前进的一分子，生命怒放才有意义，才有可能穿越时空升华为永恒。范仲淹"先天下之忧而忧，后天下之乐而乐"的自我砥砺历经千年仍让人热血沸腾；"绝不给中华民族丢脸！"刘老庄连的铮铮誓言至今振聋发聩；"我会牢牢记住帮助过我的人，我要帮助更多的人。"洪战辉朴实的话语中透出满腔真诚……他们的生命绽放得如此清朗，又如此热烈，让人折服。至于像陷害忠良的秦桧、逆历史潮流站在反动立场的汪精卫、利用职务之便贪污的余振东之流，他们在时间的长河中只能昙花一现，而且终不免遭人唾弃。

让生命怒放，就要珍惜时间勤奋工作。有人说，人生生命的价值公式是："长度＋高度＋宽度"。生命的长度指的是人的寿命。人的寿命有限，这是个自然规律，无人能改变。人们只能在提升生命的高度、拓展生命的宽度上发挥积极性、主动性。在有限的生命里去做无限地努力，才会使短暂的生命得以加宽。如果说信仰、境界标志着生命的高度、给生命指出了努力的方向，那么，达到这个生命高度、实现生活理想的方法就是珍惜时间勤奋工作。古今中外，生命中能有所建树的伟人都争分夺秒地去实现自己的理想、去创造想要的生活。

人生的境界高了，视野就会开阔，胸怀就会宽广。有崇高的信仰做支撑，就不会因为一时的挫败而萎靡不振，给生命的底色涂上灰暗的色彩；有了崇高的信仰做支撑，就不会为了一点名利而算计钻营，给生命的基调增加不和谐音符。有了崇高的信仰做支撑，就会拿出"只争朝夕"的劲头与时间赛跑，充分利用点滴时间勤奋工作，给社会创造价值、贡献力量。如果知道"无限风光在险峰"，还会在意怪石巉岩的阻碍吗？如果相信"百川归海"是大势所趋，还会让坑坑洼洼羁绊住奔流的脚步吗？如果懂得奉献自己、回报社会才是生命的最终意义，为何不让生命以崇高的信仰做支撑去华丽地怒放？

王黎

爱情与时尚

爱情与时尚，看起来好像是风马牛不相及的两个词。但是，它们之间的联系可谓千丝万缕，密不可分。

我们扪心自问，自己受到的最早的爱情启蒙是什吗？在我们这个保守的国度，父母与子女交流恋爱心得？老师在课堂上传授恋爱方法？这简直不可想象！我们的恋爱老师差不多就是这三位：流行歌曲、流行影视、流行小说。

每个时代流行的东西不一样，每代人的"初恋"也大相径庭。对于50年代出生的人来说，《朝阳沟》里的大辫子姑娘、《红色娘子军》里的政委是理想爱人的范本。对于60年代出生的人来说，《庐山恋》里的郭凯敏、张瑜才是令他们怦然心动的金童玉女。至于70、80人呢，选择的范围突然扩大了很多，金庸、琼瑶、三毛带着他们强劲的流行风潮纷至沓来，影、视、歌坛明星璀璨，甚至体育明星也熠熠生辉，最佳情侣估计要靠投票选举。

于是，流行文化的影响就这样悄悄扎根在我们心里。我们不知不觉，就会拿心中理想的套子，一个个丈量身边的人；希望恋人能像自己的偶像一样风度翩翩或者温婉动人，希望能和恋人重温银幕上最经典最动人的桥段。

拥有这种期待的人多半是女生，她们按着流行文化的风向标，不知疲倦地寻找自己心目中的 Mr.right。不会说甜言蜜语来打动我们芳心的"书呆子"——wrong! 太顾及面子和原则，不肯曲意逢迎女朋友的"愣头青"——

wrong! 不知道浪漫为何物，没有烛光晚餐，生日不送礼物，情人节不送玫瑰的"小气鬼"——wrong!

然而，你也许会在某一天突然发现，常给女朋友送礼物的人，花的是父母的血汗钱；一向"小气"的家伙，正在靠打工积攒学费和生活费，爱心捐款的时候却出手"大方"；至于那个整天钻在书堆里的"呆子"呢，竟然在辩论赛上出口成章、引经据典、锋芒毕露——

他们到底是 wrong 还是 right?

现实生活中，导致感情淡漠的往往不是生离死别，而是罅隙暗生；阻挠爱情开花结果的不是满脸横肉的三姑六婆，而是恋人自己心中的胆怯犹疑、见异思迁；支撑感情的不是一见钟情，而是相互之间的信任和了解；让爱情历久弥新的动力，不是鲜花和礼物，而是在相互鼓励和支持中共同成长与进步。

休闲的时光里，我们尽可以在流行文化里沉醉，听流行歌曲里撕心裂肺地唱："死了都要爱！"看电视剧里上涕泗横流地上演——《蓝色生死恋》。但是我们要清醒地知道，非常态的剧本，只能在剧场和银幕开演。现实生活中的你，如果把自己当成主角，硬是要按照流行文化，自编自导，就会距离真正的爱情越来越远。

按图索骥的故事大家不陌生吧？那位背熟了《相马经》的人，自认为拥有了伯乐的慧眼，出门去找千里马，结果找来找去，找到了什吗？一只癞蛤蟆！

我们不是灰姑娘

迪斯尼真人版电影《灰姑娘》火了！一个人人都知道的老故事，翻拍了N次，为何还能如此吸引人？或许，无论男女，心里都有一点灰姑娘情结，期望命运来拯救自己。女人，尤其盼望着白马王子的出现，像灰姑娘那样一嫁改变命运，从此有人替自己遮风挡雨，幸福地活在一棵大树的荫蔽之下。"富一代"奋斗了半辈子，已经老了，还有原配，靠上去只能当"小三"。于是乎，"富二代"当之无愧成为"国民老公"。

现实中有灰姑娘吗？这个问题略等于：现实中有人彩票中头奖吗？说略等于，那是因为中了头奖，获得的也不过是钱。一次性把爱情、宝马、宫殿、王子、王冠都收入囊中，光彩照人站在命运之巅，那运气得好成啥样，起码等于一次性购买十个国家的彩票都中头奖。有人说了，我不要别的，就要优越的物质生活，"宁愿坐在宝马车上哭，也不坐在自行车上笑"。可惜现实不是童话，一个没文化、没一技之长、没社会阅历的姑娘，单凭青春和美貌当资本，或许只能换来羞辱和伤害。君不见王思聪身边，一个个嫩模流水般地换，像换鲜花盆景一样，谁能记着她们的脸？更可悲的是，富人的光哪里是那么容易沾的？像张爱玲说的，穷人想沾富人的光，就好像下大雨时挨着打伞的人，伞边淌下来的雨水更多，淋得更惨。骑白马的不光是王子，长翅膀的不只是天使，很多姑娘撞上"干爹"之流的"鸟人"，从此就走到堕落的路上一去不返，郭美美就是最好的例子。

即使嫁入豪门，也不见得就能像童话的结尾那样"从此幸福地生活在一起"。2010年，青年演员车晓嫁给山西首富，婚礼极度奢华，据说光发给员工的红包就花了500万。这么热闹的婚姻，不过持续了一年零三个月，两个人就离婚了。据传言，男方的长辈，一直催着车晓尽快给家族添男丁，这或许是离婚的原因之一。看了他们结婚的照片，我总觉得，沉甸甸的金饰、红彤彤的新娘装、富态的新郎官，都打着一个明晃晃的"金"字。很可能，车晓不是媒体口中"豪门弃妇"，而是主动走出来的。时代毕竟变了，女人的生存空间更广阔了，当一个优秀的女演员不再满足于当金丝笼里的雀鸟，再沉重的黄金枷锁也有失效的时候。

玫瑰色的灰姑娘之梦，在走出电影院里的那一刻，就该醒来了。对新时代的女性来说，个人的独立最重要。别想着靠美貌和青春去依靠一棵大树了，去追寻内心中真正的自我吧，让梦想的根须深深扎下泥土，努力成长，勇敢地迎接烈日和风雨，将美丽绽放在枝头上，自己成为风雨压不垮的大树，把自己的命运牢牢掌握在手中。

王秀清

意　外

心不在焉陪儿子看《变形金刚》，茫然不解变来变去的是何许人氏，忽有一句话令我猛然一惊：人生处处都有意外。不知道三岁的儿子是否听得懂，自己却翻肠倒胃般想起了已经活过的二十几年。

很小的时候，迷恋书本，在无休无止的数字演算和大大小小的文字方阵中，享受到极大乐趣。不到13岁就考上了省重点高中，从此就想进最一流的高等学府，最后只考取了一个普通师范学校，这是意外。

中学时，脑子一热给中国青年报投去一稿，竟被刊用，意外的是为此被语文老师在课堂上骂了个狗血喷头、体无完肤，自尊受挫，痛不欲生，却又终于没死，硬着头皮回到了课堂，这是意外中的意外。

活泼好动，敢言善行，侠肝义胆，一经岁月的砥砺，竟沦为愚钝麻木，怯懦自卑，这是意外；本是烈马，桀骜不驯，终成牛羊，俯首帖耳，这是意外；原是鲲鹏，好高骛远，终为虫豸，脚踏实地，这也是意外。

想得到的是一首诗，一支歌，真正拥有的不过是一篇通俗小说，意外的是自己心甘情愿地做了这小说的主角。

曾经以为需要的是个温暖的巢，意外的是在这个巢里，有时却不免感到比独处还要深的寂寞和孤独；

曾经以为善良是一种绝对的美丽，意外的是自己却每每为之所苦，为之所害；

曾经以为受了某次致命的打击，生活中不再有波澜起伏，脸上不再有笑颜和悲泪，意外的是终于忘记恩怨，抛弃一切烦恼，让活力回复于生命。

曾经想做一个不平凡的女人，无论是成就事业，还是德行心智，都让人敬而仰之，意外的是真实的自己连最平凡的人都做不好，却明白了一个道理——最平凡的人，最难做。

最讨厌的是意外是，原本清瘦若狸猫，爬树上房，轻盈快捷，不想女大十八变，变来变去竟成"企鹅状"，笨拙又迟缓。

最意外的意外是，面对这一切的意外，竟安于天命，处之泰然。

也许可以这样说，一切的意外原都在意料之中。

不惑之惑

忽然在某一天的某一个时刻有了一种难以言状的感觉：似乎一切都结束了，又似乎一切才刚刚开始。灵魂像一股青烟离开躯体，在一条河流的两岸缠缠绕绕，飘来荡去，找不到自己的家园。一边是安逸、平庸，平平淡淡而又实实在在的生活；一边是动荡、疲惫，紧张里闪烁五彩光芒，痛苦中夹杂刻骨幸福，向着梦想走去而又不知所终的旅途，往左走？往右走？完全没有了方向感。

这就是我40岁的"不惑"吗？

在不到两个月的时间里，三次把抓在手中的钞票莫名其妙地自己丢掉了，后来就是无数次地做些把办公室的钥匙忘在家里、打开太阳能上水忘记关掉水阀、炉子上烧着东西人却跑到邻居家闲聊之类的傻事。昨天坐公车出门，上车时恰好有旧友打电话过来，就只顾接电话忘了给钱箱投钱，惹得司机师傅大声叫喊，自己才幡然悔悟，感觉就像众目睽睽之下被抓了现行的小偷，要多尴尬就多尴尬。车行到站的时候，又不知道在想些什么，等回过神来已经到下一站了。

车坐过了，还可以回头；时光过去了，也可以回头吗？

偷眼镜中，光洁的额头已染上岁月斑驳的倒影，青春的脸颊装点了秋天的灰黄，虽然眼中笑意依然，但苍老的只是形体吗？

成熟到悲伤不会痛哭，惊喜不会尖叫的灵魂，就像一棵冬天的树，除了失去绿叶的萧索，就是理性的伫立，理性到黑夜的梦境都是白天现实的延续。没有了灵魂的日子，每一天都是昨天的复制和克隆，生命完全陷于一种失重的状态，让本来就不清楚的头脑产生了更多的疑问，在生活的天平上，灵魂与躯体哪个更重一些？难道这就是生命中不能承受之轻？

也许，平凡我辈，就应该像地上的蚂蚁、田间的野草或者树上的一片叶子，只管日出而作、日落而息，惑与不惑又有何干？不是有人说了，人类一思考，上帝就发笑。在这个昼夜旋转不停地地球上，不管我是明白还是糊涂，太阳照样每天升起，月亮照样阴晴圆缺，每一天照样都会有生命诞生，也会有生命老去。

总是要做些什么的，不是为了活着，不是为了自己，而是为了更多、更有意义的什么。

每天心事重重的样子，每一个人，每一件事，都与那个小小的自己有关，有重担千斤舍我其谁的孟浪，有地狱不空誓不成佛的虚妄，好像整个世界都会因为自己的努力而变得精彩。是少不更事的痴狂，更是热血青春的梦想，不知道什么时候开始，花了七七四十九天，在心里挖了一个坑，把她们统统埋葬了，深深地，就像母亲揣在怀中的几角毛票包了一层又一层，即便是灵魂在此游走也会故意装作看不见。当不惑之年到来的时候，她们却像冬眠的虫豸逢了惊蛰一样慢慢苏醒，用细小而又尖锐的牙齿在心的坟墓里噬咬。有冲破层层阻隔，重见光明的欲望；有破茧成蝶，展翅高飞的冲动；更有蜕变的撕裂心肺的痛楚和力不从心的伤感与无奈。感性与理性对抗，意志与灵魂相扑，这是一个人的战争，没有观众，没有输赢，没有始终。

没有过改变命运的艰难与狂喜吗？没有过爱的痛苦和幸福？没有过为人女、为人妻、为人母的甜蜜和付出？是不是太贪心了才会有痴迷？要做孤独的思考的芦苇，还是要做快乐的吃饱倒头便睡的猪？不敢说孤独。孤独对于一个平庸的灵魂来说，是一种昂贵的奢侈品。

该不该像一棵树，春来长一身美丽，风来摇一树窈窕，冬来挺一干坚强？还是要像一只凤凰鸟，只要生命没有停息，就会永远向着太阳飞翔，甘受烈火焚身的洗礼，涅槃重生，以求其羽更美，其音更清，其神更朗？意识像一条散漫的河流，失去了理性的堤岸，只剩下疯狂和迷乱。

我不重要吗？我很重要吗？似乎都是又都不是。要用余生去找寻答案吗？这样的寻找又有多大的意义？还是说不清。

聪明的，你能告诉我吗？

张兆林

寻得一颗平常心

在清闲午后，在落日黄昏，或在月明午夜，寻个优雅安静的地方，煎一殴水，瀹一壶清茶，懒散地坐在藤椅上，穿着懒散的衣服，双眼迷离地寻找一种似梦的感觉。

生活的快节奏已经由不得自己，时光的飞逝挟裹着你向前跑，即使有一个趔趄也不能停下。千万不能趴下，时光那急速的脚步会毫不犹豫地踏过你的身躯，虽可以"零落成泥碾作尘"聊以自慰，但你绝难寻到那"只有香如故"的余韵。但我们有一点可以坚信：生活离不开我们，离开了我们的生活就是没有演员的舞台，空落而寂寞。

人生似棋，但又有几个人真正能够把人生经营成一盘棋。一盘棋三十二个子，究竟哪颗棋子是自己，多数人都找不准，因而错位者众。将帅坐镇中央，但回还余地极小；象士紧贴领导，多数成了那"舍小保大"的小；车炮横行棋盘，长途直奔将帅，但途中险境重生，即使一兵一卒也可将其食之；马拐千军，奈何掣肘者多。小小一盘棋，角色不多，规则不琐，但方寸之间天地大，脉络纵横风云变，看似容易，动则难。

棋盘之中最潇洒者乃小兵卒，处在双军对垒最前方，只能勇于面对，因而无须顾虑过多。我愿为一个小卒子，简单的生活，向前而永远没有回头的机会。这样可以少了许多无用的懊悔，正可以利用一切时间做些事情。

无常的生活需要平常心，可那谁又能真正在无常的生活中保持一颗平常心呢？云卷云舒，花开花落，看似平淡无奇的生活，蕴含着诸多的美丽，我们又寻到什么，又抓住什么，难道我们只能在无尽的后悔中抓住梦的尾巴？梦只能是梦，如果说还有什么意义，就是麻醉或者蛊惑生命中许多实践的冲动，多了些无用的憧憬。梦不能解决什么实际问题，因而我们不能在梦中寻找美丽，虚无而缥缈。

寻得一个平常心，并非愤世嫉俗，而是始终保持一个良好的心态。寻得一个平常心其实不难，难得是一个人不奢求那些不属于自己的东西。

评论

张化夷

《永远的蔡元培》
——理想与情怀的担当

大型话剧《永远的蔡元培》近期在聊城大学进行了展演，并在优酷网上播出，收到了师生和观众的良好反响。该剧以19世纪末到20世纪上半叶这一时间段作为叙事背景，撷取四个时间点，讲述了蔡元培先生励志求学、革新北大、营救五四运动中被捕学生、营救被捕革命者和参加抗日活动等的故事。话剧主创者们将这些故事搬上舞台，再现了清末民初风起云涌的历史画卷，礼赞了教育家蔡元培先生。

该剧作是聊城大学教师秦治洲创作的，以"书山学海""革新北大""五四情怀""民主品格"四场讲述了青年、中年蔡元培的故事，表现了其勤学精神、教育理想与家国情怀。对于蔡元培先生，大众所熟知的是他兼容并包的教育观念，本剧中不独表现出他的教育思想，还选取了他人生中几个关键的点，展示了他高尚的品格和深沉的情怀，又折射了当时的时代和社会。

《永远的蔡元培》虽然是以时间为序，但并非流水账似的平铺各个事件，而是以理想来贯穿全剧。剧中第一场"书山学海"的主要事件是青年时代、成为孤儿的蔡元培受六叔蔡铭恩提点，夙兴夜寐，发奋向学，其后高中翰林。剧中除了表现出了传统家族叔侄之间的亲情外，还埋下了今后蔡元培产生"教育救国"思想的伏笔。蔡铭恩烟瘾一再发作后，痛定思痛，折断烟枪，立誓戒除鸦片，蔡元培也发出了对古老的中华民族命运的追问。以科学进步的教育来救国匡世济民，就成了蔡元培终生追求的理想，这一理想贯穿了剧作的始终。

剧作中分量最重的是"革新北大"一场。在北大，时任校长蔡元培先生落实自己的教育理想：他整顿学风，倡导思想自由，兼容并包，力主聘任新文化运动干将陈独秀。他考核教员，净化教风，解聘了品德低劣的克德莱等人。由此，新旧思想相互激荡，新文化的思想开始散播，深受青年学生的拥戴。该剧并不以剧情的跌宕起伏取胜，而以抓住典型事件，巧妙设置冲突，利用矛盾冲突中人物的言行，凸显他们的性格和品质。在"革新北大"的过程中，不同的学术观点、价值观念和现实利益的矛盾相互碰撞，不独表现了蔡元培先生为了国家的命运、民族的前途，坚持教育理想、实施教育革命的高尚与果敢品格，还生动地塑造了黄侃、刘师培、辜鸿铭、陈独秀、徐宝璜等血肉丰满的学界知识分子形象。

俄罗斯美学家别林斯基曾说，戏剧的角色必须感动和鼓舞演员，因为连一个完全没有当过演员的普通读者也会朗诵正剧里强有力的某一段章节来震撼听者的灵魂。《永远的蔡元培》正是以百年前一位教育家秉烛求索，砥砺前行的故事来扣动当代青年的心弦。怀着文化救国的理想，秉持着兼容并包的教育理念，面对外部的压力和困难、内部的质疑和攻击，蔡元培先生做出了一系列在当时社会环境中可谓艰难的选择。主创方力求以这种"苟利国家生死以，岂因祸福避趋之"的人生态度、思想自由、兼容并包、"读书不忘爱国"等教育思想、情怀去影响、感召当代青年大学生，并影响他们的价值取向，引导他们的理想和道德行为选择。尽管这些业余演员们在表演时有些生涩，但当剧中表现陈独秀来北大、五四运动学生游行示威等场景时，邓中夏、罗家伦等学生呐喊着"进步的而非保守的！进取的而非退隐的！科学的而非想象的！""中国的土地，可以征服，而不可以断送。中国的人民，可以杀戮，而不可以低头。"等台词中洋溢的激情能够使观众直观感受到青年大学生的雄心壮志，也由此体会到蔡元培教育理念的影响，产生真切共鸣，自觉砥砺前行。

对理想的追求和对现实的情怀担当使得这部话剧具有了较高的审美品位。近两年的构思创作、五易其稿，让蔡元培"学界泰斗、人世楷模"的形象光彩照人，蔡元培"开出一种风气，酿成一大潮流，影响到全国，收果于后代"的价值名副其实。当然，该剧在矛盾冲突的营造、对白的设计、情节的前后勾连及核心事件的表现等方面尚有一些提升的空间。希望我们的校园里、文化田野上出现更多这样的力作，更好地满足师生、人民群众的精神文化需求。

（注：此文刊于《文学教育》2019年第3期）

天地明月清风 一蓑烟雨平生

——读林语堂《苏东坡传》

2007年购得本书,泛泛翻看未经细读。近日酷暑难耐,遂闭门读书。洋洋26万字,林语堂先生文笔好,张振玉先生的译笔也好,既有资料的翔实考证,又有对是非善恶的透彻看法,更难得的是没有像一般的传记文学作生硬的年代事实堆砌,而是在考据基础上加之以合理的推测,把苏东坡的生平写成了一篇篇文辞清雅的散文,读来令人手不释卷。

全书包含有童年与青年、壮年、老练、流放岁月四卷,每卷有5-10篇散文,整部传记就如串起来的珍珠,散开则独立成篇,篇篇精妙有趣,合则浑然一体,描画出苏东坡起伏跌宕,又闲适自在的一生。

苏东坡少年得意,高中进士,然其壮年至老年,30年间,辗转十余州府,虽历任吏部、兵部、礼部尚书,但更多的时候是谪居、被贬,甚至有时身陷囹圄。他的一生就像汪洋大海中的一叶小舟,在波峰浪谷之间起伏。虽然如此,他的心灵却基本保持着平静。在乌台诗案之中,他曾非常接近于死亡,所以在此之后,他有过“唯见幽人独往来,缥缈孤鸿影”的悲凄,但渐渐地,却获得了对生死富贵的淡然态度,选择了自适的生活。

大概是士人少年时期,都怀有崇高的理想,希望能救世济民,壮年时期接触了现实社会,屡遭挫折之后,产生了强烈的无力感:有的人在佛道思想中获得了解脱,如“安禅制毒龙”的王维;有的人愈挫愈勇,如一生抱定“致君尧舜上”决心的杜甫。苏轼曾在杭州、苏州、密州执政,为民请命、抗灾除暴、疏浚西湖,无不政绩斐然,在党争和谗毁之中备受打击的他,在黄州是戴罪之身,他却既没有一头遁入宗教,也没有抱定儒家思想碰得头破血流,他对世界索求甚少,在黄州类农人又像隐士的生活中,他如鱼得水。“苏东坡最可爱,是在他身为独立自由的农人和自谋生活的时候。中国人由心里就赞美头戴斗笠、手扶犁耙，立在山边田间的农人，倘若他也能作好诗，击牛角而吟咏，偶尔喝醉，月夜登城徘徊，这时他就成了自然中伟大的顽童"。他在黄州探胜寻幽、泛舟访友，买田种地，竹杖芒鞋，与渔樵为伍，庆幸自己终于拂拭去了世俗功名的尘埃，获得了精神的自由。

正如他的诗歌所言：猿吟鹤唳本无意，不知下有行人行。此时苏轼的生活，完全秉承自己的本性，保持天真淳朴，不计利害谋算，始终真诚地面对他人，不矫饰，不敷衍。他说"吾上可陪玉皇大帝，下可以陪卑田院乞儿，眼前见天下无一个不好人"，在黄州和宜兴居住时，本是他一生中最困窘的时刻：刚刚获释，属于监视居住阶段，朝中还不时有人进谗；薪水微薄、生活困难，寄住驿亭，可他躬耕田亩，安然享受着田里的出产，耕作之暇，还与朋友饮酒夜游，满足于简单质朴的生活，还在困窘的生活中，找到了许多乐趣"今年刈草盖雪堂，日炙风吹面如墨""四邻相率助举杵，人人知我囊无钱"，发明了东坡肉、东坡鱼和东坡汤（青菜汤）等。在这一时期，他写出了《赤壁赋》《浪淘沙 赤壁怀古》《承天寺夜游》等作品，排山倒海的气概，月色如水的宁静在天人合一的境界里浑成的融合，就像月夜泛小舟于白雾笼罩的茫茫大江，天地间的宁静安适与无声涌流的江水，让人放下了日间的财富、地位、名望的羁绊，感觉到了自己心灵的喜悦，此一瞬，即不朽。

本书中对苏轼生平的描述夹杂着作者的议论，读来似听作者讲故事，作者序言中说，元气淋漓富有生机的人总是不容易理解的，苏东坡过得快乐，无所畏惧，像一阵清风度过了一生。这种一生顺其本性，有朝气有冲力，又随遇而安，难道不值得羡慕吗？

郝学华

此调千古有知音

——赵逸之《花间词品论》之品论

世间之事，常有众所周知而人云亦云、莫知其所以然者，《花间词》即属此类。世人论《花间》，但谓"香艳之词""靡靡之音"，格调卑下，难登大雅，至于《花间》所表何情、所达何意，则一概"非礼勿问"，定论遂成偏见矣！好友逸之，貌古才雄，悟性颖达，诗、文、书、琴，多有涉猎，而每以法古出新、师心自用为宗，故所作多有自家面目。其新作《花间词品论》别具只眼，探骊得珠，力排俗议，独有会心，而浸润沉潜之功，处处可寻，诗心妙悟之旨，历历可见。概而言之，其特色有三：

一曰立论不凡，视角独到。其《自序》有云："若花间词者，正可谓快慰肉身时代之吟唱也。"又谓"花间小词，诞于唐宋之间，值新旧交替之际，其重在开启宋明士人通俗文学之门户，然于传统诗骚精神亦多秉承。"此论可谓一针见血、一语中的，非有真性情、真肝胆者不能发也。细品《花间》，其与当下大众消费时代之身体化、欲望化写作，不亦异代同心乎？而其间雅俗之别、情趣高下，相差又何止天壤！又书中以生态学之"群落"概念划分花间词人群体，以写作文化学观念探究《花间》之文化精神特质，通衢外又辟蹊径，言断处另着判语，尤为难得。回首当年，吾与逸之相会于非典骤起之京城，同受教于四川师大马正平先生，彻夜长谈，各有所悟，今观逸之《后记》所载，则其已于马师门下有所印证矣，反观诸己，野狐愚昧，正不知证道何时也！

二曰兴感深切，评述精辟。书中诸词之品评，或长或短，或浅或深，无一不慧心独赏，妙手偶得，深得诗家感兴之三昧，又情至深处，析疑辩惑，激言持论，未失公允，发人深省焉！如评韦庄《江城子》（恩重娇多情易伤）云："余谓好却是真好，然若云其小，则吾必置喙一论也。小是真小，此则尽言其体貌，未道其精神也。若论其精神，则吾必谓之雄大深厚也，……而可谓之雄大深厚者，必为其中有真性情在，有真气骨在，……然余谓必以有真性情真气骨者，乃可配于天地。"其语掷地有声、其文荡气回肠，吾每读此，恍觉花间诸子附身逸之而畅叙幽怀、发为高论也！

三曰半文半白，众体兼备。文白之争，《后记》亦有论及，而吾每服膺陈传席先生语："文言太浓，白话太淡，语以半文半白者为佳。"(《悔晚斋臆语》)观逸之所作，文白杂用实为性情所近，文艺家慕古好古之癖也，兼以所论为古典诗词，何妨以"半文半白语似茶"出之？又评传、品评、诗评体、论文体、词话体等汇集一书，文体不拘今古，务求路路通幽，此有目共睹无须赘言者也。

为文贵曲，评文耿直，虽挚友之文，岂敢辞焉？细观逸之所作，亦不免白璧微瑕，其显而易见有二：

其一，行文注释颇有欠规范处。如《后记》中大段引用友人书信，当以隔行或别种字体区别之，以使读者一目了然；又如书后"主要参考文献"，应或以著作类别编排，作品集在前，论著在后，或以书中引用先后为序编排，总之当有所依循方佳。

其二，行文有欠推敲处。如温庭筠《菩萨蛮》(牡丹花谢莺声歇)，其品评中所引曲文应为《西厢记》原文，而非金圣叹语，故上下文所谓"写离人孤眠滋味，殆同小说家者""较之词家，小说家之描述更详瞻华彩，然而其情理则一"则另当别论矣。

私意以为既做学术文章，自当遵循学术之规范，虽超迈高蹈之才，亦应"戴着镣铐跳舞"，不知逸之兄以为然否？虽然，此作洵为瑕不掩瑜，奇文共赏，逸之兄壮年有为，才思泉涌，正所谓学海初航、来日方长，假以时日，他年定有大成！吾与诸君共鉴之！

刘恩功

白鹿原，白鹿人
——读《白鹿原》有感

白嘉轩，一个汉子。

白嘉轩是一个汉子，一个腰杆挺直的汉子。以致后来土匪打折了他的腰，他佝偻着身子，骨子里腰杆还是挺直的。

汉子脑壳灵活，四体勤劳。白嘉轩以为父迁坟为由和鹿子霖换了地，虽有封建迷信色彩但提振心气还是很重要的。汉子辛勤地在田地里劳作，为收获不辞辛苦。种罂粟卖中药，让他得到了财富，但没他有忘记贫穷，还是勤勤恳恳。他从来没有离开过土地，也离不开土地；他放弃不了劳动，哪怕是自己被打折了腰，还坚持和鹿三到田里犁地。

汉子倔强，正直。白嘉轩倔强地娶了七房女人。虽然后来是父母的督促，但也证明了他不信邪的倔强。正直是作为族长从不姑息自己，不姑息自己的孩子。当白孝文和田小娥被捉奸后毫不客气地施行家法。虽然白孝文是自己培养的接班人，但他不迁就。不迁就白孝文，不迁就自己的虚荣和脸面。宁要正直不要虚荣，宁可打掉牙往肚子里咽，也不失去众人的信任。倔强地坚守礼法，倔强地坚守正直。瘟疫泛滥，人们要为田小娥塑身立神的时候，他倔强地批判众人的愚昧，他倔强地盖了七层宝塔镇住阴邪之气。不去分辨其中有无科学道理，仅仅是白嘉轩的倔强和正直让人钦佩。

汉子善良，有大义在胸。对鹿三，虽是雇佣关系，但感情如兄弟。资助黑娃读书，黑娃被捉不计前嫌地去救他。对鹿子霖以德报怨。大旱的灾年，为祈雨扮龙王，用铁签捅透双颊。立乡约，树民风，修祠堂，建学堂。这些都是汉子顶天立地的证明。

汉子满身正气，是白鹿原上善良的人们的缩影，也是千百年来广袤中国大地上无数农民优点的集结体现。

朱先生，一个举子。

朱先生，一个读书人，一个教书先生。除了鹿兆谦写给他的挽联："自信平生无愧事，死后方敢对青天"，我找不出其他的词语去描述先生。

白孝文，一个长子。

白嘉轩的长子，族长的继承人。白嘉轩忽视了或根本没有想过白孝文不仅仅是他的儿子，也是一个人，一个像他父亲一样有思想、有抱负的人。白嘉轩的光环遮掩了白孝文，让他总是感觉到自己的一生就是父亲的重复。其实在白孝文内心深处他更愿意活成自己。

在田小娥勾引了他以后，他并没有放下自己曾经受过的教育而堕落。他和田小娥背地里偷情其实是对父亲的抗议，是对泯灭个性人格的抗议。当然这种偷情仅仅是形式的偷情，因为他从来没有成功过，也说明埋藏在他内心深处的还是伦理道德。当他被父亲逐出家门的时候，他才真正挣脱了以前的种种束缚。没脸了，反而硬气了。这其实是更强烈的反抗，反抗一本正经四平八稳的封建礼制，反抗他包在皮囊里迎合众人的虚假自己。

《白鹿原》在白嘉轩身上体现的是正直，执着，善良，而在白孝文身上却体现了在光环背后的黑暗面。白孝文是替罪羊，因为白孝文是长子。长子身上肩负着一个家族的责任，这个责任无形地收缴了人的个性。

白孝文虽然是被田小娥诱惑而走了弯路，但在他内心深处还是渴望证实自己是一个独立个体的存在，也是向无法撼动的封建礼制的抗争。白孝文是个悲剧人物，到最后也是个悲剧人物。他证实了自己，到最后却没有了自己。不管他是保安团营长，还是县长，他在证实自己的同时也失去了正直和善良。无论他人生的结局是如何风光，他是个悲剧，他是长子的悲剧。

田小娥，一个女子。

田小娥是个女子，是生活在旧社会的苦女子，也是个坏女子。

田小娥一出现就是悲惨的，她从来没有得到过爱，她甚至连父爱都没有。他的父亲是个财迷，把她卖给郭举人当了小老婆。悲惨的身世开始了，她受尽各种欺负，被大老婆打骂，在私处泡枣，被当作泄欲工具，得不到半点怜爱，受到的尽是毫无人性的待遇。她看上了黑娃，与黑娃偷情。她有追求美好生活的权利。与黑娃的偷情也不应该受到批判。但黑娃并不爱她。田小娥内心是一个不安分的人，她大胆冲破各种害怕去追求自己的生活。她在郭举人家狗都不如，要是跟黑娃私奔了，要饭也行。偷情是有悖纲常礼纪的，她和黑娃在一起，不被认可。白嘉轩不让他们进祠堂，就是不承认他们的婚姻。他们渴望被认可，被接受，于是开始了斗争。闹农协让他们风光了一回，也因为闹农协黑娃跑了，丢下了田小娥一个人跑了。黑娃不爱田小娥，他如果爱她就应该带她一起跑。他自己跑了，丢掉了田小娥。

鹿子霖更不爱田小娥，他与郭举人一样，都是拿她泄欲。田小娥在鹿子霖那里和在郭举人那里一样，只不过鹿子霖是因为非法霸占所以表现的疼爱。其实一样，除了泄欲，郭举人拿她"泡枣"，鹿子霖拿她害人，有更阴险的毒害。鹿子霖利用田小娥救黑娃霸占了田小娥，田小娥也走向了堕落。她给自己找了个借口，一个让人同情的借口，"被欺骗，被利用，被旧社会毒害"。这的确是一个借口，田小娥和鹿子霖的勾当让她很受活。人性在田小娥那里只剩了"性"，没了人。

鹿子霖为了报复白嘉轩让田小娥去勾引白孝文。这是对田小娥更大的摧残，但她妥协了，乐此不疲。这是她内心的魔鬼，丑陋战胜美好的开始。在成功勾引了白孝文以后，她也没有得到爱。虽然白孝文比之前任何一个男人都爱惜她，也只能算是狼狈为奸。一对悲剧人物互相舔舐伤口，互相安慰；没有阳光，只有黑暗；没有快乐，只有快感；没有理想，只有大烟带给他们的虚幻。他们甚至连对阳光的渴望都没有。白孝文不爱田小娥，当他讨到饭的时候早就忘了烂窑洞里的田小娥。当他衣锦还乡荣归故里的时候他甚至不愿看烂窑一眼，也不愿回想过去。

田小娥最后被鹿三扎死了，后来窑洞被白嘉轩用塔镇住了，她永世不得翻身。田小娥悲惨，因为世道，田小娥悲惨，因为她没有坚定的信念。没有人爱她，她也不爱任何人。就是这样一个女子，一个可怜的坏女子。

鹿子霖，一个坏人。

鹿子霖是一个彻头彻尾的坏人。为达目的不惜一切恶劣手段，这在他祖先勺勺客那里就开始了。鹿子霖也是能人，但他嫉妒心太重。他嫉妒白嘉轩，想尽一切办法要超过白嘉轩。鹿子霖要强，总是想证明自己，证明自己和白嘉轩一样，甚至比他更强。但白嘉轩的腰太直，太硬了，他的正直总是掩盖了鹿子霖的存在。这种掩盖让鹿子霖总把白嘉轩当成了假想敌。于是鹿子霖用很多手段去整治白嘉轩，而且多是卑劣的手段。

鹿子霖，坏，坏倒不是人。他欺骗并霸占了田小娥，他甚至霸占了儿媳妇，虽没有成功但他在精神上摧残了一个为他家受苦的女子，一个原本贤惠善良的女子。他认了一群干儿，其实是不是干儿还是他的野种也不好界定，但确实是侮辱了原上对他有所需要的女人。

鹿子霖心肠坏，还想赢，痴心妄想。他和白嘉轩换了地，他以为他赢了；他当了乡约，他也以为他赢了；他让田小娥勾搭白孝文，他也以为他赢了。他买了白孝文的地，买了白孝文的房，他以为他赢了，其实他从来就没有赢过，一次也没有赢过，他只是在怡的同时失去了更多。他以为风光了，实际是失去了尊重。他的每一次恶劣行径更让白嘉轩证明了自己刚正不阿。更让他输得一败涂地的是在他入狱的时候，白嘉轩更以博大的胸怀要营救他出来。鹿子霖始终都是一个卑劣的弱者，故作强大。

上天有好生之德，人却是作死。在鹿子霖落魄无助的时候鹿兆海的儿子回来了。这给了鹿子霖活下去的希望。但这个希望在他内心里又滋生成了虚荣和欲望。最后他真的就不是人了，他死了，带着屎尿结成的冰块在夜里死了。

朱先生埋在坟墓里的砖头上的说得好："天作孽尤可违，人作孽不可活。"一个坏人，得到了报应。

黑娃，一个智力障碍者。鹿兆谦，一个孩子。

黑娃是一个智力障碍者。智力障碍者干的尽是傻事，最大的傻事就是逃跑，而且一直在逃跑。黑娃害怕白嘉轩笔直的腰杆，为什么怕，因为他傻，他不知道那是立身之本。白嘉轩把他送进学堂的时候他逃跑了，逃离了学堂，逃离了人间大道。在郭举人家与田小娥偷情被捉，他逃跑了，逃离了爱情。其实他可以追回爱情，但闹农协之后他又逃跑了。虽然和田小娥在破窑洞里生活，不被承认，进不了祠堂，但他们有自己的生活。黑娃傻，不知道自己，不知道自己真正需要的是什么。没有弄成"风搅雪"，反而丢掉了爱人，自己逃跑了。黑娃在逃跑，一直在逃跑，最后逃成了土匪。土匪是干什么的，土匪最大的本领就是逃跑。为什么黑娃一直在逃跑，因为他不读书。

当黑娃长成鹿兆谦的时候他不逃跑了。黑娃差一点成不了鹿兆谦，黑娃差一点成了黑鬼，是白嘉轩救了黑娃，黑娃才成了鹿兆谦。成了鹿兆谦就成了孩子，孩子是不会逃跑的，孩子只有成长。鹿兆谦是孩子，孩子得有妈，谁是他妈，他妻子就是他妈，教他做人，叫他读书。读书得有先生，孩子得有老师。谁是先生，朱先生就是先生，朱先生是老师，朱先生教鹿兆谦"学为好人"。读了书，鹿兆谦才真的成了人，可以进祠堂拜祖先，可以披红，可以被认可。原上再无黑娃，只有鹿兆谦。

众官员，一群骗子。

以岳维山、田福贤为代表的滋水县和白鹿仓的各个长或乡约里正，都是一群骗子。他们面目和蔼，内心丑陋。他们眼里只有利益，心里只有自己。他们骗谁，他们骗鹿子霖，他们骗鹿三，他们骗王相、李相，他们骗不了白嘉轩，也骗不了朱先生。

骗子不但骗人而且吃人。他们有时扮成人，有时装作狗，有时慈眉善目，有时本性必露，不管各种嘴脸都是吃人，牛吃人，猪吃人，狼吃人，最终是人吃人。

他们就是骗子。

白鹿原就是以前的中国，白鹿人就是以前的中国人。

找和逃

——读《一句顶一万句》有感

刘震云的《一句顶一万句》我看了，开始人物纷杂毫无头绪，后来逐渐清晰有所感悟！

在我看来，"出延津"是逃，"回延津"是找。逃是"杨百顺的逃"，一种逃离责任，逃离自我的逃；找是"朱爱国地找"，一中找寻真理，找寻平静地找。可最后，"逃"成了"找"，"找"成了"逃"。

杨百顺一直在逃，由丢羊就开始逃。他从杨百顺逃成了杨摩西，从杨摩西逃成了吴摩西，又从吴摩西逃成了罗长礼。最后终于弄明白了自己是谁，他也就不逃了。

杨百顺恨他爹，因为恨他爹才逃。他爹总是在按照他爹的想法设计他的人生，在设计他的人生中丝毫没有考虑他的想法，完全忽视了他作为独立的存在的价值和意义。这也是众多中国家庭自认为高明但实际愚昧的设计。杨百顺他爹总是把他当儿子，没有把他当成一个独立的个体；他爹没有把他当儿子，是把他当成了一个磨豆腐的工具。他无论是儿子还是工具都不是个人，这是他恨他爹的主要原因。

杨百顺恨老马，因为老马给他爹出了很多主意。这些主意伤害了杨百顺，使杨百顺没有进入小韩县长的新学，也没有娶到秦家的姑娘，没有在他哥哥的婚礼上坐到酒席而在茅房垫粪。这些主意杀死了杨百顺当时所有的梦想。他开始恨，想杀了老马，杀了他爹，杀了他的兄弟。可当他碰到来喜的时候他改变了主意，他不值得为这些就真的葬送了自己。来喜就是少年时的他自己，不然老裴也会杀人。他虽然没有杀人，但他在心里面已经把他要杀的人杀了一个遍。他也杀死了自己，把一个单纯的自己杀成了愚昧，这与鲁迅笔下的阿 Q 已无半点区别。

当逃到染坊还不是终点，可他内心存在地紧紧半点的良知被"猴儿"杀死了。未开化的"银锁"把杨百顺又杀了一遍，那暧昧的招手和无情的一巴掌把杨百顺打得体无完肤。再逃吧。逃到老詹那应该是终点了，老詹的劝慰是有力的证实。信主吧，信了主就可以知道："你是谁，你从哪里来，要到哪里去。"其实就是要告诉杨百顺不逃的道理。可杨百顺不信主，他没有信仰，没有信念，他连自己想做谁都不知道，还追究自己从哪里来，要到哪里去干什么。于是杨百顺成了杨摩西，这就是杨百顺对信仰最大的污蔑。以为自己改了名字就是信了主了。这也是他从杨摩西改名为吴摩西的真实原因。当老詹以杨摩西大爷的身份告诉杨百顺应该娶了馒头房的吴香香的时候，信仰就连形式也没有了。信仰就彻底变成了馒头和毫无生气的消磨。老詹不以师傅的身份而以大爷的身份与杨摩西讲话就已经失去了教化的根本，也温柔地杀死了杨摩西而成就了吴摩西。吴摩西就是无摩西，就更没有了信仰和信念。

吴摩西带着巧玲假找吴香香，其实也是在逃。在逃脱世人的讥讽和嘲笑，在逃离一个吴摩西无法解决的一个难题，在逃离活生生的人世。假找是真逃的最后一块遮羞布，丢失了巧玲就丢失了最后的救命稻草。其实在这一刻，吴摩西还心存侥幸，他想找到巧玲。这无异于大海捞针，无异于在被尘世污染已久后再找回一个单纯的自我。吴摩西真的就又逃了。

在无意中碰到了吴香香和老杨的时候他不逃了，因为他看到和自己没话的吴香香和老杨是那样的亲密，这时候他终于明白了为什么吴香香要和老杨跑。"这件事从根上就错了"。错不在吴香香和老杨，而在自己。

吴摩西最后的逃，已经不是逃，而是找到了自己。杨百顺已经不复存在了，一个躯壳死去，一个灵魂降生。吴摩西说："我不是杀人犯，我是罗长礼。"或许他明白了老詹为何把一个教堂的图纸那样珍爱。他不再逃了！

如果说杨百顺是愚昧，那朱爱国就是无知。杨百顺是分不清是非恩怨，找不到理想和现实，并随波逐流，狼狈不堪；朱爱国是不知道原因和结果，弄不清是非曲直。从朱爱国总是掰扯着手指头数自己的朋友，一遇事就请人拿主意就看出他从来就没有把自己当成一个独立的个体。这和杨百顺有本质的区别。他从开始当兵到遇到一切生活中的问题都是要找朋友出主意，可朋友的主意都是馊主意，都是不知根本缘由的坏主意，都是站着说话不腰疼的烂主意，都是只能坏事不能成事的臭主意。但朱爱国却把这些当成真理，甚至不远千里去找这些朋友，找这些坏事的主意。朱爱国骨子里是怯懦和无知，是代表整个国民的怯懦和无知，是鲁迅先生批判已久的国民劣根。

朱爱国在找，他是真的在找。不是在找跟别人跑了的媳妇，而是在找杨百顺最后说的那句话，在找一个能让自己心安理得的理由和归宿。可他永远也不会找到，因为在他的人生中没有一个老詹式的人物给他提供一个最终的答案，在他的人生中没有最终的信仰和信念。

最后他说："不行，得找。"其实在说出这就话的同时他已经找到了，如果他接受这个现实并归于内心的平静他就真地找到了。但他不愿看到这个能让自己归于平静的事实，他还是不甘于寂寞。这和他开始离家并找了一个情妇的荒诞是一样的情节。最后地找已经变成了逃，变成了彻头彻尾的逃。

无论是杨百顺开始的"逃"变成了"找"，还是朱爱国最初的"找"变成了"逃"，都是人们在求证自我存在价值的一种过程。在这个过程中出现了很多的无奈和意外。但最后的结果都不是出乎意料，这是国民信仰、信念在最后私欲面前失败的最有利证明。

在整部书里，纷繁复杂人物关系和凌乱的大小适宜揭示了中国百姓的一种集体无意识，一种没有信仰、没有信念的无意识。杨百顺和朱爱国只不过是个符号，这不是两个人的悲哀，而是整个民族无信念和日益物欲横流的悲哀。

读罢伏案，欲哭无泪！

王黎

充满寓意的追问

主演苏志燮一身西装，一脸血迹和伤痕、疲惫与绝望，一手支额，手指挂住一把手枪，出现在《公司职员》的海报上。他微微上扬的眼神，犀利地盯着出现在海报前的每一个人，每一个社会人，你、我、他（她），那种眼神似乎是一种追问或探寻。他在问什么呢？

电影一开场，就是一条下着急雨的小街，停着一辆快递小货车，驾驶室里，两个男人似乎很悠闲地在聊天——

你喜欢这份工作吗？

我高中就被退学了，除了这份工作，我还能去哪里拿到这些钱呢？科长，您呢？

一般般吧，毕竟做了这么多年了。你今年20岁吧，你有梦想吗？

科长，您今天很奇怪，总是问我一些搞不懂的问题。您呢，我是说您20岁的时候梦想是什吗？

……

这部名为《公司职员》电影，就是用这样的提问与反问开场的。

苏志燮饰演男主人公池炯道，是个曾经拥有当歌手梦的王牌杀手。他执行完杀人任务后，摇身一变，成为一个最普通的公司职员，搭乘地铁抵达繁华市区，进了一家商务大楼，熟稔地打卡上班。

我们跟着他走进电梯，停在17层，走进一个貌似普通的小公司，看到在偷吃零食的前台小姐、相貌严肃的男同事、认真算账的女财会，还有同事捧着大叠材料，或者坐在一起商讨业务。这是一个别有玄机的杀手公司，看起来普通的公司职员，全部是职业杀手。但是，他们伪装出来的场景，实在是我们最熟悉不过的职场环境。

令我们感到熟悉的，还有类似电影开头部分的很多台词，都是我们普通人想过或说过的。比如：

别想太多，工作到退休拿到退休金，对像我们这样的工薪族来说，就是胜利。

我对公司的感情很复杂，又爱又恨，在公司的时候想离开，离开之后又想回去。

我也不想这么做，但是这都是为了工作……

我越看越觉得，电影表面似乎是一个职业杀手想金盆洗手的故事。但是，其中别有深意。

我们普通人当然不是杀手，可是也遇到这样的情况：这份工作不是自己的理想，可是为了糊口也就做下去了；上司的命令让人无法理解，可是为了保住工作也就执行了；从公司到家，两点一线的生活越来越乏味，可是为了退休金也要熬下去……

这些，不就是每个普通人都可能经历的生存困境？

男主人公池炯道，是个沉默寡言、性格内向的人，也原本是个很有"前途"的杀手。公司董事长一向欣赏他，不仅仅是因为他身手好，还因为他从来没有疑问，无条件服从命令。但是，作为观众，我们从一开始就知道，他那句"你喜欢这份工作吗？"是在问别人也是在问自己。

越来越多的"为什么"，让他无法像以前那样执行上司的命令。与此同时，少年的梦想和迟来的爱情，奇妙地交织在一起，降临到他的人生里。他的心底慢慢柔然和敏锐，会低头微笑，会紧张羞涩，伸出温暖的双手。缓缓生长的自我意识，生长成一股强大的力量。这股力量，让一向僵硬木讷的他，脱离了工作机器人的状态，变得可爱。他开始有了自己的坚持，不惜触犯一切公司规章。

可惜，杀手公司有一点和其他公司不同：不许辞职，要么干到老，要么去死。

于是，命运刚刚对池炯道展露出美丽的微笑，就露出了最无情的獠牙。

池炯道能够杀出重围，拥抱自由和爱情吗？这个答案，需要你自己去电影中寻找。

你喜欢这份工作吗？你有梦想吗？

为了回答这个开场白，电影的最后几十秒，采用倒叙来表现出入社会的男主角。坐在一次成像的自动照相机前，池炯道的眼睛发亮，露出着青涩的微笑，拍摄求职的标准照。站在地铁车厢里，看着车窗外飞速后退的隧道墙壁，他满脸憧憬地望着遥远的未来。

那时，如果他有更好的机会，何必要进杀手公司？又是遭遇了什么，让他在若干年后变得眼神冷酷，面无表情？我们，每一个草根白领，都太了解这个答案。我们也像池炯道一样，没有家庭背景和高学历找不到理想的工作，为了生存，俯首帖耳听从上司的指令，做一些我们不喜欢不理解的事情，月月拿月薪，年年拿奖金，熬到退休得退休金。在漫长的职场生涯中，是承受着梦想的折磨而痛苦，还是干脆掐死梦想？我们也会在午夜梦回的时候，在疲惫受挫的时候，问一句：这样的人生是自己想要的吗？做这些值不值得？但是第二天，我们还会披挂上西装革履（仿佛杀手穿上防弹背心），准点走向公司。似乎，在无限广阔的天地之间，渺小、平凡如我们，也只有那个地方可以去。

或许，在复仇的枪弹横飞之中，看池炯道痛快消灭眼前枯燥和虚伪的一切，也是我们暗藏在心底里的一个梦想。你懂得，别问我为什么。

远离"高育良式"的精致利己主义者

电视剧《人民的名义》热播，大家都在追剧，虽然剧情越往后越有点拖沓，但是胜在人物塑造得立体、生动、饱满。大家一边看，一边猜谁是坏人。没想到啊，没想到，育良书记私下里早就和妻子离婚了，他的红颜知己和儿子在香港坐拥巨额财富，等着他光荣退休后去"团聚"。买房子藏现金的赵德汉、把"想当副省长"刻在额头上的祁同伟、改名"挣钱"的郑胜利，这些伪君子、真小人都被育良书记比下去了，这位官场太极高手、聪明至极的政法委书记，才真是钱理群教授描述的"精致的利己主义者"。

高育良，大学教授出身，风度儒雅，说话做事不温不火。"审时度势"这四个字，在他手里玩得滴流转。对上，他在担任京州市委书记时期，批下了赵瑞龙手中的项目，抱住了省委书记赵立春的大腿，早一步提拔为副省级干部。对下，他是隐形的"汉大帮"的领袖，"举贤不避亲"，把自己的学生、老领导的女婿祁同伟提拔为省公安厅厅长，秘书陈清泉也当上了市法院副院长。对内，他背叛了发妻，却还能稳住这位女教授陪他继续演模范夫妻。在党中央的反腐高压态势下，他早就接受了赵瑞龙送给他的美女和豪宅，却拿着清廉的架势拒绝赵的法式大餐，只喝一杯清茶。他把人性看得通透，多次指点祁同伟不要自作聪明，却看着这个人在自己的政治棋盘上越走越远，不做任何实质上的阻拦。对于权力和财富，他看似超脱，却悄悄地编织起了自己的权利网，坐在大网的中央，只需要动一动蛛丝，就能让这个大网上的每个节点都按照他的意志去行动。

"老戏骨"张志坚，把高育良的儒雅风度、精明圆滑、审慎谋划，演得入木三分。你有时候会特别"佩服"高育良这么一个人，用高智商、高情商把自己伪装得那么好。如果中央不是突然派沙瑞金来当省委书记，他就会升任省委一把手，达到自己政治生涯的顶峰。如果不是陈岩石、陈海、侯亮平这样的反腐"利刃"，能不惜一切代价把腐败案件追查到底，他至少也能安然退休后去香港享受温柔富贵。

作为观众，我们会鄙视育良书记的弄权有道、捞钱有术。但是如果是在现实生活里，我们会不会觉得，达康书记对亲人缺乏关怀和温情，对下属也是毫不留情面，让人望而生畏？如果现实中真有这两个人，让大家投票，你猜谁得票多？我猜想，很多人还是愿意追随育良书记这样的当权者，成为"育良书记的人"，多分得权力的一杯羹。

先别说大家觉悟太低，权力如果缺乏有效的监督，就会无限膨胀，侵占本属于所有公民的公共生存空间，让大家在公权私用的人面前脸皮变厚、膝盖变软。在另一部反腐小说《沧浪之水》中，主人公从不投机钻营，所以无职无权，却在儿子生病时求医无门，不得不投靠上司来换取门路。领导一个电话，儿子的床位也有了，主任医生也赶来了。这件事之后，他彻底抛弃了清高，走上了另外一种人生。

当人民的权力被某些人侵占时，你去经商，或许就是那个被侵吞了股份的蔡成功、拿不到商业用地的开发商；你当个工人，也有可能坐在大风厂犯愁自己即将失业；你从政，或许就是那个政绩卓著却提拔不上去的易学习……

腐败，的确是一种恶性循环，当本属于全体人民的权与利被暗箱操作、私相授受，官员的沦落会引发整个社会的多米诺骨牌效应。官员是社会风气的排头兵，官员的腐败哪怕只是一小部分，也会引起社会风气的沦落，有样学样，各行各业的人也会"靠山吃山，靠水吃水"，利用手中的微小职权牟取私利。反过来，社会风气的沦落，也会让新晋官员感觉"有权不用过期作废"，贪得更加肆无忌惮。只有苍蝇老虎一起打，把权力关进制度的笼子里，权力归于人民的监督下，我们社会的风清气正才有切实的保证。

世上没有救世主，反腐也不能指望青天大老爷。人民当家做主，不是说说就算了的一句空话。在我们鄙视真小人郑胜利，嘲笑伪君子祁同伟之前，先去掉内心中的奴颜媚骨、贪婪欲望吧。如果这个社会的大多数人，都能拥有独立的人格、健全的公民意识，保有生命的清澈，这个社会风气的"沧浪之水"就不会混浊，那些想要浑水摸鱼的人，也就会无所遁形。

不是凤凰，也需要梧桐吗？

20世纪80年代的电视剧《诸葛亮》，片头曲第一句是"凤翱翔于千仞兮，非梧不栖。"这句话是《三国演义》中的原话，罗贯中把孔明先生比喻为凤凰，也赞美刘备是位明主。这个"非梧不栖"的典故出自《庄子》，庄子认为，凤凰的绝迹是因为太挑剔——不是梧桐树不落脚，不是甘泉不饮，不是新鲜的食物不吃——然而，想在乱世里活下去，得委屈自己适应环境。读这个故事的后人，却不觉得凤凰矫情。翱翔千仞、高洁无匹，不屈就、不将就，那才是有风骨、有态度的人生。更何况，高大的梧桐树对于凤凰来说，不是奢侈品，只是生存必需品。

关于"颜宁负气出走"的传闻，颜宁教授本人坚决否认，说自己只是想换个科研环境。不管你们相不相信，我相信。像颜宁教授这样年轻有为的科学家，有科研项目、资金、博士团队，科研成果足以影响到全世界，清华大学也将她视为生物学的领军人物，谁能给她气受？即使某些基金不获批准，她和她的团队，也可以正常工作。可是这传闻一散开，就有很多人相信，或许就是因为虚假的传言恰恰反映了很多人的真实感受，就是对用人制度不满，对自己的职场环境不满，他们借着颜宁教授的名头抒发自己心中的怨气，因为即使自己"负气"了，也不好拿出来说，自己没有清华大学这样的背景，更不可能"海阔凭鱼跃，天高任鸟飞"，只要想"换个环境"，就能辞掉一个好工作换一个更好的工作。

我们不必替颜宁这样的精英人士担心，他们就像凤凰一样，因为卓越，永远不会被人忽视。怀才不遇，不仅是李白、白居易这样伟大人物的烦恼，也是很多普通人的烦恼。虽然说，"怀才就像怀孕，时间久了总能被人看出来"。很多人的"怀才不遇"，没被看出来，大概只是因为错估了自己才华的含金量。但是，职场环境的不公平，恰恰是造成"怀才不遇"心态的源头。因为哪怕张三李四才能平庸，他也会想："和我差不多，或者更平庸的人不也提拔起来了？"这种想法可能并没有摆到明面上说，但是不满情绪会像流感病毒一样快速传播，让每个人都得上"怀才不遇"这种病。

每个职场，都像一个金字塔，站在塔尖的是行业精英，他们代表了这个职场的最高水平。站在塔基的大多数人，往往容易被忽视，就像电视剧里的路人甲、路人乙一样，无关大局，甚至因为水平不高，可以轻易在劳动力市场上找到替代者。但是，如果职场不公平，阻挡了这些人向上的希望，庞大的金字塔基就会慢慢被不满抱怨、离心离德、懒散倦怠所侵蚀。设想一下，孔明先生可以投靠刘备，也可以选择转向东吴或者曹魏，但是如果手下的兵卒、将士是一盘散沙，诸葛孔明的智谋再高明，不也会沦为纸上谈兵吗？

凤凰喜欢梧桐，雉喜欢灌木丛，每一种鸟类对环境的选择都出于个体的需求。人类与鸟类不同，一流人才需要明主，普通人更需要。到了现代社会，君主消亡，职场环境就是人们的安身立命之所。古代人或许为了一口饭就为主公卖命，现代人则有更高、更为合理的发展诉求。公平公正、奖惩分明、待遇良好、富有活力的职场，就是我们的"梧桐"，就像洁净的水与空气一样，是精英人才和普通人共用的生活必需品。

齐如林

诗歌离我们有多远

　　编辑《聊城大学报》"文化纵横"版面的稿件,当30年30首好诗——浸润我的心田时,一种不安的感觉也在我的心头挥之不去。不仅仅是因为入选诗歌没有"80后""90后"甚至鲜有"70后"的诗作,更因为当前诗界的迷茫与萎靡。如今,念及80年代那种诗人办讲座万人空巷,听众挤破玻璃窗高呼"诗人万岁"的场面恍如隔世;即便当代诗歌在新世纪的网络世界里有所复苏,但公众对当代诗人和诗歌仍然有着很大的隔膜,能够出现在大众媒体地跟诗歌有关的新闻几乎都是负面的,或者是诗人自杀,或者是对诗歌的嘲笑。前不久,诗人赵丽华的"口水化"诗歌在各大论坛上突然掀起一股久违的诗歌仿写狂潮。一夜之间,"诗坛芙蓉姐姐"也被铺天盖地的"草根"评论家的口水淹没。很长时间以来寂静的诗坛,一石激起千层浪。

　　其实这也没有什么奇怪,如今,不论各行各业哪个角落有了可资批判的对象,纸媒与网络的大量空间将立即被民生的热议所挤满。不管事件发生的背后有怎样的渊源,不管当事人处于什么样的语境,只要能揪住个"小辫儿",就要迫不及待地以一个带有"抬杠逻辑"的定势思维,忙不迭地批评之、痛骂之、贬损之,大肆宣泄自己的情绪。可没曾想,这种全民式的讨伐这么快就轮到诗歌身上。当最后一块净土也被这种集体宣泄浸染时,我们基本上也就没什么不可以张口大骂的了。

　　诗歌是什吗? 在我们的心中,诗歌是不屑与我们为伍的高高在上的天使,照耀人类寂寞干涸却又烦躁盲乱的心灵的天使。诗歌的最佳状态,应该既是个人的又是社会的,诗歌的个性化不应是个人化,即纯私人情感的宣泄,而应给人类文化以及诗歌自身提供有价值的东西。可是,当世俗的人们一步步踏着尘嚣乘着欲望一步步侵蚀所有的物质与精神，包括艺术净土时，诗歌只能"高傲"地节节后退。当诗歌只成为诗人们自己翻来覆去把玩的玩意儿时，诗歌不仅不能带给世俗以灵性和神性，而且只能在尘世面前低下羞愧的头颅。当诗歌在"口水"与"唾沫"地冲淹下，被逼游向众人视线的高地时，她痛苦呻吟的主题词就是——世俗伤害了她。

世俗伤害了诗歌的原因，我想，首先是诗人"卷入"了世俗。"我坚决不能容忍／在公共场所／的卫生间／大便后／不冲刷／便池／的人"（《傻瓜灯——我坚决不能容忍》），"毫无疑问／我做的馅饼／是全天下／最好吃的"（《一个人来到田纳西》）……这就是一位我们的一位"国家级诗人"的诗歌作品。诗人对此解释，"当初写这些诗歌时，她非常不喜欢八股式的流行风格，便借鉴当时网络文学的一些风格，不再追求复杂和深度。"我想，她的辩解无非是这样一句话——我想放弃诗歌对心灵的救赎，把诗歌推向世俗！实质上，这就放弃了诗歌的唯一用途——关照心灵。

世俗是伤害诗歌感情的一副毒药，世俗的人们是不配做诗人的。因为世俗不仅伤害人们的情感，更主要的是它伤害人们的灵性。它使人们变得自私，也使人们变得孤独；它使人们变得浮躁，令人们失去宁静；它使我们变得冷漠，让我们丧失热情；它使我们变得现实，让我们失却美好的理想。在"诗人"失却梦想与追求的情况下，我们还指望他能创作出怎样的诗歌？其诗歌语言终会丧失感人的力量，变成空幻、冷漠和虚无，仿佛一堆垒在坟前的墓石。

世俗也是伤害我们欣赏诗歌的一副毒药。我们已经被尘世的烟尘熏染习惯，欲望把我们喂得肥胖起来，使我们只习惯感官的刺激与享受；我们的眼睛也已经看惯了世界的浮华，使我们的思想只关注物质的价值。我们已经被世俗改造成一种没有灵性的、行走的一种充满欲望的特殊物质。我们怎能依靠这样的物质来认识生命的奥秘、永恒的奥秘和诗歌的奥秘呢？

心灵的空虚导致语言的失控、行为的混乱，但失控和慌乱的背后，还有我们干涸心灵发出的绝望的怀疑与呼唤。我相信，其实，我们都在希望"国家级诗人"们站出来说，那不是诗。我们多么希望，在这个世俗的生活上，有真正的诗人了解心灵的力量，了解诗歌的奥秘。那样，能用他真正的诗歌播撒点点阳光。有了这一点阳光，爱和责任就能够在你我的生命中发芽、生根，从此我们就可以从中体味到生命的惊喜以及宇宙的爱。

诗歌离我们有多远？现在已经有了答案——我们与诗歌的距离，其实就是我们与自己心灵的距离；诗歌离我们有多远，世俗就深入我们的内心有多深……

从此，世上少了一个失落的灵魂

炎热的早晨，听到迈克尔·杰克逊辞世的消息，没有太多的伤感。这个时代，总难让人感到发自内心深处的悲哀抑或狂喜。只是，当雪花般怀念迈克尔·杰克逊的文章开始阻塞我的正常工作和生活时，我也开始感怀了。

事实上，我们喜欢听一首歌曲，很多时候也是因为这首歌契合了自己的心情。而我们追崇迈克尔·杰克逊，喜欢他的歌曲，在他没有新专辑新歌曲推出的时候更怀念他，很大程度上是因为在他的歌声里，不管我们有没有听懂那些英文字母，都能点燃我们心灵深处的激情与希望的潮涌。紧张而枯燥的现代生活里，人们一直在渴望一种连自己也无以表达的情绪，在这个时候迈克尔·杰克逊出现了，他用一身黑色的风衣诠释了震撼，舞台的灯光照耀着他，像一只即将要飞走的飞碟在向人类告别，他永不重复的面孔和声音像一只即将熄灭但又复燃的烟斗，在舞台上孤独着，映照也放大着这个星球上所有人的孤独。

全世界数亿歌迷的追捧使迈克尔·杰克逊拥有了光芒万丈的巨星身份。随之而来的，还有关于他的层出不穷的负面消息，这些传闻让拥戴他的人们错愕不已。这里必须引用迈克尔·杰克逊的一段话，"所有的流行音乐，从爵士到摇滚到 hip-hop，然后到舞曲，都是黑人创造的，但这都被逼到史书的角落里去。你从来没见过一个黑人出现在它的封面上。你只会看到猫王，看到滚石乐队，可谁才是真正的先驱呢？自从我打破唱片记录开始——我打破了猫王的记录，我打破了披头士的记录——然后呢？他们叫我畸形人，同性恋者，性骚扰小孩的怪胎。他们说我漂白了自己的皮肤，做一切可做的来诋毁我，这些都是阴谋。当我站在镜子前看着自己，我知道，我是一个黑人。"

不仅迈克尔·杰克逊自己的表白，近日，曾向全世界指证迈克尔·杰克逊猥亵男童的 Evan Chandler 在自己的博客中自爆，过去对迈克尔·杰克逊的指控纯属捏造，是他的父亲为摆脱贫困才制造了这场骗局；而所谓的漂白皮肤，也有知情人称因为迈克尔·杰克逊饱受"白癜风"之苦，他只好用大量的化妆品来掩饰，由此又引发了皮肤癌。这个"只能被模仿不能被超越"的黑人巨星，也许是当今世界被误解最多也受伤害最深的一个人。或许，在一个种族主义随时都可以兴风作浪的国度，在一个疯狂追逐金钱的社会，从一开始就注定了迈克尔·杰克逊灾难无穷，一开始就注定了他的灵魂的无奈失落。

他的失落源于种种攻击带来的伤害，更来自希望、荣耀与失望、非议之间的落差。在迈克尔·杰克逊生前，没有多少人知道，这位百病缠身麻烦不断的黑人，竟然以一人之力支撑着39家慈善团体，而除了唱片销量稳居全球第一之外，他的慈善捐款也是全球第一。迈克尔·杰克逊用尽气力帮助需要帮助的人，力求带给这个世界更多希望。但是，就是这样一个真正懂爱的人，却又不断遭受着种族和疾病的攻击，他内心的失落可想而知。

即便，后来的迈克尔·杰克逊在身体形态、言谈举止方面有诸多"畸形"面貌的出现，平心而论，在一个如此功利如此没有个性的世界，一个拥有闪亮个性的标志，即使他不完美，也足以让你忘记俗世的喧嚣，照亮你心中一路的旅程。何况，人本身就是一个充满矛盾的复杂体，自由自在、随心所欲是所有人追求向往的生活态度和生活方式，但社会的坐标让人们更多时候无法自由地思考和行走，这些不能不影响一个人生命的轨迹。

在此意义上，我们反倒为这一备受争议的生命出人意料地陨落而感到轻松——从此，世上少了一个充满矛盾和失落的灵魂。

时评：做"燕子"还是"苍蝇"

当前，各大门户网站和各地报刊，最引人注目的栏目之一就是时评。一些吸引眼球的新闻报道，往往有成百上千的时评紧跟其后。因工作关系，笔者每天都免不了阅读大量时评文章，读得多了，也看出时评本身的一些不和谐之音来：新闻报道＋事件分析＋个人观点的"快餐式"时评有之；新闻事件还未得权威部门核实，针对该事件的时评就争相发表的"揣测性"时评有之；人云亦云，随波逐流，无个人主见的"墙头草式"时评有之……

对于时评这一文体来讲，其存在是大有必要的。时评不仅仅是在传播一种观点，更重要的是，它在传播一种理念、一种价值观。当时评传播的理念把人们的精神世界点亮之后，当社会中存在着急需公共权力解决的问题时，公共权力兑现与否和兑现的方式如何，都公诸民众的监督之下。显而易见，剖析和瓦解一种不合理的制度、打击某些于人无益的文化、倡导一种更公正的机制等，其作用绝不比揭露一两个腐败分子小。

但看今日众多时评与这一文体应有之义似乎越来越远。很多时评只有三段式反正面的论证技巧，只有就事论事的条分缕析，而无真正的思想激辩和观点撞击。我们都知道，好文章必须经过一段时间的沉淀与修改才有可能成为精品，时评要讲求时效性，但也不能是浮光掠影的泛泛之论。这样的时评，只能产出越来越多的时评"匠人"——永远只是写时评的机器，而成不了深刻思考民生民计的大家；只能让越来越多的读者充当新闻事件的"看客"，成为"事不关己，高高挂起"的旁观者——这在当前社会不但算作一种时弊，而且简直就是一种"国粹"。

这里暂且称上述现象为时评的异化。这种异化，不仅于事无补，还会加重文化的浮躁、人心的烦闷，久而久之，时评这种文体也会为人们所不齿，更谈不上治病救人、惩恶扬善了。

要想有所改观，时评必须超越所评事件本身的限制，穿透世俗文化的裹挟，关照社会、文化的深层，提出破解问题的方法，重"破"更重"立"，达到时评的本真意义。要登高望远，高度决定深度，不能只看着眼皮子底下那点事儿，重要的是通过针砭时弊，深入社会文化的深层内涵，使读者能从中反观自身，从而约束、规正自我；要有"破"有"立"，在措施和解决办法上做点文章，不要说起来慷慨激昂，落脚点浮浮晃晃；要时刻牢记"先学习后教人"，修炼自己的心性，磨炼自己的文笔，以一种实事求是的姿态、个性思考的进取精神，使思想的洪流随刀枪般的笔触倾泻而出。我们常说鲁迅先生是杂文家，其实，通读鲁迅先生的杂文，可以知道先生也是当时的一位著名的时评家。先生在《申报·自由谈》和《中华日报·动向》等报刊上发表的很多文章，按今天的眼光来看，都是实实在在的时评。即使先生写小说的用笔和立意，也能作为今天时评写作的典范。比如先生写未庄之事，并非只是针砭赵太爷之"时弊"；而一个受苦受难的阿Q，反倒呼之欲出，令人悲怒，发人深省，助人自胜。甚至到今天，仍然起着促进人们制订发展文化、根除弊端之战略的警醒作用。

我们不能忘记时评所应发挥的作用，要让它像一只"燕子"或者一条"蚯蚓"，祛除社会中的毒虫，疏松我们脚下的土地，使我们时刻保持清醒的状态，使公共领域的包容性、公共性、国际性的程度都空前提高。而不能做一只"蚊子"或者"苍蝇"，无端地给这个本来就难以沉静的社会平添许多牢骚与烦躁，甚至细菌和疮疤！

康健

盛世摇滚·世纪崔健

摇滚是流淌在地下的一条暗河，充满着痛苦的信仰、流水的花香。崔健的音乐已经深深地影响了我们这一代人；有时候欣赏 CD 或者磁带，总得把窗帘全部拉死，使黑夜提前来临，于是在人潮人海中，渐渐地就渗透出了崔健那清凉而清亮的声音——那时就会特别有一种感动，一种特别想弄伤自己、特别要奔跑的想法。过去的日子都太长了呵，而在 VCD 的摇曳中，我们又可以领略那个喧嚣的崔健、年轻的崔健、拼搏的崔健、主唱的崔健、大胆的崔健、活力四射的崔健、自信的崔健、康健的崔健。

你问我要去向何方，我指着大海的方向；你说我世上最坚强，我说你世上最善良。崔健的音乐表现了十年动乱之后一代人在精神大动荡时代的迷乱、彷徨，所以他们就大喊大叫大声歌唱；在理想无着信仰破灭后对自由却一无主意，错乱而慌张，他的声音是时代的价值观解体之后，而对精神虚无缥缈的呐喊，他成为一代年轻人的文化代言人。就创作而言，他的歌词远远超越了诗歌所可能达到的深度指向，因而显得执拗而狂躁、焦虑不安："你要我留在这地方，你要我和他们一样；我就要回到老地方，我就要走在老路上……"

愈在黑夜中，愈使人清醒；昏暗的底色，背景灯光也暗淡无神，往往有一束强光从天而降，依次掠过钢琴、贝斯、吉他、架子鼓，使人与繁复杂乱中找出工笔的简洁、简洁还有简洁；使人于喧嚣中找出真正的声音、声音还有声音："我要从南走到北，我还要从白走到黑。"

漫起的雪花、撒野的孩子、几乎断裂的震动、声嘶力竭的歌手、风中散乱的头发、蹙紧的眉头，这些都是原生的真实的生活状态；揭露一些黑的、灰的、白的东西，批判人性阴暗的现实。从文化的意义来说，摇滚音乐直接把那些最深沉的情感通过音乐表现出来，由于他过于简单，使它对很多的动东西都没有机会申辩，于是感觉是一种否定，而且带着一种反抗。一块红布，就会使我们看到幸福，那些贫穷然而干净的幸福，这种感觉也必然让很多人舒服。那些青色蓝色紫色暗红色黑色橘黄色，则是场景中仅有的颜色，暗红的吉他，飞散的雪花，热烈而狂乱，前后交错的影子，深灰色的小红点儿，快让我哭快让我笑，快让我在这雪地上撒点儿野，因为我的痛——就是没有感觉。

　　一首歌会在十几几十年以后依然响着，依然感动我、刺痛我、鞭笞我。我飞不起来了，这是挑战或者曰宣泄，摇滚的声音很容易被误解为一种宣誓，或被理解为叛逆；因为不能同情文学，从而选择同情艺术，从而因为音乐而疯狂，因为热爱而疯狂，因为偏执而疯狂。我希望这时间不要太久不要太长，不要长久得让我怀疑或者动摇；可是我只有默默等待，像是深藏在地下的宝石等待开掘一样，焦灼而疲惫。

　　崔健的歌还活着，这使人欣慰；崔健是世纪的，深入地听，我们就会发现轻盈的崔健，快乐的崔健，执着的崔健，腼腆的崔健，学生的崔健，跳跃的崔健，朴素的崔健。崔健，时代铸就，中国制造。

王秀清

向"蚁族"致敬！

想起了自己身边的几个小辈。一个外甥，高中毕业，在北京当兵。复员后，他没有回山东老家，而是留在了北京，专门销售消防器材。经过几年的努力，现在他买了房子、车子，还把农村的老婆、孩子带进了北京城。一个侄子，中专毕业后，直接去北京打拼，做的是药品推销。起初工资只有两三千元，住的也是合租房。现在，他当上了个小总管，和当地的一个姑娘结了婚，在五环外买了一套70平的房子，每月供房贷。一个同事的孩子，大学毕业后也去了北京，搞电脑软件开发。虽然他现在还没有成家，也没有买房，但也已经在那里苦战了五六年了，月薪也有八九千的样子。工作虽然累点，希望还是有的。对这个孩子我尤其心生敬佩。他应该是第一代独生子女，自小在城里长大，没有吃过苦，更没有受过罪。又因为先天营养不良，身体一直瘦弱不堪。我常常担心，他那小身板会受不了漂泊在外的艰苦和工作的劳累，败退到"啃老族"的行列里去。但是，他却令人惊奇地坚持了下来。

这几个青年，虽然学历不同，经历不同，收获也不尽相同，但都曾经属于或者仍然属于"蚁族"这个群体吧。比较来说，也许他们还是"蚁族"中境况比较好的。我想，肯定还有很多很多像他们一样付出了巨大代价的青年，却没有他们现在这样的幸运。但是，不管他们幸运还是不幸，不管他们是成功还是失败，我们都应该向他们致敬！因为，他们是为了心中的梦想而勇敢拼搏、不懈奋斗的人！

对酒当歌，人生几何？青春更如朝露，稍纵即逝。如果青春是一片土壤，梦想就是这片土壤里长出的禾苗；如果青春是一棵大树，梦想就是这棵树上的枝叶与繁花。"在青春的世界里，沙粒要变成珍珠，石头要化作黄金——

青春的魅力，应当叫枯枝长出鲜果，沙漠布满森林———这才是青春的美、青春的快乐、青春的本分"（郭小川《闪耀吧，青春的火花》）。只有梦想和追求，才会让生命更有意义与内涵；只有奋斗和拼搏，才能让生命更有活力与色彩。虽然梦想的实现，靠的是年复一年的吃方便面、住合租房、坐公交车、每天工作十几个小时的辛苦打拼，甚至还要面对一次次的失败、欺骗、不公，但他们却仍然对生活充满期待，无怨无悔。

农民的孩子，就一定要永远重复那个放羊、挣钱、娶媳妇、生娃、放羊的命运怪圈吗？他们有这样的扣问；在那些高楼林立，霓虹闪烁的城里，能不能有一个属于我们的家？他们有这样的期待；在经济发展、社会进步的滚滚洪流中，也应该有我们汹涌的浪花！他们有这样的抱负。他们完全有能力过上新的更高质量的生活，他们也完全有可能成为这个社会的精英，为了这一切，他们愿意去承担、愿意去开拓、愿意去奋斗，这样的人，怎能不让人肃然起敬呢！

如今，每一个城市，都有类似"蚁族"这样的群体，越是发达的城市，"蚁族"的群体越大。这是一个流动的群体，是一个暂时的人生阶段，不断有"新蚁"加入，也不断有"老蚁"走出。他们存在的本身，就证明了他们存在的必要。所以，我们完全没有必要像网上"贾君鹏，你妈喊你回家吃饭"那样，呼唤蚁族回归家园，我们能做、该做的就是要理解他们、尊重他们、帮助他们、善待他们，让他们在实现梦想的道途中少遇到一点阻碍和挫折。

何处安放我们的青春？"蚁族"最明白。他们明白，青春只有在奋斗中才能放射出耀眼的光彩。

许静

紧握梦想

当梦想之门透出一丝丝光亮的时候，是放弃掉还是紧紧握住？

影片《摔跤吧，爸爸》给出了答案。

马哈维亚迫于生活压力，搁浅了为国家赢得世界冠军的梦想。当得知女儿们有摔跤天赋时，他重燃斗志，精心培养女儿，希望她们能为自己圆梦。女儿们反抗过、质疑过他的做法，但逐渐理解了他的良苦用心，意识到夺金不仅是父亲的梦想，也是激励印度女性实现抱负的途径，从而把"夺金梦"也移植到了自己的心田。

很多次，梦想都可以越飘越远。当全村人都嘲笑马哈维亚把女儿的长发剪成板寸，当男子一样训练的时候；当他去请求体育官员拨款，给要参加全国比赛的女儿买一张摔跤垫，却被泼冷水的时候；当教练告诉吉塔"并不是所有人都适合国际比赛"，安排她转到下个级别参赛的时候；当她在比赛中看到父亲空落落的座位，焦虑不安的时候……在这个过程中，有过一次放弃，梦想就会变成幻影。梦想成真，必须忍受来自周围的冷嘲热讽甚至羞辱，勇敢面对来自四面八方的质疑，经过再三挫败仍能勇敢坚持。追梦路上，总有一些难挨的时刻，只要咬牙挺过去，成功也许就在下一个拐角处等着你。

全球最大的炸鸡连锁集团创始人哈兰·山德士40岁才走上事业的起点，50岁创业成功，"二战"让56岁的他一贫如洗。在创业梦想的驱动下，他带着压力锅和佐料桶，开着一辆老福特，去给每家饭店表演炸鸡，兜售配方，寻找合作伙伴。在经历了1009次失败后，终于有一家饭店愿意合作。在他的坚持下，5年后肯德基餐厅有了近400家连锁店。66岁的他东山再起，再次走向事业的巅峰。

日本作家渡边淳一从小酷爱文学，长大后听从父母的安排考上医学院作了一名骨科医生。在梦想和现实之间他感到纠结，是否该放弃这份收入稳定的工作，去从事喜欢的写作？在28岁的时候受到摩西奶奶的鼓励，他坦然遵从自己内心的召唤，不管周围人的反对和非议，毅然弃医从文，后来成为享誉世界的作家。

正是对梦想的坚持和渴望，才催生了他们巨大的激情、勇气和行动力。

蹚过"高考"这条河的同学，还记得考试前那段没日没夜做题的日子吗？支撑我们走过那一段紧张又枯燥岁月的，不就是我们对大学生活的梦想吗？经历过"考研"的同学也许更有感触。开始，"考研大军"浩浩荡荡，随着时间推移，越来越多的人掉队，最后走进考场的人已经很少。最后考研成功的，不是开始时成绩最好的人，而是全力以赴努力坚持下来的人。

所谓梦想，就是一个目标，是想活成一个最喜欢的自己，是让自己真正开心的原因。如果因为种种原因而轻易放弃，也许当时心里轻松，但午夜梦回，那种悔恨和不甘会让你品尝到噬心之痛。如同林语堂所说："梦想无论怎样模糊，总潜伏在我们心底，使我们的心境永远得不到宁静，直到这些梦想成为事实才止；像种子在地下一样，一定要萌芽滋长，伸出地面来，寻找阳光。"

"粉丝"的三重境界

在里约奥运100米蝶泳决赛场上，菲尔普斯以0.02秒输给了斯库林。有趣的是，这场决赛的最大看点，不是"菲鱼"在强项上惜败，也不是斯库林作为"黑马"打破奥运会纪录，而是21岁的斯库林从小就是菲尔普斯的"铁杆粉丝"。8年前和偶像在新加坡合影，当时他的身高还只到菲尔普斯的肩膀，面容稚嫩且羞涩；8年后他与偶像同场竞技，成为胜利者。谈到赛前面对自己的偶像，斯库林说"我觉得自己该作为一个有力的竞争对手站在他身边，而不是一个追星族"，斯库林追星，真是追出了最高境界：与其仰视你，不如下定决心超越你，成为更好的自己。

偶像之所以成为偶像，是因为他们能带来一种向上的精神或力量。他们做成了粉丝们当时想做但做不到的事情，满足了粉丝们心理上地对成功的渴求，给粉丝带来激情与希望。粉丝之所以成为粉丝，是因为他们需要通过偶像的激情来定位"真实的自我"，获得强烈的自信心及自我认同。粉丝对于偶像，那种由内在兴趣激发的深度沉迷，说到底，是对理想自我的追求。正如有人所说"我们追逐一个偶像，不过是追逐一个渴望成功的自己"，粉丝追崇偶像的言行举止和精神品格，如同在靠近梦想中的那个更好、更完美的自己。

如果"追星"也分境界的话，"崇拜，成为，超越"是三个层次最好的概括。上网疯狂搜集偶像的信息，把他的经历和故事烂熟于心，把手机壁纸换成他的模样，关注的他的公众号，找他签名合影等，都是粉丝出自喜爱和玩乐的心态，关注的是偶像的外在言行，属于低境界追星。不仅仅是用崇拜的眼光望着他，而是透过偶像的光环看到他背后艰辛的付出，以他的标准来衡量自己，学习他的进取精神，把对他的崇拜变成一股向上的力量，然后朝某一个目标奋力拼搏，这是中境界追星。偶像，不是不食人间烟火的神，之所以能取得异于常人的成就，除了天分，与勤奋、谦逊、拼搏、坚持等这些优秀品质密不可分。真正的追星，是追逐偶像向上拼搏的精神面貌，不达目的死不休的勇气，并把这些人格光芒熔铸到自己的品性中，成为自己生命的一部分。

最高境界的追星是超越。可以是超越偶像，也可以是超越自我。在崇尚"更高、更快、更强"精神的体育赛场上，超越偶像，是对偶像最好的致敬方式。NBA球星詹姆斯最崇拜的偶像是迈克尔·乔丹。詹皇曾说："迈克尔为我编织了一个梦想，希望有朝一日自己可以梦想成真。"如今詹皇已拿过4届NBA最有价值球员奖，带领美国男篮获得了伦敦奥运会金牌，追平偶像迈克尔·乔丹在1992年所创的纪录。金球之王梅西说，巴西的罗纳尔多是他成长中的偶像。"他在巴萨、巴西的成功太让人难以置信了。我从未见过比他天赋更好的前锋。"如今梅西8夺西甲冠军、4夺欧冠、5夺金球奖，成为世界足坛的风云人物。正是偶像让他们有了取之不尽的动力，迎来事业巅峰。

对于大多数粉丝来讲，由于种种原因，最终在成就上不能超越偶像，但只要进取不止，就是对自我的超越，实现自己的一个又一个的人生目标。广东佛山女孩谢雅晶从偶像苏醒的身上学到了坚强，鼓舞着她渡过高三冲刺阶段，成为2008年当地高考的文科状元，台湾基隆高中的黄檗莛同学，听到周杰伦在《稻香》中所唱的"珍惜一切，就算没有拥有"的歌词触动心灵，从而浪子回头，从问题少年变成该校优等生。

粉丝对于偶像，好比向日葵对于太阳：太阳散发着光芒，向日葵紧紧追随，吸收光与热，转化为自己的能量，完成自己的梦想。用自己的方式去完成梦想，成为更好的自己，应该是粉丝给偶像最好的礼物，也是追星的最终意义。

永远相信美好的事情即将发生

试问，如果现在，那3个素不相识、蓬头垢面的年轻人站在您面前，嗫嚅着说已经3天没吃饭了，您怎么办？

如果他们受到的是拒绝和嘲笑，那么他们有可能堕落；如果他们仅得到一顿饭或是一点钱，那么他们会继续流浪；如果他们得到的不仅是物质上的救助，还有精神上的启迪，那么他们的命运就会改变。

戴杏芬选择了第三种。

她把他们收留在温暖的家里，像对待亲人一样对待他们：给他们做饭，拿药处理伤口，打热水泡脚，替他们找工作，找不到合适工作就送给他们打工的路费和路上的食物，最重要的一点是，她教导他们："要做好人，要诚实守信。"

没有猜疑，没有防备，没有歧视，没有怜悯，她对他们选择的是：相信，相信他们的美好。

正是这些，深深感动了何荣峰。戴杏芬的话，在他心里扎了根，成为他的处世信条。20余年打拼下来，他已经事业有成。在他看来，这完全归功于戴姐姐，是戴姐姐让他感受到生活的温暖，让他有奋斗向上的动力，让他相信好人会有好报。

您也许会说：我也很想这样相信别人，可现实中充斥的假恶丑，怎能不让伸出的相助之手迟疑？

的确，在现实生活中，善恶并存，犹如同一块钱币的正反面。那么，就需要我们拿出良知和理性，做出正确的判断，择善而从之。面对一些令人痛心的事实，我们为善者潸然泪下，对恶者怒气难平。但是，对就是对，错就是错，黑白不能颠倒，是非不能模糊。能因为善良的人被一时欺骗就永远摒弃善良吗？能因为恶人的一时猖狂就与恶同流合污吗？当我们的理想大厦遭到现实的无情冲击时，就那么轻易地轰然坍塌吗？不能！有些精神阵地必须坚守，有些理想旗帜必须高扬！我们要永远相信：邪不压正、公道自在人心；我们要永远相信：美好的事情即将发生！

　　坚持把美好的事情做下去，不论外界如何评价，最起码无愧于心、无愧于这个时代。赠人玫瑰手留余香，帮助别人的同时自己也收获了快乐，内心必将充满光明。俗话说：物以类聚人以群分。个人"小宇宙"产生的正面磁场必将吸引来更多有美德的人、激发起更大的正面力量，善良、诚信、勤奋、感恩……这些暖流就能在人间滚滚流淌，驱散人们心头的怀疑与冷漠。如果越来越多的人能感染、传播正能量，那么，正义之气必将得到弘扬、时代的主流精神必能得到彰显、整个社会风气必将得到根本改善。驱散乌云的是阳光，如果有些社会现象让我们失望，那么现在就让我们从自身做起，先让自己充满正能量！

　　戴杏芬施恩拒谢、何荣峰感恩图报，他们身上散发出来的人格魅力，让人动容。他们完整展现了正能量传递的过程，完美诠释了什么叫作"相信"。让我们见贤思齐，把真善美的种子撒播到每个角落！

后记

　　各位读者，朋友们，问大家好。人生在世，能够笔耕不辍，不断以创作提升自我，并积极分享成果，以文会友，实在是人生之幸。很高兴终于能够写下下面的话，为《君子之文——聊城大学精品文学创作集》的编辑工作做一个收束。

　　此书书名定为《君子之文》，并非创作者们自命君子之意，乃是展现一种追求理想人格和高尚情操的价值选择与人生态度。这一点，从书中的作品清晰可见。感谢书家卓智先生为本书题字，四字峻拔超逸，"君"字，让人想起一袭长衣之君子；"子"字，让人想起执笔前行之文人；"之"字，让人想着雷厉阔步之行动；"文"字让人想着奋力犁耕之决心。

　　"延斯文于一线，励志节于千秋"，这些创作者们热爱文学、热爱写作，每逢有感，即事抒怀，已成为人生起舞的惯常方式。他们热爱生活、热爱生命，诗词歌赋，是他们行走的最佳印记。"君子谋道不谋食。……忧道不忧贫。"本书各种题材、体裁作品的集结，是一部有着内在质地联系的思考型、情感型文本。诸君所致力的，是带着人文关怀的融融暖意，通过历时共时态的文本承传文气，以凝重的理性思维和诗意的激情表达，建构一种自然的存在之思与栖居的精神家园。

　　每一本书的诞生，背后都有诸多不易、感动、感念与希冀。此书的编辑出版，六位编辑为此投入了大量的时间与精力。限于经费、篇幅所限，此书无法收录更多的聊大校友优秀创作者的作品；即便是收录的30位创作者亦因容量所限，不得不忍痛割爱地取舍。令人感动的是，每当需要压缩文稿时，几乎所有作者都主动要求删减自己的作品。

　　衷心感谢聊城大学教育发展基金会为本书提供经费支持；感谢校领导对本书的顾问支持；感谢各位校友文家的参与支持。此书团结了聊大这所大学的一大批校友创作者，进一步汇聚了文气，浓郁了校园的文学文化氛围，也点亮了这所大学的君子精神与君子文化。承前启后，继往开来，此书的正式出版是对聊大文学的一个重要总结，亦是一个崭新的、更高的起点。希望它能够抛砖引玉，带动更多师友勤于思考、创作，产生更多更好的作品，将聊大文学推向更高的层次与高度。

　　奥地利诗人里尔克说："一棵树长得高出它自己。"这段编辑《君子之文》的岁月，我们将其视为生命之高蹈，盈盈盛满着本书序中所言的"三心""二意""三从""四德"，期待广大文友就书中的作品同我们交流切磋。同时，我们比较清楚创作中存在的"三长""两短"以及限于编辑水平可能出现的疏漏与不足，敬请各位专家、读者批评惠教，多提宝贵意见。

编者
2018年12月1日